梟の一族

福田和代

集英社文庫

梟の一族　目次

梟の一族

一　備え怠るべからず

一日め　22:15　史奈

里のはずれに車が停（と）まったようだ。

こんな夜更けに、よそ者が訪れることはまずない。昼間に、集落の誰かが下山して、今ごろ帰ってきたのだろうか。

史奈（ふみな）は鎮守の森で〈讃（さん）〉を上げ、祖母と帰宅したばかりだ。集落の人口が見る間に減って、わずか八軒、十三名が谷間（たにあい）のくぼ地にしがみつくのみとなってから、夜の〈讃〉を上げるのは、たいてい祖母と史奈だけになってしまった。これから夏になると虫が増えるし、史奈だって本当は遠慮したいのだが、〈ツキ〉の祖母に「ほら、行くよ」と誘われると断れない。雨の日なんて最悪だ。

――十時すぎだ。

史奈は時計を見て古文のテキストを広げ、宿題を始めた。これが終われば、祖母に頼まれた包丁研ぎをするつもりだった。

長い夜が始まる。

茶の間で刺繍をしていた祖母の桐子が、老眼鏡をはずすと音もなく立ち上がり、窓から外を覗いた。

「——史ちゃん。あれを」

低い声で史奈を呼ぶ。史奈は黙って立ち上がり、仏間にあるガンロッカーから、猟銃と弾の箱を取り祖母に渡した。祖母は窓格子の隙間から、まだじっと道向こうの様子を窺っている。史奈も外を覗いた。今夜は月が明るく、路面が浮き上がるようによく見える。

はずれに停まっているのは、真っ黒な乗用車だ。この集落へは、途中から未舗装の山道になる。あの車でよく登って来られたものだ。

「いかんな」

こうして祖母が急に猟銃を用意することは、これまでにも二、三度あった。だが、弾を込め始めたのは初めてだ。

「史ちゃん。すぐ裏から出て、風穴に行って。何があっても朝まで出てくるんやないよ」

内心、驚いた。そう指示されれば、抗わず、いっさい質問もせず、ただ風穴に逃げ込むようにと、〈梟〉の子どもたちは生まれた時から呪文のように教えこまれる。

——昔、この里には〈子盗り〉がよう来たんよ。そやから、風穴に行け言われたら、すぐ行かなあかん。何をしていても投げ出して、何も持たんと走るのや。ぜったいに、後ろを振り返ったらあかん。

今がその時なのだろうか。

これが祖母の勘違いであることを祈りながら、史奈は勝手口の扉を静かに引き開けた。この勝手口は、集落の表側、中心になる十字路からは見えない位置に作ってある。これも〈梟〉の知恵だ。

靴を履いて飛び出そうとした時、集落の反対側で、パーンと乾いた音がした。史奈はぎくりと身体をすくめた。

——何の音？

「勢三がやられたな」

祖母は窓を透かし見て冷静に呟き、史奈に向かって「早く行け」と手を振った。

——行くしかない。

自宅の裏はやわらかい草むらだ。厚い下生えが足音を消してくれる。飛び込んで、駆けた。集落に残された八軒は、空き家に挟まれてぽつぽつと立っている。勢三の家は、集落の端から三軒めだ。

誰かの太い罵り声も聞こえた。あれは勢三の近所の、砧のお爺ちゃんかもしれない。誰かと誰かが争うような、ものをぶつける音も混じる。だがそれも、史奈が駆けると同時にどんどん後ろに遠ざかった。

何が起きているのかわからない。〈梟〉は子盗りに狙われるというが、いま集落にいる十代は自分だけだ。まさか、自分を狙っているのだろうか。

〈梟〉の住民は夜目がきく。今夜のようなしらじらとした月明かりがあれば、真昼と変わらない。笹の葉で頬を切らないよう避けながら、風穴の入り口を目指す。

――河内の風穴。

滋賀県犬上郡多賀町の、霊仙山にある、総面積千五百平米以上と言われる鍾乳洞だ。観光客向けに用意された出入り口とは別に、〈梟〉が重宝しているのは、さらに山深い場所にある岩と岩の隙間だった。そこに入り口があるとは、ほとんどの人は気がつかない。ただの割れ目にしか見えないだろう。

岩に手をかけ、片足ずつするりと内奥に差し入れていく。滑らないよう、足がかりを探しながら慎重に鍾乳洞に下りると、闇と共にひんやりと冷たい空気が全身を包む。Tシャツとジーンズの史奈には肌寒いほどだが、〈梟〉は気温の変化にも強いのだった。

日中、洞穴の天井にぶらさがって眠るコウモリの群れは、夜になると洞穴を出てエサを探す。残っているコウモリが、なんだいつもの奴かと言いたげにこちらを見下ろした。

三歳になるとすぐ、祖母や周囲にいた誰かに手を引かれて、ここに連れてこられた。それからは、よほど重い病の時でもない限り、いつも風穴を駆け回っていた。

だが、今日は奥まで入る気はしない。外の様子を窺い、祖母と集落がどうなったのか心配しながら、息を殺して耳を澄ましている。

〈梟〉の夜は長い。

今宵は特に、終わりがないほど長い、夜だ。

夜明け前、煙が山にたちこめ、焦げくさい臭いが風穴の史奈にも嗅ぎ取れるほどになった。コウモリが、一羽、また一羽と戻ってきて、洞穴の天井にぶら下がって休んでいる。そろそろだ。

――夜が明けたら。

祖母の言いつけを守るのは、苦しかった。早く集落に駆けつけたくてたまらない。警察に通報すれば良かったのではないか。山の中だが、〈梟〉の集落にだって電気や水道があるし電話も通っている。子どもの頃から刷り込まれているので、祖母の言葉に脊髄反射して、風穴に飛び込んだ。時計やスマートフォンも置いてきた。何も持たずに、と指導されているせいだが、あれがあったら一一〇番通報だってできたのだ。

岩の割れ目から覗く空が、群青色に明るんできた。淡い光が、風穴の闇を払おうとしている。

――もう待てない。

ぬるぬると滑りやすい鍾乳洞の壁をロッククライミングの要領でよじ上り、狭い隙間に顔を近づけ、外の様子を窺った。待ち伏せはされていない。

――そうだ、あれを。

再び風穴の底に戻り、壁面に手をついて、北に七歩、進んでしゃがんだ。手探りで風穴の壁を撫でる。小さなくぼみに指を入れ、そっと揺すると、壁の一部が外れた。〈梟〉の秘密の隠し場所だ。

中には、水が少し溜まっていた。ビニール袋で包んだケースを拾い上げる。その中には、鞘に収まった樫の柄の狩猟ナイフと、ヘッドランプが入っている。ナイフだけ持っていくことにし、ジーンズの背中側のベルトに差し込んだ。

風穴の外に出ると、焼け焦げた臭いは、もはや耐え難いほど周辺にたちこめていた。史奈は最初、慎重に、やがては周囲の音を気にせず、集落に向けて駆けた。〈梟〉の集落から、煙が何筋も上がっている。

近づくほどに、心臓が激しく鼓動を打った。信じられない。こんなことは絶対に信じられない。

昨夜見かけた車は、もういない。集落はほぼ消滅した。火災が、すでに失われかけていた集落に、とどめを刺したようだ。空き家を含め、なんとか残っていた十五軒ばかりの古い民家は、すっかり焼け落ちている。

史奈が真っ先に探したのは、わが家の跡だった。屋根が崩れ落ち、まだくすぶっている瓦の一枚に、桔梗（ききょう）の紋が見えた。桔梗は榊家（さかきけ）の家紋だ。

「――ばあちゃん？」

祖母は家の下敷きになったのだろうか。黒焦げになった柱や梁（はり）を見れば、万が一この下に祖母がいたとしても、生きているわけがない。

それでも、指を火傷（やけど）しそうになりながら、瓦を何枚か取り除（の）けてみた。〈ツキ〉の祖母なら何か、指示を残しているはずだ。朝になるまで風穴から出るなと言ったように、この後どうすればいいのか、わかるようにしてくれているはずだ。それが里の〈ツキ〉の役目だ。

――だが、何も見当たらなかった。

それ以上、瓦を掘り返すのを諦め、自分が混乱しているのだと認めざるをえなかった。〈梟〉の集落は、まるで爆撃にでもあったかのような壊滅状態だ。

――そうだ、ひょっとすると。

生き残りが隠れているかもしれない。自分が風穴に逃げたように、生存者がいてもおかしくない。

「誰か！　誰かいる？」

声をかけながら残り七軒を覗いてまわったが、どこもかしこも焼けてしまっている。勢三の家では、黒焦げになった誰かの足が、潰れた家の下から突き出ていた。勢三本人かもしれない。昔は大学で教えていたが、近ごろはほとんど家にこもって過ごしていたおじさんだ。その代わりよく本を読んで勉強していると祖母が話していた。メガネをかけた、穏やかな男だった。

――その彼が、死体になり、目の前に転がっている。

史奈は手で頰の汗をぬぐった。いま見ているものが、現実だとは思えない。

――山を下りて警察に通報しよう。

それしかない。何が起きたのか、史奈にはわからない。焼けた材木を重機で除けてみないと、祖母が亡くなったのかどうかすら判断できない。

祖母がいなくなり、家や家財のすべても失って、自分がこれからどうやって生きていけばいいのか、見当がつかなかった。昨日まで、普通に高校に通っていたのだ。このまま、焼けた自宅のそばに座りこんで、何も考えたくないと心は言っているが、どうにか自分を奮い立たせたのは、こうしていても、下界はきっと、〈梟〉の集落に何が起きたのか気づきもしないと悟ったからだ。

三キロほど山を下りれば、別の集落に出る。わずか十軒ばかりの集落だが、電話を借りて通報することはできるだろう。

駆けだそうとした時、車のエンジン音が聞こえてきた。

——奴ら、戻ってきた！

史奈は急いで林に飛び込み、地面にぴたりと身体を伏せて、茂みに隠れた。背中に差した狩猟ナイフを鞘から抜いて待つ。

青くさい草いきれの中で、息をひそめる。エンジン音が停まり、ドアが開く音が聞こえた。

「ちょっと、何なのこれは？」

若い女の声に、史奈は耳を澄ました。焼け跡に驚いているようだ。音楽的で、よく響く声だ。

「こんな話、聞いてないよ」

「いいから、ちょっと待て。榊の家は、このあたりにあったはずなんだが」

ぶっきらぼうな男の声も聞こえてくる。「榊の家」とは史奈の家のことだ。ぎくりとして首をすくめる。

「まさか、全員やられちゃったんじゃないでしょうね？　ひょっとして、あの子も？」

「信じられない。〈梟〉が全滅するなんてことは——。そっちはどうだ。平群（へぐり）の家が向こうにあったはずだ」

足音と声が遠ざかっていく。ふたりは、〈梟〉の集落や住人に通じているようだ。

――何者だろう。

声に聞き覚えはない。史奈はゆっくり顔を起こし、茂みの陰から通りを覗いた。白いSUVの一部が見える。昨夜、集落のはずれに停まった黒の乗用車ではなかった。ふたりは、焼け落ちた家々をひとつひとつ覗いて、誰かいないかと声をかけて回っている。そのたびに、女が「焦げくさい」とか「ひどい臭い」だとか文句を言っている。

「ダメだな、ここはもう」

「どうするの」

「風穴を見てこよう。ひょっとすると、逃げ込んでいるかもしれない」

風穴のことまで知っているとは、いよいよおかしなふたり組だ。〈梟〉があそこを避難所として使っていることは、集落の住人でなければ知らないはずだ。史奈は狩猟ナイフをそっと背中の鞘に収めた。

ふたりが山道を風穴の入り口に向かって歩いていくのを待ち、史奈はそろそろと起き上がり、車に近づいた。風穴まで行って戻れば、半時間はかかる。その間に何か、手がかりを見つけられるかもしれない。

男はしっかり車のロックをかけていた。ドアは開かないが、車の中は見える。助手席に、女のショルダーバッグらしいものが置かれていたが、それだけだ。身元がわかるようなものなど、見えるわけではない。

　ふと気づいて、車のナンバープレートを見た。練馬ナンバーだ。

　――東京から来たんだ。

　史奈は迷っていた。正体不明のふたりが戻る前に、山を下りるべきだろうか。だが、〈梟〉について詳しいふたり組に、心を惹かれる。集落の惨状を見て、〈梟〉の生き残りは自分ひとりかもしれないと恐れていたのだ。何のことはない。史奈は心細いのだった。

「史奈！」

　いきなり自分の名を呼ばれ、彼女は飛び上がった。風穴に行ったはずのふたりが、坂道を駆け下りてくる。史奈は慌てて走りだした。

「逃げなくていい！　俺たちは仲間だ！」

　背後で男が叫んでいる。素直に足を止める気にはなれない。昨夜、〈梟〉は、正体不明の敵に襲撃されたばかりだ。

「史奈！　助けにきたんだ！」

　史奈は躊躇し、一度だけ振り返った。大柄な若い男だ。スポーツウェアの上下に、野球帽をかぶっている。身体つきはいかにも屈強で、走り慣れた身体の動きだ。

「史ちゃん！　長栖の容子だよ！　覚えてない？」

女の声にも足は止めない。長栖、長栖……と呟くうち、ふと子どもの頃のことを思い出した。長栖という一家が、たしかに集落にいた。史奈より五つ年上の男の子と、二つ年上の女の子がいたはずだ。容子は、小さい史奈と遊んでくれた。史奈が四歳の時に、一家全員で集落を出ていったのだ。

「容子ちゃん……？」

「俺は諒一だ。何かあれば君を助けるようにと、君のおばあさんから電話で頼まれていたんだ！」

本当だろうか。長栖一家が集落を出てから、もう十数年が経っている。顔だってすっかり変わってしまって、見分けもつかない。

「史ちゃん、見送ってくれたじゃないか。私らが里を出ていく時さあ！」

容子が両手をメガホンの形にして口に当て、叫んだ。

――そうだ。長栖の四人家族が集落を出て行く日、他のみんなは見て見ぬふりをしていたが、史奈は集落のとば口まで見送り、家財を積んだ軽トラックと乗用車が見えなくなるまで手を振っていたのだった。

史奈はようやく足を止めた。

「本当に、容子ちゃん――？」

肩で息をしながら振り返る。ふたりがこちらに駆けてくる。言われてみれば、面影があるような気がした。諒一とはあまり遊んだ記憶がないが、子どもの頃から瞬発力に長けたスポーツマンで、風穴を自在に駆け回っていたのは覚えている。

「たいへんだったね、史ちゃん――〈梟〉の里がこんな目に遭うなんて」

近づいてきた容子が、顔をくしゃくしゃに歪めて、史奈の身体を抱きしめた。いつの間にか、自分が容子の背丈を追い越していたことに、史奈は気づいた。子どもの頃は、ずっと大きなお姉さんだと思っていたのだ。二歳違いだから、容子はいま高校三年生だろうか。

「史ちゃん、大きくなったね。いつの間にか、私より背が高くなっちゃって、びっくりしたよ。昔は風穴で膝小僧をすりむいて、私がおぶって帰ったのに」

容子もふたりの身長差に気づいたようだ。

たしかに、容子が言う通り、三歳くらいの時に、風穴で転んで足をすりむき、出られなくなって泣いていた時に、容子や諒一が助けてくれたことがある。

「ほんとに――容子ちゃんなんだ」

張り詰めていた気が緩み、史奈は一瞬、自制心のたがが外れて泣き出しそうになった。唯一の肉親だった祖母が、どうなったのかすらわからないのだ。

「とにかく、ふたりとも車に乗ってくれ。話はそれからだ」

諒一が低い声で指示し、さっそくＳＵＶに駆け戻ろうとしている。容子に背中を押されるように、史奈も走りだした。

「史ちゃんは、私と一緒に後ろに乗ってね」

容子がテキパキと座席を決める。そうだ、彼女は昔から、こういうリーダーシップを発揮する女の子だった。諒一が、慣れた様子で車をバックさせ、ユーターンして山を下り始める。

バックミラーに映る諒一の顔を、まじまじと見つめた。眉間に一本、くっきりと縦皺(たてじわ)が走っている。それが、若い諒一の顔に、年齢よりずっと大人びた印象を与えている。

「史ちゃん、辛(つら)いと思うけど――いったい何があったの」

「私にも、何がなんだか――」

シートベルトを締めながら、容子に尋ねられるまま、史奈は話した。背中に硬いものが当たり、狩猟ナイフのことを思い出して、背中のベルトから外して膝に載せると、容子の目が丸くなった。

「それじゃ、正体不明の黒い車が里に乗りつけて、〈梟〉を殺し始めたってのか」

諒一が、ジグザグカーブの山道を、猛烈なスピードで車を走らせながら顔をしかめる。

「私はずっと風穴に隠れていたから、何が起きたのかわからない。だけど、夜が明けて下りてきたら、里は燃えてた。ばあちゃん、どうなったのか――」

声が震えたせいか、容子が急に手を伸ばして史奈の頭を抱え込んだ。化粧品の甘い匂いがした。

「はいはい、泣かないの。いま泣いてもしかたがないんだから」

——容子の言う通りだ。泣いている場合じゃない。

「私、警察に行かなきゃ」

史奈が歯を食いしばってそう言うと、諒一が首を横に振った。

「それはよしたほうがいい」

「どうして？」

「敵の正体がわからないんだ。警察が、みんな〈梟〉の味方だとは限らない」

一瞬、史奈はあっけにとられた。〈梟〉が特殊な集落で、住民がみな常人とは異なる体質を持つことは知っているが、警察を頼ることもできないというのか。

「ふたりはどうして、ここまで来てくれたの？　ていうか、今までどうしてたの？」

集落を出てから十余年、連絡もなかった。容子と諒一がちらりと視線を交わし、容子が話すことにしたようだ。

「あのね、私たち、あれから一家で東京に出たの。父さんが東京で仕事を見つけたのよ」

長栖のおじさんは、電気系の資格を持っていたはずだ。

「うちの親と榊のおばあ様とは、ずっと連絡を取り合っていたみたいなのね。それで、もし〈梟〉に何かあったら、史ちゃんを頼むって、言われていたらしいの」

「でも、どうしてわかったの？　里がこんなことになったって」

「違うの。一昨日、うちも襲われたの」

　長栖家は、世田谷のマンションに住んでいた。一昨日の夜、自宅に何者かが侵入し、家族四人を拉致しようとしたという。

「向こうは五人いた。私たち、必死で抵抗したの。母さんは車で連れていかれた。父さんは、四階の窓から逃げようとして、足を滑らせて落ちちゃった。でも、それですごい音がしてさ——近所の人たちが様子を見ようと窓を開けたから、敵が諦めて逃げたの」

　容子は気丈に話しているが、彼女ら兄妹もたいへんな目に遭ったばかりなのだ。

「それじゃ——」

「父さんは救急車で病院に運ばれてね。両足と骨盤を骨折していて、そのまま入院。で、私たちに、とにかく〈梟〉に行けって」

「同じ奴ら？　〈梟〉を襲ったのと」

「それはわからない。けど、タイミングが合いすぎているよね」

　史奈も唇を噛んだ。

「——だけど、長栖のおじさん、四階の窓から逃げようとするなんて、無茶をしたね。だって、おじさんは〈外〉の人なのに」

「それよ、それ。ずっとそう言われ続けてきたから、きっと引け目に感じていたのね。だから、私たちの真似をして、ボルダリングに挑戦したりして、身体を鍛えていたの。〈梟〉じゃないのに」

容子の口調はなかなか手厳しい。

ふたりの母親は〈梟〉の出身だが、父親は外部の人間だった。長栖では、ひとり娘を大学にやりたくなかったが、どうしてもという本人の願いを聞き入れ、近くのS大学に通わせたのだ。そこで、父親と知り合って結婚した。周囲は猛反対したが、〈梟〉の集落に住むという条件で、結婚を許可されたのだった。

〈外〉の血を入れるのは、ある程度しかたのないことだ。明治維新以降、〈梟〉は人口を激減させている。それまでの婚姻は集落の内部に限定されていたが、昭和に入ると、〈外〉から嫁を取らなければ、里を維持できないところまで追い詰められていた。もちろん、場合によっては婿を迎えることもあっただろう。そんな場合は、健康で敏捷な士族の末裔が好まれたとも聞く。

「――こんな時に不謹慎だけど、ふたりに会えて良かった。さっきはもう、〈梟〉の末裔は私だけになっちゃったのかと思ってた」

史奈は、両手で自分の肩を抱いた。寒さに強い体質だが、心細いせいか肌寒い。

「だけど、純血の〈梟〉は、もう史ちゃんだけだと思う。特に、十代となるとね」

容子が顎に手を当て、考え深げに首をかしげる。史奈がいちばん聞きたくない言葉だった。

──純血の〈梟〉。

史奈の両親は、ともに集落の出身者だ。彼らの両親もまた同じ。どこまでさかのぼっても、榊の一族はみんな集落にルーツを持っている。

まじりっけなしの〈梟〉だ。

だが、史奈はそんなふうに特別視されるのが大嫌いだった。純血であることは、それゆえの義務も伴うのだ。

「うちなんかさ、父親は〈外〉の人間だし、母親の家系だって、明治に入ってすぐ、〈外〉の血が混じってるっていうからね」

容子が肩をすくめる。

「そんな話は、今はよそう」

諒一が口を挟み、史奈は助け舟を得た気分になった。

「問題は、これからどうするかだ」

容子も頷く。

「そうね。もう、うちには帰れないし」

敵の正体はわからないが、長栖のマンションを知っているのだ。

「貯金は下ろしてきた。とりあえず東京に行って、しばらくはホテル暮らしかな」

「私、何も持ち出せなかった。身の回りのものも、神棚と仏壇のものも」

史奈は情けない気分で俯（うつむ）いた。つい昨日まで、学校のことだけ考えていれば良かったのだ。〈梟〉の祭祀（さいし）や、畑仕事や家事はあったが、それは些末（さまつ）な日常生活にすぎなかった。基本的には、史奈はごく普通の高校一年生で、学校の授業や宿題や、友達づきあいのことだけ考えていれば良かった。

祖母は、進学しなくていいと言っていた。大学を出た史奈の両親が、集落を出てしまったからだ。〈梟〉の子どもに学問は必要ないというのが、祖母の口癖になっていた。

「心配しなくていいわ。とにかく、ホテルに隠れて、これからどうするか一緒に考えましょう。私たちみんな、〈家なき子〉になったわけだし」

容子が肩をすくめ、冗談めかした。

二日め　08:10　結川

「これはいったい、何が起きたんだ」

あまりの惨状に、滋賀県警彦根（ひこね）署の結川（ゆいかわ）は言葉を失い、ハンカチで額の汗をぬぐった。

滋賀県犬上郡の山間（やまあい）に隠れるような小さな集落だ。正式名もあるが、みな〈梟〉と呼びならわしている。江戸時代より昔から、そう呼ばれていたそうだ。噂では、甲賀忍びに人材を供出していた集落だともいう。

――その集落が、一夜にして消滅した。

午前七時すぎ、消防署に通報があった。山で煙が上がっているという。ヘリコプターが空から確認し、集落の火災跡を発見した。

消防車輛が駆けつけたが、火災はほぼ鎮火した後だった。焼け跡から遺体が発見されたばかりか、周辺で散弾銃の薬莢が見つかり、警察も呼ばれたというわけだ。

「結川さん、住民のリストです」

ふもとの駐在所から駆けつけた吉保巡査が、クリップボードを出した。大規模な自然災害が発生した時に避難が滞りなく行えるよう、吉保は日ごろから集落の住民にも心を配っている。個人情報の濫用や監視にならないよう注意が必要だが、こんな場合には吉保の日ごろの努力がものをいう。

「――八軒、十三名ですか」

結川は手書きのリストを見て嘆息した。

うち、十一名が六十五歳以上の高齢者だ。榊という家に、十六歳の少女が祖母と住んでいる。十代の若者は彼女だけだ。この火災に巻き込まれていれば、おそらく生きてはいないだろう。

「私が子どもの頃は、二十軒はあったと思うんですが、若い人はどんどん都会に出てしまいましたからねえ。結局、残ったのは八軒です。他に空き家がいくつかありましたが、みんな燃えてしまいました」

端から三軒めが乾、一軒おいて砧、平群、衛士、と吉保はひとつずつ焼け跡を指さし、住人の名前を挙げていく。五十代半ばの吉保は、地域の住民たちともよく打ち解け、馴染んでいる。そのせいか、この状況を見て自分のことのように胸を痛めている様子で、時おりそっと目を拭った。

「向かい側が、榊です。榊のおばあちゃんは、〈梟〉の長老格で、人望がありました」

屋根が落ち、真っ黒に焼けて崩れた一軒を指し、吉保がやりきれないように首を振る。

「遺体が見つかったのはどこでしたか」

「そこの、三軒めの家です。乾勢三さんがひとりで住んでいました。外から誰かの足が見えたので、消防署員が崩れた材木を除けて、救出しました。残念ながら、亡くなっていたので解剖に回しましたが」

「そばに散弾銃があったそうですね」

「――ええ。勢三さんは、猟銃所持の許可証を持っていましたからね」

薬莢が見つかった道路には、チョークで白い丸が描かれている。黒焦げになった乾家の梁には、散弾がいくつかめり込んでいた。

六十五歳以上の高齢者が人口の半数を超え、冠婚葬祭など社会的共同生活の基盤が失われつつある集落を、限界集落と呼ぶそうだ。〈梟〉は、まさにその典型だった。

八軒、十三人が、このささやかな山間の土地にしがみついていた。

「勢三という人は、唯一の五十代男性だね。他の若い人は村を出たのに、どうして彼だけは出なかったのだろう。何か病気でも？」

「いえ、勢三さんは学者で、自宅で研究しているんだと言ってました。子どもの頃から頭のいい、おとなしい男でしたよ」

結川がふいに妄想したのは、日ごろおとなしく、旧弊な集落で人知れずストレスを溜めた男が、ある日突然、爆発する姿だった。人口の少ない、閉じた集落では、時おりそんな事件も発生する。そうした事件は陰惨な結末を招くことがある。だがもちろん、想像の域を出ない。

「重機はまだかな。とにかく、この崩れた家を除けないことには、どうにもなりませんな」

彼らはふもとの建設業者が、重機を運んでくるのを待っていた。ショベルカーより先に、どうやらテレビと新聞の記者たちが到着したようだ。アンテナのついたライトバンが、狭い山道を登ってこようとして、警察官に制止されている。道をふさがれると、重機が通れなくて大迷惑だ。

「そうだ、住民の車は？」

結川はふと、周辺を見回した。

「登録されているのは、四台だけです。二台は農作業で共同利用する軽トラック、あとの二台は、勢三さんと平群のおじいちゃんの乗用車です。他はみんな、金もかかるし、そろそろ運転に自信がなくなったからって、車を手放しましたから」

吉保は的確に説明し、クリップボードの書類にも、車の情報を追記した。

「共同利用の軽トラックは、この道の先に二台ともありました。乗用車二台は、車庫に入れていて、トタン屋根の下敷きになったようです」

結川は一軒ずつ、家を見て回った。榊の家の前で、ふと思いついた。

「この家には高校生がいたね。両親はどうしたんだろう」

とたんに、吉保が渋い表情になった。

「榊の若夫婦は、母親と娘を残して東京に出たんですよ。集落の者は、あまり快く思っていなかったようです。榊の若夫婦のことは、もう誰も口にしませんでしたね」

「――ほう？　子どもを残していったのか」

「子どもは榊の跡取りだからと、おばあちゃんが置いていくよう迫ったそうです」

それはまた、変わった話だ。その条件を、両親が呑んだとは。

「連絡は取れるんだろうか」

「さあ、それはわかりません。集落の人たちは、緊急時の連絡先として、集落の内部でお互いを指定していましてね。榊の若夫婦の連絡先は、私も知らないんです」

「そういえば、高校へはどうやって通っていたのかな。ここからなら、彦根の高校へ車で送ってもらっていたんだろうか」

「いいえ、自転車ですよ。元気な女の子で、片道十六キロを、毎日、自転車で飛ばしてました」

驚くべき話だった。片道十六キロと簡単にいうが、大部分は車が通るのも厳しい、険しい山道なのだ。片道、一時間どころではきかないだろう。それを、高校生の女子が毎日走っていたのか。

結川の驚愕(きょうがく)を見て、吉保がほろ苦い笑みを浮かべた。

「〈梟〉の人たちは、とにかく尋常ではない体力がありましてね。年をとってもみんな頑健で、この山道を楽々と歩いてましたから。そういう肉体的な強さも、忍者の末裔だなんて噂される原因になったんでしょう」

近畿地方は、伊賀(いが)と甲賀、二大忍術流派を抱えていた。甲賀へは、ここ多賀町から車で一時間もかからない。そんな噂が立つのも、無理からぬ土地ではある。

「結川さん！」

先ほど、テレビ局の車を追い返していた制服警官が、こちらに手を振り呼んでいる。

「どうした」

結川は勾配のきつい山道を、革靴で滑らないよう慎重に下りた。

「ここ、タイヤ痕です」

道路横の斜面から生えたミヤコアオイのすぐそばに、タイヤの痕が見えた。この三日間、雨は降っていないが、日陰で湿気た斜面は、柔らかいぬかるみになっている。

「集落の車のものじゃないのか？」

「いえ、これはマイクロバスのタイヤのようです。集落の四台とも、こんなタイヤは使ってませんでしたし、ここまで他の車が上がってくることも、めったにありません」

結川は、若い巡査の横顔をちらりと見た。

「鑑識には、もう知らせました」

「よし」

立ち入り禁止のロープを張った向こうに、マスコミと、不安げな近隣住民の姿が見える。近隣と言っても、三キロほど山道を下りたあたりの集落に住む人々だ。

結川は、彼らに近づいていった。

「〈梟〉の集落の人たちを、ご存じでしたか」

農作業に出る前に様子を見に来たような初老の男性と、年配の女性が顔を見合わせる。

「ええ、もちろん。近くでしたから」

初老の男性がスポークスマンを引き受ける。

「どなたか、親しい方はおられましたか」

「いや、ここの人たちは、なんというか——進んで外部と交流するタイプじゃなかったので。まあ、お互いに没交渉でしたね」

その口調と、曇った眉宇から察すると、どうやら〈梟〉の住人を快く思っていなかった様子だ。

「ちょっと、変わった人たちだったんですよ」

女性が、思い切ったように口を開いた。

「変わった——というと」

いったん口火を切った女性が、よけいなことを話してしまったと感じたのか、また口を閉ざす。しかたなさそうに、初老の男性が頷いた。

「集落に他人が入るのを嫌うんですよ。駐在さんの見回りくらいはあれですけど、私らよそ者が土地に入ろうものなら、すごい剣幕で怒鳴られました」

「——そう。郵便物だって、局留めにして、自分たちで郵便局まで取りに行ってたくらいですから。新聞も取らないし」

そこまで排他的な集落だとは知らなかった。結川は驚きをもって、ふたりの話に耳を傾けた。途切れ途切れの打ち明け話によれば、彼らの集落から昭和の初めに〈梟〉へ嫁入りした女性は、婚家になじめず、男の子が生まれた直後に離縁されたのだそうだ。ふたりの遠縁にあたるらしく、そんな恨みも混じっているのかもしれない。

　よくよく聞いてみると、離縁された女性は、その後、再婚して女の子が生まれた。その女の子が、今では七十過ぎのおばあちゃんになって、多賀町で暮らしているそうだ。〈梟〉についてどの程度知っているか疑問だが、話を聞いてみてもいいかもしれない。

「〈梟〉の人たちは働きもので、あまり眠らないんだって話を聞きましたよ」

　あまり否定的な話ばかり刑事に吹き込んで、気がさしたのか、初老の男性がそんな言葉を続けた。結川は、目で続きを促した。

「離縁された女の人から聞いた昔話ですがね。嫁ぎ先は、舅も姑も亭主も、とにかく宵っ張りで朝が早くて、あんなに昼も夜も仕事ばかりして、いつ寝ているんだろうと不思議に思ったそうです。嫁が姑より先に寝るのは悪いと思って、なんとか起きていようとするんですが、繕い物でもしながら、つい舟を漕いでしまって、もう寝なさいとよく姑に叱られたと言ってました。常人ばなれした体力だったんでしょうね」

　そんなことも、離縁の遠因になったのかもしれないと、初老の男性は言った。

「私も〈梟〉とつきあいはありましたが、若い人たちは、真面目でしっかりした人も多かったんですけどね。やっぱり年寄りのものの考え方が古くて、ついていけなかったんじゃないか。逃げるように出て行きました」

おそろしく閉鎖的で、排他的な集落。

主が長老と呼ばれる榊家では、若い夫婦が子どもを残して家を出た。

そして、集落を全滅させた昨夜の火災だ。

「二十一世紀だとは思えないな」

——眠らない人々か。

結川はふたりから離れ、そっと独語した。タクシーがこちらに上がってきて、三十すぎくらいの女性が降りるのが見えた。彼女は慌てた様子で警察官とロープを見やり、すぐ警察官のひとりに声をかけて話し始めた。

「結川さん！」

なんとなく、呼ばれるような気がした。

「榊史奈さんが通っていた高校の、担任の先生です」

こちらに向かって頭を下げる、スーツ姿の女性に、結川も会釈した。やっと、集落の住人について、身近な人間から詳しい話を聞けるかもしれない。

二日め　11：20　史奈

史奈は、滋賀県から出たことがない。

小学校、中学校の宿泊を伴う修学旅行などは、すべて祖母に禁止され、参加できなかった。先生がわざわざ祖母を説得しようと電話をかけてくれたが、祖母は頑として首を縦に振らず、史奈には持病があるので遠方にやることはできないと答えるのみだった。

——今なら、史奈にもその理由がわかる。

窓の外を高速で流れ去る風景を、いま史奈は飽かず眺めている。世の中に、こんなに車が多いとは思わなかった。

車内にはカーラジオが流れている。諒一は、さっきから何度もラジオの局を変えていた。ニュースを読むアナウンサーの声が聞こえて、ようやく選局する手を止めた。

『——次のニュースです。滋賀県犬上郡の山間にある集落で、今朝未明に、民家十五棟を焼く、大規模な火災が発生しました』

車内の三人は、身体をこわばらせてラジオの音声に耳を澄ました。

ニュースは、集落の概要に触れ、焼け跡から男性ひとりの遺体が見つかったこと、猟銃を発砲した痕跡があることなどは説明したが、全焼した家屋の撤去が難航しており、あと十二人いる住民の安否は不明だとしか言わなかった。

『遺体で見つかった男性は、民家に住む乾勢三さん、五十三歳と見られています』

史奈は膝に置いた狩猟ナイフを握りしめた。自分は、刻一刻と〈梟〉の集落から離れていく。本当は今すぐにでも駆け戻りたい。駆け戻って、集落のみんなを捜したい。

「諏訪湖のサービスエリアで、休憩を取ろう」

ずっとハンドルを握り続けている諒一が、ラジオを消して、あいかわらず感情を読み取れない顔でぶっきらぼうに告げた。

「賛成！　もうおなかぺこぺこ！」

容子が、こちらは大げさなほど身振り手振りをつけて喜んでいる。さっそく、スマホを取り出し、サービスエリアで何が食べられるか調べているようだ。ふたりとも、自分を気づかってくれているのかもしれない。

彼らは滋賀を出て、中央自動車道を東に向かっている。東京まで六時間程度かかる道のりを、諒一がひとりで運転する。無表情でタフな鋼鉄の男だ。何年か前、友達にDVDを借りた映画『ターミネーター』みたいだ。

「史ちゃん、なに食べる？　お蕎麦とか、おやきとか、パン屋さんもあるよ」

「うん――何でもいい」

昨日の夕食以降、何も食べていないが、あまり食欲はない。最後に見た集落の様子を思い出すと、気分が悪くなってくる。

容子が気の毒そうな表情を浮かべた。

「辛いと思うけど、食べなきゃだめだよ、史ちゃん。食べてエネルギーを溜めなきゃ、これから何が起きるかわからないんだから」

考えてみれば、そう慰めてくれる容子自身だって、つい二日前に母親を拉致され、父親は大怪我をして入院中なのだ。辛くないはずがない。

「うん——心配かけてごめん、容子ちゃん」

容子は何も言わず、ただ笑って、くしゃりと史奈の髪を撫でた。

「うわ、暑いね！」

サービスエリアの駐車場で降りると、容子が手をひさしにして、眩しそうに目を細めた。五月とは思えない、肌を焼くような陽光だ。

「それ、貸して。バッグに入れとくわ」

史奈が膝に載せていた狩猟ナイフの扱いに困っていると、容子がショルダーバッグに入れてくれた。万が一、警察官にでも見とがめられれば、銃刀法違反になる恐れはある。

「へーき、へーき。私みたいな女の子が、でっかい狩猟ナイフを持ってるとは誰も思わないし」

容子は気楽な調子で囁いて、笑いながら前を行く。赤いミニスカートに黒のスパッツを穿き、上はフリルのついたブラウスだ。史奈より二歳年上だから、まだ高校三年生のはずだが、しっかり化粧もしている。まさか彼女が、ケンカになれば、そのへんの体格のいい男の二、三人くらい軽くのしてしまうとは、誰ひとり想像もつかないだろう。

〈梟〉の若い女性は、みんなそんな感じだったと聞いている。

昼時で、レストランは混雑していた。信州蕎麦が運ばれてくると、諒一は無言で飲み物を飲むように手早く蕎麦をすすり、容子は蕎麦の味をいちいち誉めている。対照的なふたりだった。

食べられる自信のないまま、ざる蕎麦を頼んだ史奈だったが、ひと口食べると、海苔とわさびの香りに食欲を刺激され、黙々と蕎麦を口に運んだ。

「あのさ、史ちゃん。東京に知り合いっている？　お父さんたちの居場所ってわかるの？」

食事を終えると、容子が尋ねた。諒一はコーヒーを買いに行った。

「ううん。父さんと母さんの連絡先は、何も聞いてない。ばあちゃんは、長栖のおばさんには連絡してたんだね」

「うん、まあ一応ね」

「由香――中学校の時の友達が、去年の年末に東京に引っ越していったけど。その子くらいかな、東京の知り合いって」

「万が一の場合、しばらくかくまってくれそう？」

「わからない。今でも電話くらいはたまにするけど、向こうのおうちも見たことないし」

由香もこの春から高校生で、東京で新しい友達ができただろう。いつまでも、多賀や史奈との思い出にかかずらっているとは思えない。泊めてくれと頼むのは、いくらなんでもあつかましいように感じた。

「そうだよねえ」

容子が肩をすくめる。

「――私、学校に連絡もしてなかった」

昨夜から、一度にいろんなことが起きたせいで、自分の状況を学校に知らせることすら、思いつきもしなかった。集落で火災が起きたと知って、先生やクラスのみんなが心配しているだろう。ひょっとすると、死んだと思われているかもしれない。

「ちょっと電話してくる」

史奈は腰を上げようとしたが、戻ってきた諒一が、「座れ」と言って肩を押さえた。

「連絡したい気持ちはわかるが、今はダメだ。誰にも俺たちの居場所を知られたくない」

「でも――」

この春に入学したばかりの高校だが、担任の飯島（いいじま）先生は親切だし、クラスにもようやく馴染んできたところだった。

諒一が、音たかく缶コーヒーを史奈の前に置いた。まるで、史奈の抵抗を封じるかのようだ。他のテーブルの客らが、一瞬、こちらを振り向いたほどの鋭い音だった。

「ちょっと、やめなよ、諒一」

容子が口を尖らせる。諒一は容子を無視して、鋭い目でこちらを睨んだ。前かがみになり、少し声を低めた。

「いいか、史奈。子どもだからって甘えるな。お前は狙われているんだぞ。どこに敵がいるかわからない。奴らの目的はわからないが、今は慎重を期すべきだ。警察にも頼れないと言ったばかりだろう。学校や友達のことは、ひとまず忘れるんだ」

史奈は絶句し、視線をテーブルに落とした。

自分たちは、ここまで追い詰められなければいけない存在なのだろうか。

子どもの頃から、〈梟〉の歴史を祖母に教え込まれた。中世から始まる、一族の長い物語だ。時代の変遷とともに、権力者との関係も移り変わったという。一体に溶け合うような蜜月から、互いを恨みの炎でなぶりあう確執まで、〈梟〉の歴史は権力の暗黒史とも深いかかわりがある。

——それもこれも、一般の人々と異なる能力を持って生まれてきたばかりに。

史奈は、テーブルに置いた自分の両手を見つめた。ただの、十六歳の、女の子の手だ。

「自分を憐れんでもしかたがない」

「憐れんでなんか」

「それで事態が好転するなら、泣けばいいさ」

見透かしたように、諒一が言葉を継ぐ。諒一は正しい。泣いても始まらない。それは史奈にもわかるが、その正しさが腹立たしい。

諒一は、ぐっとコーヒーを飲みほした。

「もう行こう。早めに向こうで宿を探すんだ」

そのまま容子と史奈を急かし、車に戻らせようとする。

「あ、私トイレ行ってくる！」

容子が子どものように手を上げて、女性用トイレに駆けていった。史奈もその後を追いかけた。諒一は、手持ち無沙汰に待っているようだ。

「諒一ってクソ真面目だからさ。きついけど、勘弁してやってね」

手を洗いながら容子が詫びた。

「──ううん」

彼女に詫びてもらうようなことではない。容子は化粧を直すというので、史奈はひとり外に出た。容子のメイクは隙がなく、ずいぶん時間がかかりそうだ。日差しがますます強くなっている。眩しくて目を細め、立ったまま待つのにも気分的に疲れて、壁を背に座りこんだ。

すぐ前の喫煙所に、諒一が歩いてきた。こちらに背を向けて腰に手を当て、煙草を吸っている。若いのに、いまどき珍しい喫煙者らしい。堂々とした幅広い肩や、引き締まった腕が、いかにも頑健で俊敏そうだ。〈梟〉の一族らしい身体つきだった。周囲を見回す様子は、「睥睨(へいげい)している」という雰囲気だ。

――わかってる。諒一が悪いわけじゃない。

彼は、史奈を心配して、ああ言ってくれているのだ。言い方は必要以上に厳しいが、史奈に現状をしっかり理解させるためには、そうすべきだと考えたのかもしれない。

祖母がいない今、もう、自分ひとりの足で立たなければならないのだから。

「お待たせ――!」

容子の明るい声が弾んだ。

諒一が振り向き、ふたりがそろったことを確認すると、吸殻を潰して歩きだした。

ふいに、太陽の強い光がまともに顔に当たり、史奈は目を細めた。今まで、諒一の身体が日陰を作っていたらしい。そして、諒一がその場を退くと、史奈は自分が人目にさらされていることを実感した。

――まさか、私の姿を隠してくれてたの?

「一緒に行こう、史ちゃん」

容子が手を取って史奈を立たせ、体重を感じさせないフォームで走りだす。彼女に続いて駆けながら、史奈は諒一の悠然とした背中から視線を離せなくなっていた。

＊

――『万川集海』に曰く。譬えば水の雪と成り氷となるが如くに、暫く人の形をなすにてこそあれ、全く実に生ずるに非ず、不生の生なり。死するに似たりと云えども全く実に滅するに非ず、不死の死なり。

私たちのこの人の姿は、つかの間の仮の形にすぎないの。

生まれて永い人の世を生き、いつしか土に還るけれど、それは不死の死。

この世に生まれ、〈梟〉は常に、漂うように天と地の間にある。目を瞠り、世の行く末を鋭く見据えている。

千回生まれ、万回滅ぶ。だから〈梟〉は、死を恐れない。

死より遥かに恐ろしいものは……。

二　独りに利あり

二日め　13：45　史奈

「――着いたの？」

諒一が車を駐車場に停めるのを見て、史奈は後部座席で身体を起こした。滋賀から東京まで、七時間にのぼる長距離ドライブの終着点だ。あれからほとんど休憩も取らずに高速を飛ばし続けた結果、まだ午後二時にもなっていない。

「――ホテルって、ここ？」

六階建ての建物を見上げ、呆然と呟く。外壁のタイルは、元は白かったようだが、長い歳月と風雨に洗われ、今は灰色がかっており、ところどころ剝がれて下地のコンクリートが覗いている。「ホテルＭＩＳＯＵ」と書かれた看板も、今にも落ちてきそうな気がする。

「うーん、たしかに見栄えはしないけど、しかたがないんじゃない？　お金がありあまってるわけじゃないしねえ」

容子が苦笑しながら車を降りる。

「東京で駐車場が無料のホテルなんか、そうそうないからな。ぜいたく言うな」

諒一が、むすっと応じた。

――ぜいたくを言うつもりじゃないけど。

史奈は自分の言葉を呑み込んだ。

東京に、ほのかな憧れがなかったわけじゃない。ただ、史奈は、祖母が自分を〈梟〉の里から出さないだろうと諦めていた。テレビや雑誌で見る都会の生活は、自分の身の回りからは信じられないくらい輝いていた。何より素晴らしいのは、夜が明るいことだ。不夜城とも呼ばれる繁華街が各地にある。都会の人間は、眠らないのだ。

だが、いま目の前にあるホテルと、周辺の街並みは、史奈が通っていた高校がある町にもよく似ていて、地味で古びて、あまりにも当たり前すぎる生活感の塊だ。

「まあさ、私たちがこんなところに隠れているとは、敵も思わないかもね。ある意味、盲点？」

容子は慰めているつもりのようだが、ホテルの玄関をくぐり、諒一がフロントで部屋を頼む間、彼女自身も眉をひそめて傷だらけのリノリウムの床を見つめていた。

「ほら、キーだ。容子と史奈は一緒の部屋にした。最上階にある、ツインのレディースルームだ。俺は二階のシングルだ」

諒一が容子に鍵を渡している。ホテルに宿泊したこともないので、史奈は黙って彼らのやりとりを見守るしかない。

諒一は、車のトランクルームから、ボストンバッグをふたつ取り出して持ち込んでいた。容子が、大きいほうをひったくるようにして持ち、エレベーターに向かう。

「行こう、史ちゃん。部屋でゆっくり休憩しようよ」

疲れは感じていなかったが、史奈はテレビが見たかった。集落で起きた事件は、ニュースになっていないだろうか。続報があるなら、知りたい。

「ふたりは部屋にいてくれ。俺は出かけてくる。後で会おう」

諒一はさっさと二階でエレベーターを降りた。なんでもひとりで決め、行動する男だ。容子も同じように感じたのか、唇を尖らせた。

「しょうがないねえ、あいつ。ま、私たちは部屋でのんびりしてようか」

六階はすべてレディースルームで、女性専用なのだそうだ。とはいえ、男性の入室を防ぐ対策があるわけでもなさそうだった。容子がぶつぶつ文句を言いながら、部屋の鍵を開ける。

「ふーん、意外と広いじゃない。タバコくさくなくて、良かったぁ」

部屋にはベッドがふたつと、ソファに楕円形（だえんけい）のコーヒーテーブルがあるだけだ。風呂とトイレがひとつの部屋にあるだけでも、史奈には小さな驚きだった。

「テレビ、つけていい?」

さっさと窓側のベッドを選び、ボストンバッグの荷物を広げ始めた容子は、半ば上の空のように「もちろん」と応じた。

祖母の家にあったテレビより、ずいぶん大きくて薄い機種だ。もうひとつのベッドに腰を下ろして、リモコンで局を変えるうち、報道も扱う昼のバラエティー番組に行き当たった。いきなり、〈梟〉の里をヘリコプターで空撮した映像が出て、史奈は足から力が抜けそうになった。

——里が、全滅している。

集落に残されたわずかな家が、真っ黒に焼け焦げている。もう煙は上がっておらず、消防車の姿もなく、パトカーと黄色いショベルカーが周辺に停まっている。

ヘリコプターのローター音にかき消されまいと、男性レポーターが声を張り上げている。

『警察発表によりますと、集落の住民、十三名のうち、遺体が発見されたのが一名。十六歳の少女を含む、残り十二名は行方不明とのことです。このうち遺体で見つかったのは、火災が発生した民家に住んでいた、乾勢三さん、五十三歳と見られています。現在までに、火災に遭った民家のうち、およそ半数を重機で取り除ける作業が終わりましたが、生存者は見つかっていません』

映像はスタジオに戻り、男女ペアの司会が、行方不明になっている住民の氏名を、ひとりずつ読み上げ始めた。「サカキキリコ、サカキフミナ」とスピーカーから流れるのを聞いて、史奈はさらに身体を硬くした。まだ、祖母の遺体は発見されていない。それだけが、希望の光だ。

そっと肩に手を置かれた。いつの間にか、容子がそばに来ていた。

「史ちゃん、そんなの見たって、辛くなるだけだよ。状況がはっきりしたら、新聞に詳しいことが載るだろうから」

「うん――」

集落を脱出してから八時間近く経過しているのに、捜査はあまり進展していない。がっかりして史奈は頷いた。

テレビを消そうとリモコンを握った時、画面に自分の顔が映った。正確には、史奈と、若い頃の勢三の顔写真だった。

史奈は衝撃を受け、硬直した。

『亡くなった乾勢三さんは、以前、地元の大学で講師として民俗学を教えていました。行方不明になっている榊史奈さんは、この春、彦根市の高校に入学したばかりでした』

容子が小さく舌打ちした。

「――写真まで出さなくてもいいのに」

映ったのは、中学の卒業アルバムに載せたものだ。同じ学年の誰かが、テレビ局に見せたのだろうか。

「〈外〉で目立つなって、ばあちゃんに言われてるのに」

史奈の声が震えているのに気づいたのか、容子が困ったように再び肩に手を置いた。

「史ちゃんが悪いわけじゃないもの。しょうがないよ。おばあちゃんも許してくれる」

「――私、もう死んだと思われてるんだ」

生きている人間なら、プライバシーの保護も必要だが、死んだ人間のプライバシーなんか必要ないと考えているのかもしれない。〈梟〉の人間はほとんど外に出ないから、写真も手に入りにくい。

容子がリモコンを奪い、テレビを消した。

「あんまり考えすぎないほうがいいよ。だけど、困ったね。この調子で顔写真が流れちゃうと、ホテルの人に気づかれるかもね」

自分が生きていることは、まだ警察にも言えない。消えた住民の謎に、報道が過熱するのは目に見えている。

――ホテルのフロントは、自分を見覚えているだろうか。

不安になったが、フロントで部屋を取ったのは諒一で、容子と自分は離れた場所にいた。顔はほとんど見られていないはずだ。

「ちょっと待ってて。諒一と相談するから」

　容子がショルダーバッグから携帯電話を取り出し、電話をかけはじめた。テレビで見たことなどを説明し、今後の対応について相談しているようだ。

「……うん。わかった。なるべく早くしてね」

　容子がしかめっ面で通話を終える。

「どうしたの？　諒一はなんて？」

「化粧品と、服を買って帰るって。あと、史ちゃん、髪型を変えてみる？　切るのはもったいないから、お団子にして帽子をかぶってもいいかもね」

　その程度で人の目をごまかすことができるのなら、お安いご用だ。

「諒一、しばらく泊めてくれそうな友達のところに、頼みに行ってるらしいの。いつまでもホテル暮らしってのも無理だしね。だから、まだ何時間か帰れないって」

「どこにいるの？」

「渋谷だって。友達がそっちでバイトしてるらしくって」

　東京の地名を聞いても、さっぱりイメージがつかめない。史奈の様子を見て察したのか、容子はスマホに地図を表示させ、自分たちがいる場所と、渋谷の位置関係を見せた。

「いま私たちがいるのがここ。埼玉や千葉と近いほうね。諒一がいるのはこっち」

「ずいぶん遠いみたい」

「そんなに遠くもないんだけど、ちょっと時間かかるって。友達のバイトが終わるまで、待たなきゃいけないから」

心細さが、表情に出たのだろうか。容子がいきなり笑って、どんと背中を叩いた。

「そんなに心配しないでよ、史ちゃん。なんとかなるって」

――そうだろうか。

そもそも、しばらく隠れると言っても、これからどうすればいいのか。容子や諒一がいなければ、途方に暮れただろう。

「諒一もさ、なんつーか、いろいろ気が利かないところがあるけどさ。あれはあれで史ちゃんのことを心配して、考えてるから。任せていいと思うよ」

「うん――ありがとう、ほんとに」

里からここまで八時間近くも一緒にいたのに、衝撃を受けすぎたせいで、聞きたいことも聞けないままになっていた。

「ねえ、容子ちゃん。容子ちゃんは、東京で高校に通ってるの？」

「うん、一応ね」

容子がちらりと赤い舌を覗かせる。

「一応ってのはつまりね、私、学校嫌いなの。だから、入学はしたし籍も置いてるけど、あんまり行ってないんだ」

容子の説明によると、諒一も大学生だが、大学に通うのはもっぱら陸上競技の練習をするためだという。世間知らずの史奈でも知っているような、有名な体育大学だった。

「諒一、ウルトラマラソンの選手なのよ」

「ウルトラマラソン？」

「聞いたことない？　普通のマラソンって、四十二キロちょっとのコースを走るじゃない。ウルトラっていうのは、それより長い距離を走るの。五十キロ、百キロとかね」

驚いた。史奈も体育の教師に、陸上競技を勧められたことがある。〈梟〉は持久力に優れているので、マラソン競技に向いている。

だが、祖母は、史奈が陸上部に入るのを許さなかった。入れば頭角を現すのは間違いない。万が一、活躍して目立ってしまうと、〈梟〉の里がクローズアップされかねない。

〈ええな、史ちゃん。〈梟〉は、表に立たず、目立たずやで。新聞に写真が載ったりするのは、避けけんとあかん〉

それは、子どもの頃から祖母が口を酸っぱくして言っていた。自分たちの身体能力は、スポーツに活かせば一流選手にもなれる可能性を秘めている。だが、世間でいう有名人になるような行為は、里では御法度だ。

——長栖のおうちでは、もう〈梟〉のルールを守る気がないのかな。

里を出た家族だ。考え方もすっかり変わってしまったのかもしれない。

「容子ちゃんも、何かスポーツするの？」

「私？　うーん、私はあんまり。汗くさいの好きじゃないし」

容子があいまいに笑う。

「そうだ、史ちゃん、何か飲む？　車に乗りっぱなしで、疲れたんじゃない？」

「ううん――疲れはしないけど」

部屋の隅にある小型の冷蔵庫を開けた容子が、中が空っぽなのを見て唸った。

「下に自動販売機があったから、何か買ってくる。史ちゃんは部屋から出ないでね。顔を見られないようにして」

容子は、窓の花柄のカーテンを閉めた。

「――そうだ。これ、史ちゃんに返しておくね。大事なものでしょ」

容子がこちらに柄を向けた狩猟ナイフを、史奈は受け取った。里から持ち出せたのは、今のところこれひとつだ。何年も前の誕生日に、祖母がプレゼントしてくれたものだ。

陽気に手を振って、容子はショルダーバッグだけを提げて部屋を出ていった。

――容子ちゃんたら。

疲れたかと聞くなんて、心配性だ。〈梟〉の里の者は、かんたんに疲れたりしない。

そう思いながら、狩猟ナイフをベッドのヘッドボードに載せた。後で、これを入れる袋か何か、用意しなければいけない。ホテルの部屋には、掃除が入るだろう。

しかし、ここに長栖の兄妹がいてくれることが、つくづくありがたかった。彼らにとっては、自分の存在なんてお荷物でしかないはずだ。宿泊や食事の費用だって三人分かかるし、テレビで顔写真が流れてしまった史奈と一緒では、いっそう動きにくくなる。彼らが〈梟〉の里を出て十年以上になるのに、まだ自分を覚えていてくれただけでも感激だ。

容子たちの父親は、大怪我をして入院中だと言っていた。連れ去られたという母親も心配だろう。

ベッドの上には、容子がボストンバッグから引っ張り出した衣類が積まれている。フリルやレースが随所についているが、少女趣味ではなくスパイスの効いた服装が好みらしい。小柄な容子に、よく似合いそうだ。史奈にはサイズが合いそうもなく、自分が本当に容子の背丈を追い越してしまったのだと、しみじみ感じた。

容子が戻ってくるまでの数分間が、もたない。祖母は時間を無駄にすることを嫌う人で、わずかでも空いた時間があると、手仕事をしたり、掃除をしたりと、意味のあることをしたがった。その祖母と暮らしたせいか、史奈も無為に時間を潰すことができない性分だ。

さして広くもないホテルの部屋は、ざっと見ただけで興味を失った。ホテルの冊子がテーブルに置かれていて、一階に居酒屋とコインランドリーがあることはわかった。

電気の湯沸かしポットと、インスタントコーヒーや緑茶のティーバッグはある。これで、お茶を淹れることくらいはできそうだ。

――これから何日も、この部屋でじっとして過ごすの？

それはかなり、退屈を通り越して拷問のようだ。

好奇心が湧いて、容子のベッドから赤い水玉模様のカットソーを一枚取り、広げてみた。胸のふくらみを強調するような、パッドが入っている。祖母はこういう、女性らしさを際立たせるデザインをほとんど憎んでいると言ってもよく、史奈には一枚も買わせてくれなかった。

――ふうん、長栖のおばさんは、許してくれたんだ。

じんわり、嫉妬ともやっかみともつかぬ感覚にとらわれ、史奈は慌てた。

「――サイテー」

あんなに一生懸命、自分を助けてくれる容子に、嫉妬するなんてどうかしている。

急いでカットソーを衣類の山に戻した時に、ボストンバッグの中が見えた。他人のプライバシーを覗く趣味はないが、薬の箱のようなものが見えて、気になった。容子はどこか悪いのだろうか。

好奇心に負けて薬の効能を読んだ時、鍵を開ける音がして、史奈は自分のベッドに飛ぶように戻った。動悸が激しい。いま自分が見たものの意味が、理解できなかった。

「お待たせ！」

陽気に手を上げた容子が、ペットボトルをテーブルに並べる。部屋を出た時と変わらない笑顔だ。緑茶やコーヒー、ジュース類を、史奈が見やすいように並べてくれる。

「どれがいい？　好きなのを取ってね」

「あ、ありがとう」

「──どうかした？　史ちゃん」

史奈の動揺に気づいたのか、怪訝そうにこちらの顔を覗き込んだ。

「なんでもない。りんごジュース、もらうね」

史奈は目を伏せて、ジュースのペットボトルを取った。

「ありゃりゃ。私ったら、こんなに散らかしてたのね。ごめんね、史ちゃん。すぐ片づけるよ。それから、諒一が史ちゃんの着替えもちゃんと用意するからね。あ、下着はたぶん、スポーツ用の色気のないのを買ってくると思うけど、許してやってね。明日にでも、私がどこかで可愛いのを探してきてあげる。あとでサイズを測らせてね」

容子は朗らかに言いながら、ベッドに座って衣類を畳み始めた。ついでに、ボストンバッグの中をちらりと覗いた。一瞬、容子の視線が史奈の頬に当てられたような気がしたが、彼女は何も言わずに、服を畳む作業を続けた。

史奈は目を閉じてジュースを飲んだ。

祖母はいろんなことを史奈に教えた。〈梟〉の里には、古くから伝わる処世訓がある。

その冒頭に書かれた言葉を、史奈はいま、思い出していた。

――あらゆるものを、疑え。

二日め　14：15　結川

「それでは、他の住人の遺体は、ひとつも出なかったんですか」

結川は自分の耳を疑った。

十三人が暮らす集落が火災で消滅し、発見された遺体は乾勢三のものだけだった。山にショベルカーを入れて焼けた民家を取り除け、遺体を探したが、ムダだった。捜索にあたった警察官たちも、困惑している。

「あとの十二人は、いったいどこへ消えたんだ――」

乾勢三は撃たれていた。遺体のそばに猟銃があり、柱に弾傷も残っていたが、それは散弾の痕だ。勢三の命を奪ったのは、九ミリの拳銃の弾だった。こののどかな集落に、拳銃は似合わない。

誰かが拳銃を持ち、集落を襲ったのだ。勢三はそれに猟銃で立ち向かい、殺された。

集落の住民らは、鹿の駆除などに協力するため、猟銃所持の許可を受けていた。

長老格の榊桐子という女性までが、自宅に猟銃を置いていた。その猟銃は、焼け跡から見つかった。彼女も果敢に抵抗したらしく、榊家の門柱には、内側から撃った散弾の痕が残されていた。

「襲撃されて驚いたか、追われたかして、この上の山に逃げ込んだ可能性はないでしょうか」

駐在所の吉保巡査が、眩しげに手を庇のようにして、山を仰ぎながら言った。

山を下りていれば、これだけの警察官や消防、報道関係者らが押し寄せているのだから、見つけているはずだ。山に逃げ込んだ可能性も確かにある。そう感じたが、結川は首を横に振った。

「俺はむしろ、下にあったマイクロバスのタイヤ痕が気になる。残りの住人は、誰かに連れ去られたんじゃないだろうか」

誰が、何の目的で、彼らを連れ去ったのか。それは結川にも想像できない。ともかく、十二名が行方不明という異常な状況だ。

「近くの高速の入り口にあるカメラで、今朝からマイクロバスが通過していないか調べてみよう」

榊史奈という、集落で唯一の十代の少女も行方不明だ。今年の春から高校に通っている。彼女の高校と中学時代の担任から話を聞いた。ふたりとも口をそろえて、おとなしく真面目で、目立たないタイプの生徒だったと話していた。健康で、中学時代の成績は、常にトップクラスだった体育を除くと普通だったそうだ。中学、高校を通じて部活動には参加せず、特に陸上部の顧問が残念がっていたという。

先ほど、テレビ局が彼女の写真を手に入れて、死んだ乾勢三とともにニュース番組で顔写真を流したという話を、県警本部から聞いた。

——それは、まずくないか。

聞いた瞬間に、嫌な予感がした。

なんでも、集落の住民は外部との接触が少ないせいで、写真がほとんど手に入らず、ずっと昔に大学で教えていた乾勢三と、高校生の榊史奈だけ、写真が入手できたのだそうだ。

しかし、事件は異様な様相を呈している。亡くなった乾勢三はともかく、榊史奈はまずい。テレビ局は、彼女が火災で死んだと早合点したのかもしれないが、彼女が集落を襲って火を放った可能性だって、ゼロではないのだ。その場合、未成年の被疑者の顔写真が、公共の電波に乗って晒(さら)されてしまったことになる。

もちろん、そんな事情でないことを祈るが。

「あれ、こんなものあったかな」

吉保巡査が、榊家の焼け跡を観察して、声を上げた。

「どうした」

「何度もこの前を通りましたが、こんな家紋がついていたとは気づきませんでした」

他の家々は、トタン屋根ばかりだが、榊家の屋根は瓦葺き（かわらぶ）だ。軒先の丸い瓦に、見たことのない文様がついている。おそらく家紋だろうが、他に桔梗の紋もあったはずだ。

「初めて見るな。何だろう」

「鳥のように見えますね。梟かな」

言われて、結川もしげしげとそのマークを眺めた。確かに、梟に見えなくもない。

ふいに、吉保巡査がどこかに向かって歩きだした。

「どうしたんだ」

「そういえば、森のなかに、集落の神社があるんです。あれは燃えなかったのかな」

興味が湧き、結川も後を追った。民家のすぐ裏が、森になっている。木々の下の、腐った葉が柔らかい土になったあたりを、ふかふかと歩いていくと、神社というよりは、祠（ほこら）と呼びたいような、小さな建物と鳥居が見えてきた。こちらは、無事だったようだ。

祠の前の扉は、きっちりと閉じられている。

「かなり、古いものだな」

「集落ができたころから、あるそうですよ。あの井戸も」

吉保が指さしたのは、祠の横にある円筒形の井戸だった。今は、円板状の石で蓋がされている。

「集落にも水道は来てるんですが、神事の時には、この井戸から水を汲むそうです」

近隣の出身である吉保は、そうとう集落内部の事情にも通じているようだ。

「吉保さん、どう思う？　集落の住人が、トラブルに巻き込まれていた様子はないのかな」

吉保が眉をひそめ、首をひねった。

「いや、私もずっと考えているんですが、そんな様子はありませんでした。ちょっと排他的で変わってるところはありましたが、こんな事件に巻き込まれるような予兆はありませんでしたね」

結川は頷いた。

自然に恵まれた、環境の良い集落。

こんな場所に、しがみつくように生きていた、十六歳の少女を含む住民。

集落で発生したのは、最悪の可能性を考えるならば殺人、誘拐、放火だ。どんなトラブルに巻き込まれれば、こんな事件が起きるのか、想像もつかなかった。

二日め　20：20　史奈

「お先でした。シャワー浴びると、生き返った感じがするね」

　史奈は髪をタオルで乾かしながら、室内に戻った。まだ着替えがないので、元の服を身につけるしかない。容子がベッドの上から明るい笑顔を向けてくる。

「そう？　良かったよ。史ちゃんがシャワー浴びてる間に、コンビニでおにぎり買ってきた。諒一は、もう少ししたら帰ってくるんだって。好きなの取ってね」

　テーブルの上に、コンビニの袋が載っているのを、史奈はちらりと見た。

「ありがとう。明太子（めんたいこ）もらっていい？」

「もちろん」

「容子ちゃんもシャワー浴びてきたら？」

「うーん、私は後でいいかな。諒一から連絡が入るかもしれないし」

「連絡があったら、スマホを風呂場に持っていくよ。どうせ、他にすることもないし」

「まあねえ。そりゃまあ、たいくつだけど。テレビでも見る？」

　容子はするりとはぐらかし、テレビのリモコンを手に取った。史奈を部屋に残してシャワーを浴びないのは、鞄（かばん）の中身を見られたくないからかもしれない。風呂場にショルダーバッグを持ち込むわけにもいかないだろう。

史奈は明太子のおにぎりを取り、齧った。緊張のせいで気づいてなかったが、お昼に蕎麦を食べたきりで、おなかがすいていたようだ。つい、むさぼるように食べる。

「他のも食べていいからね。私、先にサンドイッチもらったよ」

容子は人気俳優が出ているドラマに、テレビのチャンネルを合わせた。ベッドの上で体育座りをして、ドラマに集中しているかのようだ。

史奈はテレビ画面に表示された時刻を確認した。もう午後八時二十分だ。

「容子ちゃん、考えたんだけど」

「ん、なあに？」

「誰が何の目的で里を襲ったのかわからないけど、このまま隠れているのって、難しいんじゃないかな」

何を言いだすのかと言いたげに、容子は黙ってこちらを見た。

「特に私は、顔写真までテレビで流されちゃったし。このままだと、すぐ居場所がばれて捕まるような気がするの」

「心配ないよ。諒一に任せておけば」

「そうかな？――考えたけど、私たち、別行動をとったほうがよくない？」

「別行動？　どうして？」

「里を襲った奴らは、長栖のおじさんやおばさんも襲撃したんでしょう。私だけじゃなく、容子ちゃんたちのことも捜してると思う。三人一緒にいるのは危険じゃないかな」

「うーん、心配するのも当然だけど、史ちゃんは何か当てがあるの？」

「これと言って、当てがあるわけじゃないよ。だけど、〈梟〉には昔から用意された緊急避難先があるじゃない」

「諒一が帰ってきたら、相談してみてよ。私には決められないからさ」

容子は肩をすくめ、テレビに視線を戻した。史奈の言葉を理解したふりをしているが、彼女には意味がわからなかったのだと史奈は悟った。

——里の人々に、数百年も昔から用意されてきた、緊急避難先。

それを知るのは、〈梟〉だけだ。

史奈は腹ごしらえをすませ、つと立ち上がって窓に近づいた。カーテンの隙間から外を覗く。道路を挟んだ向かいの、ラーメン屋の看板が、明るく輝いている。

「史ちゃん、外から見えないようにね」

「うん、わかってる」

じっと見つめるうち、まばらに走っている車のなかに、見覚えのある白いＳＵＶを見つけた。諒一の車だ。ホテルの隣にある駐車場に入っていくのが見えた。帰ってきた。

もう、躊躇している暇はない。

史奈は腹部を押さえた。

「――いた。おなか痛くなってきちゃった」

「えっ、大丈夫？」

苦しげに顔を歪めると、容子が慌てたようにベッドから腰を浮かせた。

「いちどに食べすぎたのかな。めっちゃ痛い」

「胃薬か何かいる？」

「わかんない。ちょっと、トイレ借りるね」

「すごく痛むようなら言ってね」

「――あの」

史奈はバスルームの扉に手をかけ、上目遣いに容子を見つめた。

「恥ずかしいから、私、外のトイレ行ってくる。一階に共用のトイレがあったよね」

容子が慌てふためく。

「えっ、ええっ？　史ちゃんが外に出たら危ないいし、そんなの気にしなくていいんだけど――それじゃ、私が廊下に出てるから。入っても良くなったら声をかけてくれる？」

「いいの？　ごめんね、ほんとに――」

ショルダーバッグをつかみ、「いいよ、気にしないで」と言いながら、容子が部屋を出た。史奈は、音をたてないようにドアのチェーンをかけた。

——そう。この反応を狙ったのだ。

足音を忍ばせて室内を横切り、静かに引き窓を開ける。ベッドのヘッドボードから狩猟ナイフを取り、ジーンズの背中側に押し込んだ。

窓の外にベランダはない。宿泊客が誤って落ちないようにか、あるいは飛び降り自殺防止のためなのか、胸の高さまで柵が設けられている。それを、史奈は軽々と乗り越えて、柵の上部につかまり、窓枠の下部に足のつま先を載せた。どうやって降りるか、周囲を見渡して考えをめぐらせる。

六階の窓から見下ろせば、ホテルの前の道路を走り過ぎる車も、ミニカー程度の大きさに見える。

諒一は、史奈を逃がさないために、レディースルームにかこつけて、最上階の部屋を選んだのだろうか。もしそうなら、史奈を見くびっている。

迷いはなかった。

右側の部屋の向こうに、非常階段が見えた。右隣の部屋の窓から非常階段の手すりまで、二メートル程度離れているが、その中間にリネン室のものらしい小窓がある。

——楽勝。

史奈は窓の端ににじり寄り、右隣の部屋の窓に、片手と片足を移動させた。隣室の窓に移るのは簡単だった。隣の宿泊客に見つかると厄介だが、室内は暗く、まだ誰もチェックインしていないようだ。

指先とつま先でカニのように窓を横に這い、リネン室の小窓に移動する。ここは足場がないから、指だけで体重を持ちこたえた。片手の指三本もかけることができれば、しばらく体重を支えることができる。祖母の言いつけで、そういう訓練をしてきた。馬鹿げていると子どもの頃は思ったが、まさか現実にこんなスキルを使う日が来るとは。

次は非常階段だ。階段の手すりに、史奈の手は届かない。足を振り上げれば届く位置なので、迷わず両足を手すりに載せ、膝の裏が手すりに乗った瞬間に手を放してぶら下がる。間一髪で、狩猟ナイフを鞘ごと落とすところだった。危ないところでしっかりつかみとり、あとは腹筋を使って起き上がれば、もうなに食わぬ顔で非常階段に立っていた。

──自分が逃げたら、容子は悲しむだろうか。

階段を駆け下りながら、史奈はほんの少しだけ、後ろ髪を引かれる気がした。今朝会ったばかりだが、彼女が親切だったのは確かだ。

だが、彼女はたぶん、容子ではない。兄のほうも、きっと諒一本人ではない。

自称〈容子〉がボストンバッグに隠し持っていた薬には、「眠気防止」と書かれていた。この世でいちばん、〈梟〉には必要ない薬だ。しかも彼女は、一族の緊急避難先についてて知らないようだった。

――〈梟〉は、眠らない。
睡眠を必要としない一族なのだ。

いつからそんな能力を身に着けたのか、なぜ眠らずにいられるのか、詳しいことは史奈も知らない。ただ、彼女自身、生まれた時から眠ったことがない。眠る人を目の当たりにしたのは、小学校に入ってからだった。

あのふたりは、〈梟〉ではない。長栖の兄妹に化けて近づいてきた何者かだ。

六階の窓から誰かが顔を出し、怒鳴っている。〈諒一〉の声だ。史奈から目を離すなんて、何をやってるんだと〈容子〉に怒っているのだ。

史奈は一目散に階段を駆け下り、塀を乗り越えてホテルの敷地から道路に出た。

先ほど、渋谷とホテルの位置関係を教えるために、容子がスマホの地図を見せてくれた。その時に、どの方角に向かえば鉄道の駅があるか、すばやく見覚えた。里では、勢三と史奈が、新しいテクノロジーを学んで里に必要なものを取り入れる担当だった。勢三は昔、大学で教えていたこともあり頭が良かったし、史奈は若くて学校に通っており、〈外〉との接触も多かったからだ。〈梟〉は伝統を大切にするが、時代に乗り遅れることを嫌う。

月と星の位置から方角を知ろうとしたが、東京の夜はこんな場所でも明るすぎて、星が見えなかった。目的とする〈緊急避難先〉の方角も、そこまでの距離も、これでは測りようがない。

だが、位置などわからなくとも、ふたりから離れるのが先決だった。史奈は左右を見回し、心が惹かれた方角に、駆けだした。

＊

掛けまくも畏き　産土大神の大前に　慎み敬ひも申さく
この宮殿を　静宮の常宮と　鎮まり坐す大神の
高き尊き大御恵を　仰ぎ奉り称へ奉る
梟の諸々　大前に参集ひ　幣帛捧げ奉り　祈ぎ奉る
己が負ひ持つ　任務に励ましめ給ひ　喜の尽くることなく
家門は　弥広に弥高に　子孫の八十続に至るまで

五十橿八桑枝の如く　立ち栄えしめ給へと
恐み恐みも申す

＊

史奈が小学生の頃、里にはもう少し住人がいた。

史奈の両親はもう東京に出ていたし、長栖の一家も里を下りていたが、栗谷のばあちゃんは健在だったし、堂森のうちもまだ里に住んでいた。

夜になると、彼らはみんな星明かりを頼りに鎮守の森に三々五々、集まってくる。蠟燭や懐中電灯など必要ない。〈梟〉の一族は夜目がきくうえ、このあたりの森は彼らの庭のようなもので、木々の位置や地面のこぶの在処まで、知り尽くしている。〈ツキ〉と呼ばれる長老格の榊桐子が到着すると、目の見えない堂森家の主が鈴を鳴らし、栗谷のばあちゃんが笙を吹き、〈讃〉――一族の祝詞とお声明のようなもの――が始まる。月に一度、史奈はお堂に捧げる水を汲んで、石の器に注ぎ、皆に回す。

いまでも、夜ごとに繰り広げられたあの情景を、脳裏にくっきりと思い浮かべることができる。

鎮守の森には小さな鳥居とお堂と井戸があった。お堂に蠟燭をあげ、半円状にお堂を囲んだ〈梟〉の末裔たちが、半分閉じたような目で朗々と〈讃〉を詠唱するのだ。

ちらちらと風に揺れる蠟燭の炎が、一族の者たちをほの赤く照らす。〈讃〉は短い蠟燭が八本交換され、すべて燃え尽きるまで続けられた。だんだん歌い手の頬が上気し、肌が汗ばんで熱気がこもる。子ども心にも、しんとはらわたに染み入る光景だった。〈梟〉の〈讃〉は、一族の守り神と先祖への捧げものだ。この不思議な授かりものをした一族は、多賀の山深くにひそみ、命脈を永らえてきた。多くを望まず、日々のつつましい暮らしを大切に守ってきた。

夜は〈梟〉のものだ。

眠らない一族にとって、〈外〉の人々が寝静まる夜ほど、解放感にひたれる時間はない。〈梟〉の祭りは夜に執り行われる。里の人口が減ったので、史奈が物心ついたころには、祭りも昔ほどの賑(にぎ)わいはなかったが、仮面をつけた男女が、全身を包み隠す黒い着物を身にまとい、剣や槍(やり)を持って舞う踊りなどは、史奈も記憶している。

――その男が里に迷い込んできたのは、偶然だったらしい。

後で聞いたことだが、男はカメラマンで、河内の風穴と、周辺の植生を写真に撮るべく、東京から多賀に来ていたのだ。車はレンタカーで、風穴の入り口そばにある駐車場に停め、どんどん山の奥に分け入りつつ写真を撮影していて、道に迷った。

シャッターを切る音が聞こえた瞬間、祖母の桐子の目が、火花を散らすかのように光った。

「そこの木の陰！」

祖母が言うが早いか、堂森家の四十代のおばさんが黒い矢のように飛びかかり、男を地面に押さえ込んだ。わっと叫ぶ男の声が聞こえた。堂森のおばさんは、細身の鞭のような体形で、すばしっこく力が強い。

〈讃〉は途絶え、史奈は誰か——おそらく勢三——が彼女を守るように、前に立ちふさがるのを見た。

里の者たちが、地面に倒れた男と、堂森のおばさんを、無言で取り囲む。

「離してくれよ！　いきなり何するんだ！」

声を張り上げる男の顔を、祖母が覗き込む。その手には、お堂から取ってきた燭台があった。三十歳前後の、山賊みたいにひげを生やした男の顔が、炎に照らされる。うつぶせの男は眩しげに目を細めた。

「——ここで何をしていたんや」

「写真を撮っていたんですよ。道に迷って困っていたら歌が聞こえてきたから、誰かいると思って歩いてきたんです」

祖母は、相手を値踏みするように、灯りを近づけ無言で眺めた。その時間の長さに、相手はしびれを切らしたように身じろぎした。

「助けてくださいよ！　ほんとに道に迷っただけなんですって」

祖母が頷きかけると、堂森のおばさんが男から手を離し、立ち上がった。男はおおげさなくらい、痛そうに手首や膝のあたりをさすった。それから、地面に転がったカメラとバッグを後生大事にかき集めた。その間、里の者たちは何も言わず、男を注視していた。

「あ、あの――」

男はようやく振り返り、そこに居並ぶ面々の無表情に臆したように、口ごもった。

「河内の風穴の駐車場に、レンタカーを停めてあるんです。そこまで戻りたいんですけど、こんなに暗くなってしまったし、道がわからなくて」

男が言いかけたのは、駐車場まで連れて行ってもらえないかという頼みだったのかもしれない。

「――今夜はもう遅い」

祖母が月を仰ぎ、呟いた。

「あんたじゃ足元が危ないやろ。泊まっていったらええ」

祖母は勢三を呼び、何か言いつけた。勢三が穏やかに微笑(ほほえ)んで、男に頷きかけた。彼は、取り付く島もない里の者たちの中で、ただひとり〈外〉の者を安心させる話し方ができる男だった。

「うちはひとり暮らしですから、もし良かったら泊まっていってください。何もおかまいできませんが、今から風穴の駐車場まで行くのは、危険ですからお勧めできません」

「でも、ご迷惑では——」

「いえ、本当に泊まっていただくだけで、何もできませんので気がねはいりません。今から駐車場まで歩いていくと、失礼ですが、あなたの足では小一時間かかりますよ」

そう聞くと、男が愕然（がくぜん）とした表情になった。思った以上に、山中で長い間、迷っていたのだろう。

祖母の言葉通り、男は勢三の家にひと晩だけ泊まることになった。外部の人間を歓迎しない〈梟〉には珍しいことだ。

里が外部の人間を受け入れるのは、徐々に人口を減らしつつある〈梟〉が、結婚相手を探す時くらいだ。もはや、一族の純血にこだわっていては絶滅する日は近いと悟り、明治維新の頃に、まずは〈外〉から嫁を受け入れたのだった。今となっては、江戸時代まで系図を遡っても、〈外〉の血が入っていないのは、榊の家くらいだ。

外部の人間との間に生まれた子どもは、〈梟〉の特徴を備えている場合と、そうでない場合に分かれた。〈梟〉の特徴、特に、睡眠を必要としない性質を持たずに生まれてきた子どもは、早いうちに〈外〉に養子に出されたそうだ。また、因果を含めて〈外〉から受け入れた伴侶であっても、〈梟〉の風習に馴染むことのできない妻や夫は、離縁された。中には、子どもだけもぎ取るようにして、里から追い出された嫁もいたようだ。そんな数々の過去のせいもあり、〈梟〉の里は、近隣の集落から奇異の目で見られている。


「史ちゃん、ちょっと」

カメラマンが勢三の家に入った後、史奈は祖母に呼ばれた。

「後で、勢三の家に行ってくるんや。絶対に、あの男に気取られんようにな」

「どうして？」

「行けばわかる。家に近づけば、勢三がうまいことしよる」

意味がわからなかったが、数時間後、勢三の家の明かりが消えたのを機に、祖母が目まぜして「行け」と言った。勝手口からそっと出て、勢三の家の勝手口に近づくと、引き戸が細く開いて、黒いものが突き出された。カメラバッグだった。受け取れという意味だと思い、史奈はバッグを受け取った。音もなく勢三の家の勝手口が閉まる。

持ち帰ったカメラバッグを、祖母は史奈に開かせた。中にはデジタル一眼レフが一台と、いろんな形やサイズのレンズが入っていた。

「史ちゃん、あの男が撮った写真の見方、わかるか？　勝手に〈梟〉を撮ってないか調べてみて」

初めて手に取る機種だったが、直感で触っているうちに、なんとなく撮影済の写真の表示方法がわかった。まだ小学生だったが、こういうものを扱う勘がよかったのだろうか。

一枚ずつ、写真をチェックしたが、〈梟〉を撮影したものと言えば、鎮守の森で撮られたあの一枚だけだった。他はみんな、男が話した通り、観光用に開放された河内の風穴の内部と、周辺の森の木々や苔などだった。

「その写真、削除して」

他人のカメラを勝手に触り、写真を消したりしていいのかとは、史奈は尋ねない。祖母の指示は絶対だ。言われるまま、削除ボタンを押して一枚だけ消した。

「ばあちゃん。もし、さっきの人が、里の写真を隠れて撮ってたら、どうしたの？」

史奈はふと尋ねた。里の長老として尊敬を集める祖母だが、史奈には厳しくても無茶は言わない。その祖母が、ふっと陰影のある表情を見せた。

「――様子がおかしければ、写真を削除するだけではすまされん」

その先を何と続けるのか、もしあの男が里の様子を〈外〉に発信しようとしているのなら、祖母は男をどうするのか、興味が湧いたが、祖母が続けたのは別のことだった。

「ええか、史ちゃん。里とみんなを守るのは、いずれあんたの役目になるんや。〈梟〉は昔から、悪い奴らに狙われてきた。誰も信用したらあかん。みんながあんたを騙そうとしてると思うて、疑ってかからんとあかん」

「里のみんなは?」

「里はべつや」

祖母が微笑む。

「ええな。あんたが信じていいのは、〈梟〉だけ。他の奴らは、みんなあんたを食い物にする敵やと思うとき」

いま、史奈は闇に向かって歩きながら、祖母の言葉を明瞭に思い出している。

二日め　22:15　史奈

中学時代の友人、由香の携帯電話にかけると、留守番電話サービスに接続された。

『――ただいま、電話に出ることができません。ご用の方は、ピーという発信音の後に、メッセージを録音してください』

自動音声を聞いて、史奈は公衆電話の受話器をフックにかけた。声を残す気はない。

「――どうしよう」

公衆電話からの通信を怪しんで、出ないのかもしれない。史奈でもそうする。由香の一家が引っ越したのは、多摩(たま)市のマンションだった。彼女の父親が半導体メーカーの技術者で、そこに社宅があるのだと話していた。電話番号と住所は覚えている。直接そこに行くことも考えたが、史奈が今いるのは足立区で、どのくらい距離があるのかわからない。

とりあえず、〈諒一〉と〈容子〉を騙るふたりは、引き離したようだ。

風穴から持ってきた狩猟ナイフには、仕掛けがあった。柄の中に、小さく折り畳んだ一万円札を隠してあったのだ。万が一の時に、この現金が助けになるという、祖母の知恵だった。今がまさに、「万が一の時」だ。

史奈は前方を横切っている、鉄道の高架らしきものを見上げた。まだ夜の十時すぎで、どこに行くのか知らないが、電車は走っている。高架に沿って歩けば、駅に出るのは間違いないが、駅に入れば防犯カメラに自分の姿が残されるだろう。なるべく避けたい。由香に接触するのも、まだ迷っていた。彼女は、〈梟〉の里で起きた事件を知っているはずだ。史奈が行方不明とされていることも知っているだろう。電話がかかってくれば、両親に話すか、警察に知らせるかもしれない。

警察が味方だとは限らないと言ったのは、〈諒一〉たちだ。今となっては、あの言葉も疑わしい。

だが、警察に名乗り出るのもためらわれた。なにしろ、ニュースを見ただけでは、里がどうなったのか、さっぱりわからない。いま警察に出頭すれば、保護されるかもしれないが、根ほり葉ほり事件について聞かれ、マスコミの執拗な攻撃にさらされることだろう。〈諒一〉たちのように、何の目的で動いているのか、不明な人間もいる。里を襲撃した奴らの目的もわからない。

祖母や里の者たちの安否も知りたいが、ひとまず緊急避難先に退避し、今後の行動について考えるべきだ。史奈に睡眠は必要ないが、深夜に十代の女性がひとりで歩いていれば、他人にいらぬ関心を持たれたり、パトロールの警察官に呼び止められたりする恐れもあった。日付が変わる前に、姿を隠したい。

祖母に記憶させられた、関東の緊急避難先は、東京都の八王子市と、茨城県のつくば市の二か所にある。つくばのほうが、現在位置から行きやすいだろう。ただ、つくばエクスプレスという電車に乗らなければならないはずだ。その駅がどこにあるのか、よくわからない。

前方から歩いてくる、会社員らしいビジネススーツの男性を見つけ、史奈は瞬時に心を決めた。ここは東京だ。まさか、滋賀県で起きた事件の被害者が、こんなところを歩いているとは思うまい。

「あの、すみません」

声をかけ、つくばエクスプレスの最寄り駅を尋ねる。態度が落ち着いていて声が低いせいか、史奈は本当の年齢よりも年上に見られることが多い。案の定、会社員の男性は不思議に思わなかったようで、丁寧に方角と道を教えてくれ、「でも、歩きだと五キロ以上はあるから、そこの竹ノ塚駅から北千住まで電車で行って、乗り換えるといいよ」と忠告した。親切だが、足の速い史奈には、よけいなアドバイスだ。

「ありがとうございます」

史奈が頭を下げると、男性はそれ以上、おせっかいめいたことは言わず、彼女と話したことすら忘れたように、まっすぐ歩きだす。

都会の無関心さは、今の史奈にはありがたい。ひょっとすると、堂々と顔を出して歩いていても、誰も自分に気がつかないかもしれない。試してみたくなる誘惑にかられる。だが、明日は帽子と鞄くらい、買ったほうが良さそうだ。いくらＴシャツで隠していても、背中の狩猟ナイフを見られるとまずい。

史奈は教えられた道を急ぎはじめた。

三　怠惰憎むべし

忍びの技とは、現代の知識をもって判ずるなら、科学に他ならない。天文を読んで暦や方位を知り、気象を予知して謀に利用する。火薬を調合し、医薬品を調製する。

〈梟〉はその知識に加え、眠らずにいられるという、稀有な能力で権力者に仕えた。忍術の集大成とも呼ばれる『万川集海』にも、眠気についてわざわざ章を割くほどに、睡眠は忍びを悩ませていたのだ。

ただし、私たちの一族は、あえて日陰の存在に甘んじ、歴史に名を残してはこなかった。

一族の身体的特徴は、一般的な人間には脅威とも映るだろう。闇と忍びの生活は、己の能力を隠したい〈梟〉の意図とも調和していたから。

徳川の世になると、一族の者は各地に庭番、医師などの名目で仕官し、忍び働きを行ったとされる。医師は診察のため、怪しまれることなく奥向きにも侵入することができる。また庭師は、諸国をめぐり面白き庭石や樹木を集め、景色を絵にも残した。

怪しまれず旅をすることができるのも、忍びにとっては得難い能力。『奥の細道』の松尾芭蕉に忍び説があるのも、伊賀の出身だからという理由だけでなく、諸国を旅した彼の人生が、忍びの生活に匹敵するからだ。

〈梟〉たちが、歴史の表舞台に近い場所に立ったのは、寛永十四年に島原の乱が起きた時だ。この時、甲賀の古士とも呼ばれる甲賀衆が、松平信綱の配下として従軍し、敵城の情勢を調べて報告したと、記録に残っている。

表の「甲賀衆肥前切支丹一揆軍役由緒書案」には、その従軍において〈梟〉が果たした役割までは、書き残されていない。だが、〈梟〉のものたちは知っている。一族の歴史は、口から口へと、細々と伝えられてきた。

私たちは、〈ツキ〉から聞かされた。

人の世は生き物のようなもの。放置すれば、乱世となる。丹精してこそ、平和が保たれる。

江戸幕府が、なぜ二百六十年あまりも太平に続いたと思うの？　〈梟〉の陰の働きがあってこそ。私たちは、闇の中から見えざる手で世界の調和を保ってきたの。

六根清浄。

祓え給い、浄め給え。

長い、長い夜、私はその祝詞をしんしんと唱える。闇の世界から、世界を浄めるために。

三日め　00：20　史奈

暗闇の野原にひとり残された時、方角を知りたければ空を仰げばよい。

史奈が桐子から教えられたのは、北斗七星の探し方だった。形が面白く、明るい星で構成されているので見つけやすい。北斗七星から北極星を見つけるのは簡単だ。

──それが北。

桐子の低い声を、今でも思い出す。

〈梟〉の一族が、何かの場所を口から口へと伝承する際には、長い時の流れに耐えうる、恒久的なものを目印にする。たとえば北斗七星、海や川、城や神社、最近では駅もそのひとつに加わった。川でさえも、自分たちの利便性に合わないと思えば、流れを変えてしまうのが人間だ。川に比べれば、駅などさらに儚い存在だが、現代社会に生きる〈梟〉には、目印として扱いやすい。

（西大橋は研究学園駅の巽に一キロ）

駅を出てすぐ、史奈は街路地図を探した。

巽、つまり南東に一キロというのは直線距離だ。道路に沿って歩けば、もっと長い距離になる。駅前で街路マップを見つけたが、目指すものの場所までは書き込まれていなかった。だが、近辺の道路の概要は呑み込めた。

ちなみに、〈梟〉が尺貫法を捨て、メートル法に乗り換えたのは、平成に入ったころだったそうだ。史奈の両親が、これからは〈梟〉も外部の状況に合わせるべきだと、桐子らを説得したらしい。

駅で電車を降りた人々は、改札を出て三々五々と散っていく。史奈も、ひとり歩きだした。他人に怪しまれないのは、いかにも目的がありそうな、迷いのない歩き方だ。史奈は足が速い。普通に歩いていても、他の人たちを追い抜いてしまう。

駅前からしばらくは、マンションや巨大なディスカウントストアの照明で、通りも明るく感じた。

勘を頼りに、大通りから脇道に逸れてしばらくすると、住宅地に入った。家々から洩れる明かりと、電柱についた街灯の明かりを頼りに進み、それを見つけた。

——道祖神と、石の鳥居だ。

史奈の夜目がきくとはいっても、暗すぎて鳥居の文字は読めなかった。しかし、間違いない。ここは、全国に二百三十九社あるという、多賀神社のひとつだ。滋賀県にある多賀大社の分祀社だった。

史奈は鳥居の手前で一礼し、静かにくぐり抜けた。鳥居の後ろに、白い小石を拾って印を並べて置く。多賀神社に〈緊急避難〉する時には、こうするようにと教えられている。

史奈は歩き続けた。外から見ただけでは、参道がこれほど長いとは想像がつかない。真っ暗な参道を歩く途中、背中に差した狩猟ナイフをいつでも抜けるよう、油断なく手を添えていた。

拝殿らしきものが見えてきた。

――これが。

建物を慎重にひとめぐりする。思ったよりも小さいし、入り込んで雨露をしのげるようなものでもなさそうだ。だが、庇の下にいれば夜露に濡れる心配はないし、ここでじっと隠れていれば、人目につくこともない。

拝殿の裏に腰を下ろし、史奈は座禅を組んだ。眠ることのない〈梟〉にとって、最大の敵は〈退屈〉だ。夜明けまでの五時間あまり、何もすることがないのは苦痛だった。祖母の桐子といれば、それを見越して、毎日あれこれと仕事をくれた。

（史ちゃん、人間はな。ぼんやりしていたら、時間を空費するのや。そやけど、それならあんたが〈梟〉に生まれた意味がないやろ）

桐子は幾度となく、史奈に上手な時間の使い方を教えた。この世でいちばん大切なのは時間だ。その大切な時間を、〈梟〉は天から潤沢に与えられている。

一族の者たちは、長い一日を各々のやり方で過ごしていた。桐子は刺繍や縫物が上手で、それを内職にもしていた。勢三は、勉学に費やしていたようだ。若いころに大学で教えた経験を活かして、ペンネームで民俗学に関する本も書いていた。楽器の練習や、武術の研究に時間を費やす者もいた。

初めて「眠る人」を見たのは、小学生のころだ。

史奈が物心ついたころ、里に残っていたのは〈梟〉の血を引く住民だけだった。里は排他的で、〈外〉の人々が泊まるようなこともほとんどなく、「眠る」というのがどういう状態か、教えられてもよくわからなかったのだ。

小学校に上がった時には、もう里に子どもは数人しかいなかった。長栖の諒一と容子は、史奈が四歳の時に里を出てしまって、それきりだ。毎日、勢三の車に乗せられて、学校まで送ってもらった。ひとりで自転車に乗っていくようになったのは、四年生になってからだ。

一年、二年のころは、学校で過ごす時間が短かったし、夜更かしする子どももいなかったのか、みんな日中は元気だった。三年生になった時だ。隣の席の男の子が、授業中にぼんやりとして、まぶたがどんどん垂れていくのを見た。

教壇にいた若い女の先生が、つかつかとその男の子に近づいて、「原田くんは、眠いのん?」と、からかうように尋ねたので、そうか、「眠い」時にはあんな顔をするのかと、ようやく気がついたのだった。

人と違うと、いろいろ不便だ。

小学校の泊まりがけの行事は、参加を禁じられた。学校には、持病があるので行かせられないと説明したようだ。

中学校の修学旅行先は東京で、「寝たふりくらいできる」と史奈は力説したのだが、やってみろと桐子に言われるまま試し、高校生になるまで我慢しろとすげなく却下された。しかたなく、史奈はテレビのドラマを見て、人間が眠るときの様子を研究した。彼らは俳優で、ドラマの中では睡眠を演じているだけだ。それなら、自分にも役に立つはずだ。

そのうち気づいたのは、眠ることができないと、あくびもできないということだ。前の晩に夜更かしした友達が、お昼を食べた後、眠そうにあくびをする。そのあくびは伝染して、周囲がみんな大きな口を開けてあくびをしているのに、史奈ひとりがきょとんとしているのだ。事情を理解すると、史奈はあくびの練習もしなくてはならなくなった。

——めんどくさい。

本当は、自分を偽らずに生きていきたい。自然体の、ありのままの自分でいたい。少し変わっているかもしれないが、〈眠り〉と無縁なのが、本来の自分なのだ。

自分を偽るのが嫌で、友達とはどんどん疎遠になった。もともと、ひとりが好きな性格でもあったのだろう。最後まで、友人らしいつきあいをしたのは由香だけで、それも彼女が親の転勤で東京に越してしまったので、終わりを告げたのだった。

高校では、もう少しうまくやると決めていた。周囲に溶け込み、友達もつくる。〈フツウ〉のふりをして、社会生活を送る。

そう思うかたわら、〈フツウ〉ってなんだ、という反発も感じていた。睡眠なんて、〈梟〉から見れば、無駄な時間だ。人生の死角のようなものだった。その間、誰もが赤ん坊のように無防備になる。

――砂利を踏む音が聞こえた。犬がひと声、鳴いたようだ。

「――まあ、まあ、まあ。そこにいるのは誰？」

驚きを隠せない、年配の女性の声がして、史奈はハッと顔を上げた。犬を連れて、杖をついた女性のシルエットが、拝殿の向こうからこちらの様子を窺っている。

空を見上げたが、薄墨を流したような空の色は変わらない。まだいくらも時間がたっていない。

「あの――」

「犬の散歩をしていたら、鳥居の陰に石が並んでるのを見つけてね。何かと思ったら――あなた、こんなところでどうしたの」

史奈は眉をひそめた。都会の人間が宵っぱりなのを忘れていた。こんな時間に犬の散歩をするのか。この女性も夜目がきくのか、懐中電灯ひとつ持っていない。

「終電を乗り過ごしてしまって。神社なら安全かと思ったんです」

言い訳は用意していたが、駅から離れているので、説得力はあまりない。

「まあ、女の子がこんな深夜に危ないわ。もし良かったら、うちにお泊めしましょうか」

史奈は戸惑った。親切な申し出だが、顔を見られれば、ニュースで見た顔だと気づかれるかもしれない。

答えを迷っていると、女性が小さく笑った。

「私の目が見えないので、不安ならごめんなさいね。子どものころから見えないので、私自身にあまり不都合はないんですよ」

驚いて、月明かりに彼女の顔を見る。

彼女は目を閉じていた。そして、ついている杖は白杖(はくじょう)だった。

――目が見えないのか。

彼女の足元に、ぴたりとお座りしているのは、黒い毛のラブラドール・レトリーバーだ。賢そうな顔で、じっと耳をそばだてている。

「――さっき、鳥居の陰に石を見つけたとおっしゃいましたけど――」

何かの罠(わな)ではないのかと眉をひそめる。女性が首を振る。

「ええ、この子が鳥居におしっこをしそうになったので、止めたの。だけど、心配だったから、鳥居を触って確認しようとしたのよ。それで、石に手が当たってね」

この人は、あの石を何と思ったのだろう。あれは〈梟〉にとって、一族の者が近くにいるという印だ。

「遠慮しないでうちに泊まってね。こんなおばあちゃんと、犬一匹の家ですけど」

本当に見えないのなら、ニュースを見ても、音声を聞くだけで、史奈の顔まではわからないはずだ。それなら、今夜ひと晩、彼女の家にやっかいになる手はある。

史奈だって、何もない真っ暗な神社の拝殿裏で、ただひたすら時間をつぶすより、そのほうが安心だ。ひょっとすると、ニュースを仕入れることもできるかもしれない。

目の前の女性に脅威は感じなかった。犬は、盲導犬なのかと最初は思ったが、普通のペットらしい。史奈にも興味津々のようだ。

「それじゃ——もし、さしつかえなければ、朝まで軒先でもお借りできれば」

史奈の答えに、女性がくすりと笑いを漏らした。えくぼのチャーミングな人だった。

「面白い人ね。『軒先を借りる』なんて言える若い人、初めてお会いしましたよ」

杖を頼りに歩くわりに、女性の足は速かった。犬も慣れた様子で彼女の隣にぴたりとつき、人馬一体ならぬ、人犬一体で歩いていく。

家までの道すがら、女性は史奈を安心させようと思ったのか、自分のことを問わず語りに話しだした。

　前田琴美という彼女は、息子が結婚して独立し、五年前に夫を亡くしてからはひとりで暮らしているという。家事は独力でなんとかなるし、ボランティアで時々、様子を見に来てくれる人もいる。近所の人も何かと気にかけてくれるし、近くに住む息子夫婦も、孫を連れてたびたび訪問する。

　楽しみはラジオを聞くことと、犬と一緒に近所を散歩することだ。庭に家庭菜園があり、夫が元気なころはそこでトマトやナスをつくっていたが、今は手入れを怠っている。

　ここよ、と言われて見上げたのは、こぢんまりとした平屋の一戸建てだった。段差も坂も、琴美の足運びは目が見える人と変わらず、しっかりしている。

「どうぞ、上がってくださいな。おなかはすいてない？」

　黒いラブラドールは、玄関のマットで自ら足の汚れをぬぐうと、当たり前のような顔をして家の中に駆け込んでいった。

「ありがとうございます。大丈夫です」

〈容子〉にもらったおにぎりをひとつ食べたきりだが、それほど空腹は感じない。琴美の自宅は、物が少なく、すっきりと片づいていた。茶の間と、八畳間がふたつ。それだけの家だ。

「客間というほどじゃないけど、息子一家が来た時には、たまに泊まるの。よければ、押入れを開けて、お蒲団を使ってね」

片方の八畳間に史奈を招き入れ、押入れを開けさせた。蒲団がふた組ほど積んである。シーツや枕カバーなども、きれいに洗濯して畳んであった。

「もう遅いけど、お茶でも飲む？」

「いいえ、どうぞおかまいなく――」

また、琴美がくすりと笑う。穏やかな、感じのいい笑顔だ。

「若いのに、本当に丁寧な人ね。だけど、名前は名乗らないのね」

ハッとした。いま、本名を名乗るわけにはいかない。だが、嘘もつきたくなかった。

黙っていると、琴美はなぜかひとりでふんふんと頷き、「いいのよ」と呟くように言った。台所に入っていく彼女の背中に、史奈は祖母の桐子を重ねていた。琴美は桐子よりほっそりしていて、背が少しだけ高い。

――ばあちゃん、どうしてるかな。

当然だが、茶の間にテレビはない。世間との接点はラジオのようだ。そのラジオは、琴美の寝室に置いてあるらしく、貸してほしいとも言いだしにくかった。考えてみれば、こちらが、〈梟〉の里の事件に強い関心を抱いていることを悟られても困る。

「どうぞ。息子が遊びに来た時に、ハーブティーを置いていってくれたの。お口に合うかしらね」

里では、ハーブティーなどという洒落(しゃれ)たものは飲まない。おそるおそる史奈はカップに口をつけ、苦味のあるお茶を舐(な)めた。――香りは薬草茶のようで、悪くない。

「気分が落ち着いて、安眠できるのですって。良かったら、お風呂も使ってね」

「いえ――ありがとうございます。お気持ちだけで」

親切な申し出だが、今夜はもうホテルで先にシャワーを浴びてしまった。それに、安眠できるお茶というのも、史奈にとってはあまり意味がない。

「私はもう遅いから、休ませてもらうわね。あなたもあまり遅くならずに、ゆっくり休んでね。朝はどうするの？　うちでご飯でも食べていかない？」

琴美が期待をこめるような表情で、史奈の返事を待っている。どうしてこの婦人は、こんなに親切なのだろうかと不思議に感じていたのだが――ようやく、わかったような気がした。

――この人、話し相手がいないんだ。

「ありがとうございます。もしご迷惑でなかったら、朝はご一緒させてください」

史奈の言葉に、琴美の表情がパッと明るく輝いた。

「そう？　それは嬉(うれ)しいわ。おばあちゃんの作るものなんて、お口に合うかどうかわからないけど――それじゃ、明日の朝、またね」

「あの」

史奈はふと顔を上げた。

「もし、何かお手伝いできることがあれば、今のうちに教えてください。昼間、寝てしまったので、あまり眠くないんです。静かにできることなら、夜のうちにやってしまいますから」

このまま、無為にひと晩過ごすのも芸がない。〈外〉の人々にどう言えば、怪しまれずにその気にさせるか、中学時代から考え続けた結果、史奈はすでに熟練している。

琴美は微笑んだ。

「ありがとう。だけど、特にないので——もし退屈なら、客間に息子が置いていった本や雑誌があるので、覗いてみてね」

そのまま琴美は自室で休んでしまった。史奈はティーカップを台所で洗い、照明を消して、使っていいと言われた客間に移動した。

屋根のある場所で休めるのはありがたいが、少々気兼ねをする。客間の棚には、確かに本が並んでいた。琴美の息子は、スポーツ選手か、スポーツ関係の仕事をしているのかもしれない。スポーツ医学や、マッサージなどの専門書もある。

運動能力を高めることには人並み以上の関心を持っているので、史奈はその本を棚から引き出し、読み始めた。思わぬ時間つぶしができそうだ。

三日め　09：05　結川

集落を壊滅させた火災から一夜明け、彦根市、犬上郡の多賀町、甲良町、豊郷町を管轄区域とする彦根警察署に、捜査本部が設置された。

県警本部からも応援が出たほか、駐在所の吉保巡査は、集落についてもっとも詳しい警察官として、しばらく捜査本部との兼務になる。

朝一番の会議で、結川は高速道路の出入り口のカメラの分析結果を聞かされた。

「それじゃ、その時間帯に通過したマイクロバスはいなかったというのか」

「まあ――最寄りのインターチェンジだけですが。山を下ったマイクロバスがどこに向かったにせよ、幹線道路は限られています。今後は、道路上にあるコンビニなどのカメラを、しらみつぶしに当たる予定です」

だが現場付近は、多賀大社のおひざ元とはいえ、のどかな地方の町だ。都会と違って、防犯カメラの数などたかが知れている。

通常の殺人事件なら、地取り、鑑取りが基本だ。事件が発生した地域とその周辺を聞き込み、関連する人物像を洗い出す。あるいは、犯人の遺留品などから人物に迫る。結川の直感では、この事件は、そういうまっとうな捜査だけでは、早晩行き詰まるような気がした。

遺留品らしきものと言えば、乾勢三を殺した九ミリ口径の拳銃弾。それに、車のタイヤ痕だ。拳銃弾を調べた科学捜査研究所からは、過去に犯罪で使用された履歴なしと報告が上がってきた。

タイヤ痕のほうはもう少し有望で、トレッドパターンから、国産メーカーのバス・トラック用オールシーズンタイヤだと判明している。汎用品として売られているので、絞り込むにはもう少し条件が必要だろう。

そして、地取りはすでに行き詰まっている。〈梟〉の集落は、あまりにも排他的すぎた。彼らを快く思わない近隣住民は大勢いたが、ひとりを殺して残りを拉致し、集落に火を放って全滅させるほどの恨みや悪意は、どこからも聞こえてこない。

人を殺すという極端な行動に走るためには、もっとべったりした、粘着質的な愛憎が必要だと結川は思う。

ものぐるおしい激情だ。

〈梟〉に対する近隣住民の感情は、どちらかといえば、「変な奴らがいるから、近寄らないようにしよう」というものだ。これでは、殺人に発展するとは思えない。

「宗教じゃないのか」

ひと通り、手持ちのカードを広げてしまうと、次に打つ手を探して雑談のような会話が始まった。結川は眉を寄せた。

「――宗教？」

言いだしたのは、県警本部から捜査副本部長として派遣されてきた警部だ。パイプ椅子の上で腕組みし、猪首をかしげている。

「集落の住民が、排他的すぎる。新興宗教じゃないか。集落の長老の榊という高齢女性は、村のまとめ役といった立場らしいが、実際のところ教祖か高位の役職者なのかもしれん。宗教団体の内紛かもな」

会議室がざわめく。その線は、みんな薄々考えていたようだ。ただ、結川自身は少し引っかかっていた。

集落の排他性、祠の存在。たしかに、宗教が絡んでいるという意見に賛同したくなる気持ちもわかる。だがなぜか、「宗教じゃない」という直感が、結川の腹の底から熱心に訴えかけてくる。

「吉保さんはどう思う。〈梟〉の住民たちと、寺や神社の話はしなかったか」

結川が水を向けると、吉保は低く唸りながら首をかしげた。

「言われてみれば、そういう話はしませんでしたね。もう何年も前ですが、栗谷という家のおばあちゃんが亡くなった時、葬式に坊さんを呼ばなかったんですよ。榊のおばあちゃんは、うちらは無宗教みたいなもんだからと言って、言葉を濁していたんじゃなかったかな」

本部の警部は、「ほら、やっぱり新興宗教だよ」と自説に自信をつけたようだ。

国内の宗教法人は、十八万を超えるそうだ。なかには活動実態が確認できなかったり、税金対策に利用されたりしている法人もあると見られている。だが、とにかく数は多い。

「殺された乾勢三が、むかし勤めていた大学には、誰が話を聞きに行ったんだ？」

尋ねたのは、捜査主任官の警部補だった。

「私です」

手を上げて立ち上がった、彦根署の若い刑事が、手帳を見ながら報告を始める。

「乾勢三が大学に勤務していたのは、三十歳から三十四歳まで。民俗学の非常勤講師として勤めていました。当時、彼と一緒に働いたことのある先生が、今も大学に残っていまして、話を聞くことができました」

元同僚の話によれば、乾勢三は温和なうえ、非常に勉強熱心な男だったそうだ。大学を辞めたのは、母親の介護のためと説明を受けたらしい。調べると、勢三の母親は、勢三が退職した三年後に亡くなっている。

「大学でのトラブルは、聞いたことがないと言っていました」

「その後、何冊か本を書いていたはずだ。出版社のほうには当たってみたか」

勢三は民俗学をネタにした、雑学的な新書を何冊か書いていた。電話で話した編集者の女性も、勢三は温厚な性格で、仕事のやりとりも丁寧だったと言っているそうだ。集落を襲った何者かに猟銃で立ち向かい、撃たれて死ぬという状況は、乾勢三の日ごろの行いとはかけ離れている。

「集落を出ていった住民がいたそうじゃないか。彼らの話は聞いたのか」

「まだ、誰ひとり連絡がつかないんです」

会議室の面々がざわついた。

集落を去った住民の数は多い。リストを作ったのは、吉保巡査だ。榊史奈の両親を始め、長栖、堂森といった名前が上がっている。

排他的な集落だけに、彼らの話を聞くのが、理解を深める役にたつと思われた。

引き続きマイクロバスの行方を追うことと、集落を出た住民らへの連絡を優先すると確認し、朝の捜査会議は終わった。

――どこにいるんだろうな。

結川は、榊史奈の顔写真を見つめた。真正面を向いた、生真面目で硬い表情の女の子だ。高校一年生になったばかりで、こんな災難に遭うとは。

結川は、高校に通う自分の娘を思い浮かべた。榊史奈の両親が事件を知ったら、心配でたまらないだろう。なぜ警察に連絡してこないのか、それが不思議だ。

三日め　08：15　史奈

自分のことを「おばあちゃん」と呼んではばからない琴美だが、朝食は、ベーコンエッグにトーストとコーヒーという、若者が喜びそうなものだった。ずいぶん、気を遣ってくれる。

泊めてもらった上に、食事までご馳走（ちそう）になったのでは申し訳ないので、史奈は外が明るくなるとすぐ、庭に出て畑と庭木の手入れをした。琴美は家事には何の不自由もないが、庭までは手が回らないらしい。

琴美の夫が元気なころは、立派な家庭菜園だったようだ。今は見る影もないが、土に種が残っていたのか、ミニトマトが自生していた。小さな青い実をいくつかつけている。

「このトマト、もう少しすると食べられるようになりますよ」

茶の間を覗いて報告すると、琴美が振り向いてバツの悪そうな表情になった。その向こうに、日焼けして真っ黒で、ずんぐりとした中年の男性がいた。白い歯を見せて笑うと、健康的な印象だ。

「やあ、君か！　神社に隠れてたって子は」

史奈はハッとして、用心深く男を観察した。琴美に麦わら帽子を借りて、日焼け防止のタオルを首に巻いているのが心強い。このかっこうなら、テレビで流れている写真と自分を結びつけられるとは思わない。

　琴美が申し訳なさそうに頷いた。

「ごめんなさいね。でも、ひょっとするとあなた、家出してきたんじゃないかと思ったものだから。とてもしっかりしているけど、声が若いでしょう。中学生か、高校生くらい？　親御さんが心配されているかもしれないから、息子に電話して来てもらったの」

　史奈が庭仕事をしている間に、こっそり電話をしたらしい。

　男性が、庭にいる史奈の顔を覗き込むように、笑顔で中腰になった。

「昨夜（ゆうべ）はどうして多賀神社にいたのかな？　終電車を乗り過ごしたと言ったらしいけど――」

　それが嘘なのはバレている。

　この親子を言いくるめる方法は、ない。

　史奈は手を握りしめた。

――ここから逃げるか。

　軽く頸動脈（けいどうみゃく）を押さえて、失神させるくらいなら難しくない。怪我をさせない自信もある。

　こちらを見つめていた男の表情が、パッと明るくなった。白目と歯が真珠のように真っ白なので、色黒の顔の中で輝くようだ。

「これは——いや、驚いたな。君は、〈梟〉の娘さんだ。榊史奈さんだよね」

——バレた。

これは、逃げるしかない。そう史奈が覚悟を固めた時だった。

男が茶の間に正座し、頭を掻いた。

「いや、まいったな。失礼しました。俺たち、先祖代々の教えが、まさか本当のことだとは思ってなかったんだ」

「——？」

男が何を言おうとしているのかわからず、史奈は警戒心をあらわにして見つめた。男が再び、白い歯を見せた。腿に手を置いて背筋をぴんと伸ばすと、人のいい普通のおじさんに見えた先ほどまでとは別人のように、凛として涼しげな気配になる。

「私は多賀神社を預かる、前田家二十六代の前田寿郎です」

男の態度の変化に感じるものがあり、史奈は居住まいをただした。

「うちの神社には代々、掟が伝えられていましてね。もしもここに〈梟〉が現れれば、必ずこれを助けよと」

それじゃ、と目の見えない琴美が息子に膝でにじり寄った。

「本当にあの言い伝え通りなの？〈梟〉の娘さんが、多賀神社を頼ってみえたの」

「そうだよ、母さん」

「——まあ、信じられない」

琴美は呆然とした様子で、両手を頬に当てた。彼女も多賀神社の伝承を知る者なのだ。

「それでは、あなたがたは——」

遠い昔、〈梟〉は全国の多賀神社ネットワークを結び、緊急避難先として構築した。戦国時代から江戸時代にかけて、〈梟〉は甲賀忍びに人材を供給し、全国で情報収集に当たったという。その中で、全国に数多くある多賀神社の関係者は、〈梟〉に情報と隠れ家、時には金銭や食事なども提供した。多賀大社の各坊にいて、多賀信仰を広める役割を担った「坊人」とも関わりがあるようだ。

なぜ多賀神社なのかは史奈も知らないが、おそらく〈梟〉の本拠地のそばに多賀大社があるためだろう。昔、有力な多賀神社の神主に、〈梟〉の者が就任したという噂も聞く。

「まさか、この二十一世紀に、自分がこんな事態に直面するとは、思ってもみませんでしたよ」

寿郎が上気した顔で笑う。琴美は両手で頬を押さえ、笑みをこぼれさせた。

「私ね、子どものころずっと、〈梟〉の人が現れるのを、心待ちにしていましたよ。想像の中の〈梟〉は、凛々(りり)しい声の男性でしたけどね。なにしろ目が見えなかったでしょう。おとぎ話を夢見て、自分を慰めていたのね。だから今でも、〈梟〉が現れれば印を残すという鳥居を、毎日確認してました」

　琴美は神主の家に生まれ、三十代で婿養子を迎えた。それが亡くなった夫だそうだ。寿郎は多賀神社の神職を継いだが、大学ではスポーツ医学を学び、体育教師として近くの高校で教えているという。琴美は、彼が陸上競技のコーチとしても著名だと匂わせたが、寿郎は「マイナーな競技だよ」と謙遜した。

「多賀神社の皆さんは、〈梟〉のことをご存じなんですか」

　緊急避難場所として伝え聞いてはいるが、多賀神社の関係者が、どの程度〈梟〉について知っているのかはわからなかった。

　琴美と寿郎の間に、答えをためらうような気配があった。口を開いたのは寿郎だ。

「――なにぶん私たちは、単なる昔話だと思いこんできましたからね。伝承の中で、〈梟〉は夜を統べる一族だとされています」

「夜を統べる――」

「しかし、榊さん。いったい何が起きたんですか。今朝のニュースでは、〈梟〉の集落が、何者かに襲撃されて火災で全焼し、ひとり死んで、他は行方不明だと言っていますよ。集落が、今でも存在していたことがまず驚きでしたけどね。私たちは多賀神社の者だから、できることならあなたの力になりたい。だけど、事情によっては、あなたの身の安全のためにも、警察に相談しなければいけないでしょう」

寿郎が断固とした口調で尋ねた。高校教師という職業柄、彼がそういう態度をとるのは当然だ。

迷った。

自分が榊史奈だということは知られている。誰も信じるなというのが〈梟〉の教えでも、誰の助けも得ずに、これからどうすればいいのかまだ判断がつかない。緊急避難先の多賀神社なら、相談に乗ってもらってもいいのではないか。

史奈は、一昨日の深夜、〈梟〉の里に起きたことを話し始めた。長い話になりそうだった。

三日め　09：30　方喰（かたばみ）

「なあバミちゃん、今やってるの、ワールドレディス選手権の記事と、あと何だっけ」

一般スポーツ担当のデスク、村松（むらまつ）が席から大声で尋ねるので、方喰も怒鳴り返した。みんなの話し声がうるさくて、声が届かない。

「来週は日本プロ選手権で沖縄に飛ぶけど、後はこまごまと！」

方喰はここしばらくゴルフを中心に仕事をアサインされているが、野球担当と違って、一般スポーツ担当は何でも書かねばならない。ゴルフ、サッカー、相撲、ボクシング――。

方喰自身はマラソンなど陸上競技が好きだが、記事の対象をえり好みすることはない。

「それじゃさ、二、三日、滋賀に飛ぶ余裕ある？　例の村ひとつ消えたやつ、うちも扱わないわけにいかないからさ」

村松の指示に「行けるよ」と方喰が返すと、隣の席でパソコンに向かっている記者が、「行方不明になってる女の子、可愛いよな」と妙な茶々を入れた。

「勘弁しろよ。お前、子どもが好みかよ」

方喰は鼻の上に皺をよせた。十六歳の高校生だ。卒業アルバムの写真では、化粧気もないし紺サージの制服姿で、顔立ちは可愛いが、人目を引くほどでもない。

方喰はさっそく机の下に蹴りこんであったボストンバッグに、モバイルパソコンやカメラなど記者の七つ道具を投げ込んだ。

――それじゃ、長栖兄妹の追っかけは、また今度だな。

仕事の合間に、個人的に興味を持つ陸上競技のアスリートを追いかけている。

長栖諒一、容子という兄妹で、ふたりともいわゆるウルトラマラソンの選手だ。一般的なマラソンは四十二・一九五キロと距離が定められているが、それ以上の長さを走る。国内でも、飛騨高山、四万十川に北海道のサロマ湖、沖縄など、さまざまな場所で大会が開催されている。青森から下関まで、千五百キロ以上を走るレースもあるくらいだ。日本はウルトラマラソンの強豪国でもある。

長栖兄妹は、国内の大会には一度も参加したことがない。時々、海外の大会に風のように現れて、優勝をさらっていく存在だ。

日本のマスコミには、まだ認知されていないが、海外ではそろそろ話題になり始めている。海外の記者たちは、人間離れした速さの兄妹を、「ニンジャ・ナガス」と呼んでいる。

彼らは先日、モロッコで行われたアトラス・ウルトラマラソンで二百八十キロを走り、新記録を打ち立てたばかりだ。日本に帰国したという噂を聞いて、取材のコネを探しているところだった。

誰にも先を越されたくない。海外の記者たちが取材を申し込んでも、「英語を話せないから」という理由で断られるのだそうだ。通訳を通せばいいだけの話だが、実は取材嫌いなのかもしれない。そういうストイックさにも心を惹かれる。ネットに出回る写真は、レース中の横顔くらいだ。

近く、ウルトラマラソンのブームが来るかもしれない。方喰には、百キロ、二百キロという長距離マラソンを走るアスリートなど、「人間じゃない」としか思えなかったが、走っているランナーたちを見ていると、肉体の限界まで身体を酷使し、肉体を絞り込んでいく行為そのものが、実に楽しそうに見えて、自分にもできるかもしれないと、錯覚を起こしそうになる。

「新興宗教が絡んでいるんじゃないかと俺は思うんだ。バミちゃんさ、何年か前に村を出た連中がいるらしいから、そっちの連絡先を調べて、話を聞いてみてよ。あと、女の子の噂話なんかも集められるかな」

「いいよ。これからすぐ滋賀に向かうから、何かあったらメールして」

集落を全滅させた火災の直後には、住民全員が死んだと思われていた。ところが、遺体が見つかったのはひとりだけで、残りの住民は姿を消したというのだ。

——おかしな事件だ。

村松が言うように、宗教がらみかもしれない。宗教団体の内部で、信仰が行きすぎて、事件に発展することもある。

「バミちゃん、新幹線に乗る前にな、女の子の友達が、いま多摩市に住んでいるらしいから、まず話を聞いていってよ。中学時代の親友らしいよ」

住所と名前を受け取った。こういう情報を、さっと手に入れる手腕に感心する。

「滋賀の土産は、糸切餅（いときりもち）な」

村松の太平楽な声を聞きながら、会社を飛び出した。

三日め　10：30　史奈

寿郎の車は、七人乗れるミニバンだった。陸上部の生徒を乗せて、競技会場まで走ることもあるという。

琴美が助手席で、史奈は後部座席に座った。外から誰かに覗かれても、顔が見えにくい。後部の足元に、琴美の犬が寝そべっている。

「大井ふ頭に向かうから。会わせたい人がいるんだ」

大井ふ頭と言われても、史奈には場所もわからない。誰に会うかはお楽しみだと言われ、黙ってうなずくしかなかった。まだ完全に前田親子を信用したわけでもないが、とりあえず彼らが何をしようとしているのか、様子を見ても悪くはない。

一昨日の夜、里が襲撃されたことから、長栖家の兄妹を騙るふたりが現れ、東京に連れてこられたことなどを話すと、寿郎は考え込んでしまった。

「警察が敵かもしれないと言ったのは、その偽者なんだよね」

「そうです」

「それなら、いっそ警察に行って、事情を話してみればどうだろう。そのふたり、明らかに怪しいじゃないか」

それは史奈も考えないわけではなかった。だが、長栖兄妹を騙ったふたりの目的が読めない。警察に行くなと言った理由は何なのだろう。

〈諒一〉を騙った男の武骨な顔を思い浮かべ、史奈はチクリと心のどこかを針で刺されたような痛みを感じた。

「――しばらく、様子を見たいんです。警察に行っても、私が話せることは限られていますから、捜査にはほとんど協力できませんし」

〈梟〉の一族について、〈外〉の者に実態を語るのはタブーだ。前田親子も、彼らの持つ能力については詳しく知らないようだ。それに、史奈自身、里に何が起きたのか理解できないのだ。

「そうだな。まあ、君がそう言うなら」

一時間ちょっとのドライブだったが、寿郎は慣れた様子でハンドルを握っていた。

「寿郎さん、学校はいいんですか」

平日の午前中だ。高校教師がこんなところで油を売っていていいのだろうか。

寿郎がバックミラーでこちらを見て、笑顔になった。

「大丈夫。学級担任じゃないからね。今日は休みを取って、部活動が始まる前に学校に戻ることにした」

ずいぶん、気楽な先生だ。

車が水辺を走り始めた。ダークな色調の海が輝いている。琴美は助手席で静かに座っている。目の見えない彼女は、窓を少し開き、外の匂いを嗅いでいるようだ。潮風を、史奈も少し嗅ぎ分けた。

東京はもっとビルばかりの、灰色の街かと思っていたが、こうしてみると、公園のような広大な緑があちこちに散っている。

「今日は、ここの陸上競技場が一般開放の日なんだ。いつもなら連中、ここで走ってるんだけどな」

駐車場に車を入れながら、寿郎が説明する。東京湾の沿海部には、公園やスポーツ施設が点在しているそうだ。ここもそのひとつで、正式には大井ふ頭中央海浜公園スポーツの森という。

寿郎は、琴美が犬を連れて車を降りるのを手伝った。クロと呼ばれているラブラドールは、杖をつく琴美のそばに立つと、急にしゃんとして盲導犬みたいな表情になった。

「こっちだ」

寿郎が先導し、競技場の内部に入っていく。レンガ色のトラックを持つ競技場は、強い日差しのなかで、赤と緑の対比が鮮やかだった。

スポーツ用の短パンとシャツなどを着た人たちが、思い思いに走ったり、跳んだりしている。なるほど、市民ランナーの練習の場なのかもしれない。

身体を動かすのが好きな史奈は、うらやましく眺めていた。

中にひとり、際立って俊足な女性がいた。二十歳になるかならないかだろう。ショートヘアで、男性と並んでもひけを取らないほど背が高く、引き締まった身体でするすると前に行く。風を切って走る鹿のようだ。

思わず見とれた。人間の身体はなんと美しいのだろう。どこにも無駄な力をかけていない。最小の力で、羽でも生えているようにトラックを駆け抜けていく、それはよくできた工業製品と同じ、機能美だった。

彼女はどんどん、周囲のランナーたちを追い越していった。抜かれて負けん気を起こすランナーもいたが、あっという間に引き離されて、いつしか諦めたようだ。

彼女は競技場で、異様なほど注目を浴びていた。みんなが彼女のランニングフォームに、視線を吸い寄せられていた。

「ああ、いたいた。あそこだ」

寿郎が呟いた。

「まったくなあ、あいつはどこで走っても目立つなあ」

——あの女性だ。

寿郎が見つめているのは、史奈が目を奪われた彼女だった。彼女がトラックをぐるりと回り、こちらに近づいてくるのを、寿郎は待っているようだ。

「容子ちゃん！　おーい、容子ちゃん」

寿郎が両手をメガホンの形にして叫び、手を振ろうとしたので、史奈は驚いた。

――容子？

突然、駆け寄った男が、その手をつかんでぐいと引き寄せた。フードつきのパーカーを着て、フードで顔を隠している。

「おっさん、アホか！　あいつを呼ぶな、さっさと車に戻れ！」

「なんだ、君は――あれっ、諒一？」

「いいから、とっとと車に乗れ！　そっちのふたりも」

言いかけた男は、史奈を見てギョッとしたように目を瞠った。

「まさか、おまえ史奈か？」

史奈は、言葉を失って立ちすくんでいた。

――諒一と容子？

それでは、このふたりは長栖兄妹なのだろうか、今度こそ本物の。信じられないと口にしかけたが、あの若い女性の走り方を見て既視感を覚えたのは、〈梟〉の走り方だったからだと気がついた。

そして、目の前にいる若い男は、史奈とそれほど変わらない身長で、華奢(きゃしゃ)なで肩の上に、目鼻立ちのくっきりした、愛らしい顔が載っている。アイドルみたいだ。

「――まさか、長栖の？」

男が舌打ちした。

「おっさん、なんてことするんだ、この馬鹿野郎。よりによって、史奈をこんな場所に連れてくるとはよ」

おっさん呼ばわりされた寿郎が、ムッとしている。顔はきれいだが、男の口は悪い。

「後で説明する。とにかく車に戻れ。容子を連れて、後で駐車場に行くから。おっさんの車、あとふたり乗れるよな」

「ああ、乗れる」

「それじゃ、すぐ行くから待っててくれ」

男は、現れた時と同じように、いつの間にか姿を消していた。

「――いったい、どういうこと？」

クロのリードを持つ琴美が、呆然と尋ねた。史奈にも何がなんだかわからない。

「とりあえず、諒一の言う通り、車で待とう。母さん、車に戻るよ」

寿郎が先に立つと、クロは自然にその後を追った。史奈は念のため琴美のそばを歩いた。何かあれば手助けするつもりだったが、琴美の歩みは危なげがなく、クロとの呼吸も抜群に合っている。

「――ありがとう。史奈さん、あなたは優しい人ね」

史奈がさりげなくそばを歩いた理由に気づいていたらしく、助手席に乗り込みながら、琴美が囁いた。琴美からは白檀（びゃくだん）の香りがした。

「――長栖のふたりを知ってるなんて、どうして言ってくれなかったんですか」

車に戻って席につくと、史奈はすぐに抗議した。寿郎は困ったように頭に手をやった。

「いや、ほんとにそのふたりかどうか自信が持てなかったしね。ほら、言ったでしょう。マイナーな陸上競技のコーチをやってるって。あのふたりは、僕がコーチしたわけじゃないけど、その競技を介して会ったことがあってね。僕が多賀神社の神主だと言ったら、とても興味を持って、一度は神社にも遊びに来たことがあるんだ。まさか、〈梟〉の関係者だとは思わないからさ、こっちは」

長栖の兄妹は、たまたま知り合った緊急避難先の神主を見て、将来何かで役に立つかもしれないとでも考えたのだろうか。

――諒一と容子が、あんなふたりだったなんて。

偽の〈諒一〉と〈容子〉とは、似ても似つかない。あの偽者は、何を考えてあのふたりに化けようなどと考えたのだろう。

考えてみれば、子どものころに知っていた容子は、史奈より背が高くすらりとして、敏捷に山の中を駆け回っていた。先ほど競技場を駆けていたあの女性は、まさにそのイメージのまま、成長したかのようだ。

「――容子ちゃんは、まだ高校生のはずだけど」

「そうだよ。諒一は世田谷にある体育大学の学生で、容子ちゃんはそこの付属高校の生徒だ。雰囲気は、むしろ容子ちゃんのほうが大人っぽいけどね」

「まさか、あのふたりはウルトラマラソンの選手だったりするんですか?」

史奈が尋ねると、寿郎は驚いた顔をした。

「よく知ってるね、ウルトラマラソン。そうだよ。ふたりともその第一人者だ」

偽の〈容子〉が、〈諒一〉はウルトラマラソンをやっていると言っていた。〈容子〉自身は汗臭いのが嫌いだからやらないと言い訳していたが、それは自分がスポーツなどやりそうなタイプに見えないことを、知っていたからだろう。

運転席の窓を、先ほどの若い男が指の節でコツコツと叩いた。後部のドアを開けろという意味らしい。

「後ろに乗ってくれ。いったん犬を降ろして、二列めのシートを倒したら三列めに入れるから」

「わかってるって。何度も乗ってるんだから、この車」

男が悪態をつきながら後部座席のドアを開き、クロの頭を撫でた。犬はずいぶん、この口の悪い男になついているようだ。男が三列めのシートに潜りこむと、先ほどの女性が続いて乗ってきた。

史奈をちらりと見て、目礼する。寡黙な女性だ。こちらが誰だか知っているようだった。彼女が乗り込むと、寿郎がいったん車を降りて、二列めのシートをもとに戻した。犬はまた、二列めの足元にうずくまり、史奈の靴に顎を載せ、上目遣いに史奈を見上げた。

「おっさん、早いところ出してよ。ちょっと危ない目に遭うかもしれないけど、そっちが勝手に飛び込んできたんだからな」

「──なんだって？」

寿郎が眉をひそめ、運転席から振り返る。

「寿郎、すぐに出して。誰か叫んでる」

琴美が言葉を添えた。エンジンをかけ、車を出すと、背後で誰かが叫びながら別の車に向かって走るのが見えた。黒いスーツを着た男たちだ。三人いる。こちらの車を見逃さないよう、睨むように見ながら走っている。

「何なんだよ、あれは！」

寿郎が駐車場を飛び出しながら叫ぶ。

「いいから、適当に距離を空けて、ひと気のない公園に連中を誘い込んで」

勝手な要請だが、寿郎は即座に気持ちを切り替えたようだ。どこに向かうことにしたのかわからないが、ハンドルを切りスピードを上げて前の車を追い越し始めた。

「――本当に、長栖の諒一さんと、容子ちゃんなの？」

史奈は後ろの席にいるふたりを振り向いた。諒一はむっつりと唇を曲げただけだったが、容子がはっきり頷いた。

「そう。久しぶりね、史ちゃん」

――そうだ。この声だった。

どうして忘れていたのだろう。子どものころから、容子は声が低くて口数も少なく、落ち着いた性格だった。

「里も今、たいへんみたいだな」

諒一が眉宇を曇らせた。少しは〈梟〉の自覚もあるのだろうか。

「そっちは、いったい何があったの？」

史奈が尋ねると、諒一は容子と顔を見合わせた。

「詳しく話してるヒマはないけど――。おふくろが誰かにさらわれて、親父(おやじ)はマンションのベランダから落ちて入院中なんだ。家庭崩壊の危機さ。オレたちは、容子を囮(おとり)にして、犯人の仲間をおびき出したんだ」

史奈は目を丸くした。

――偽の〈容子〉は、そのへんの事情については真実を語っていたのだ。

「後ろから追っかけてくる連中が、君たちのお母さんを拉致したっていうのか？」

寿郎が悲鳴のような声を上げた。彼がごく一般的な神職で、高校の体育教師だということを思い出す。

「だから言っただろ、危ないぜって」

諒一が鼻からフンと息を吐き、パーカーのフードを後ろに払った。長い茶髪が肩に流れ落ちた。

四　驕(おご)るべからず

三日め　11：00　史奈

昭和の終わりごろから、もう里にはあまり子どもが生まれなかった。

限界集落と〈外〉の世界では呼ぶそうだ。人口の半分以上が六十五歳以上の高齢者で構成され、社会的な共同生活を営むことが困難になっている集落のことだ。

史奈が物心ついたとき、まだ里に残っていた〈梟〉の子どもは、長栖の兄妹と、史奈を含め数人だけだった。

それでも、共同生活そのものは、細々とではありながら立派に続けていたし、大人たちは最後の子どもたちを一人前の〈梟〉とすべく、交代で教育に当たった。

櫛(くし)の歯が欠けるように、一軒、また一軒と、里の家族が〈外〉に出てしまったのは、里では食べていけなくなったからだ。仕事らしい仕事がなく、みんな裏山や畑で稲や麦、芋や野菜を育て、鶏を飼って生活していた。

大学で教えていたころの名残(なご)りで、本を書いて暮らしの足しにしていた勢三のような生き方は珍しい。勢三は、里に住んで近くの大学で教えるという、願ってもない仕事を辞めて、里に引きこもったことについて、詳しい事情を史奈に教えなかった。祖母の桐子は、結婚するつもりだった相手と別れたので、職場にいづらくなったのだと話していた。

一度だけ、彼は「私が嫁さんを連れて、里に住めれば良かったんだけどな」と、史奈に寂しそうに話したことがある。その時、なんとなく、勢三が婚約者と別れたのは、因襲の強い集落に住むのを彼女が嫌がったからではないかと感じた。

——勢三おじさん、優しいのに。

両親が里を出た後は特に、史奈を実の娘のように大事にしてくれたものだ。教育という意味では、勢三以上の教師はいないだろう。

長栖一家が里を出ていった時には、史奈もひどくがっかりした。里で友達と呼べるのは、容子だけだった。年の離れた諒一は史奈のことなど知らんぷりで、二歳年上の容子が、姉のように史奈をかまってくれた。

軽トラック一台分に収まってしまった家財道具と共に、長栖の家族が車で去っていった時には、大人たちは背を向けて家に閉じこもり、何も見ないふりをしていたが、四歳の史奈はひとり車の後をついて走って、声の限りに泣いていた。後部座席で、振り向く容子の顔が見えた。いつも無駄なことを言わず、表情の硬い大人びた少女だったが、あの時はたしかに涙を拭いていたと思う。

「あっ、しまった。オレたちが三列めに座ったら、出にくいじゃないか」

諒一が後ろで文句を言っている。

子どものころの諒一は、野山を駆け回って真っ黒で、年齢が上だったのでずいぶん大きく感じていた。今は、むしろ小柄だ。

「平和島の公園でいいか？」

寿郎が、しがみつくようにハンドルを切りながら尋ねる。明らかにスピードを出しすぎていて、無理に車線変更をして前に飛び出すたび、周囲の車から鋭いクラクションを浴びせられていた。追手の車は、何台か挟んで後ろに、ぴたりと張りついて離れない。こちらも果敢に飛ばしている。

「いい。オレたちを降ろしたら、車でそのへんをひと回りして、また戻ってきて。その間にオレたちは、ひとりふたり、捕まえてくるから」

「物騒なことはよしてくれよ！」

寿郎の声は悲鳴のようだ。琴美は助手席の天井の取手を握って身体を支え、静かに存在を消している。ラブラドール・レトリーバーは、二列めの座席の下で、四肢を踏ん張って揺れに耐えながら、気づかわしげに時おり史奈を見上げてきた。賢い犬だ。

――そうか。

追いかけてくるのは、長柄の両親を襲撃し、母親を拉致した奴らの仲間だと話していた。そいつらは、里を襲撃したのと同じ奴らかもしれない。

「私も行く」

史奈は身を乗り出した。

後ろの車は、大型トラックを無理に追い越そうとして、追い越し車線に入ったところを信号待ちで停車した前の車とトラックに挟まれ、身動きが取れなくなっている。その隙に、寿郎が公園の手前で車を停めようとしていた。ふたりを降ろすなら今だ。

「おっさん、左のドアを開けてくれ」

諒一が、二列めの座席の背もたれを身軽に乗り越え、史奈の身体も「わりい」と言いながら飛び越えて、開いたスライドドアから飛び出していく。

「史奈は車で待ってろ」

言い返そうとする史奈の後ろから、今度は容子が「ごめんね」と言いながら越えてきた。

「すぐ出せ。史奈は犬と一緒に、後ろに行くんだぞ」

小柄な諒一がてきぱきと指示し、もう駆けだしている。少し遅れて容子も続く。フォームもそっくりで、双子のようにぴたりと息が合っている。

「まったく、あいつらはもう！」

史奈がスライドドアを閉めるより早く、寿郎が怒りにまかせて車を出した。ドアが開いたままだという警告音が、車内に鳴り響いた。琴美が天井の取手をぎゅっと握りしめる。

——怯えているのだ。

「——大丈夫ですから」

史奈はそっと琴美の肩に手を伸ばした。

追手の車は、読み通りに公園のそばで停車し、スーツ姿の屈強な男たちが、ふたりを追って走っていくのが見えた。

「このまま走り続けてください。私は後ろの座席に移ります」

「停めなくていいのか」

「大丈夫です」

シートベルトを外し、靴を脱いで後ろに落とすと、諒一と同じように背もたれを乗り越えた。犬と目が合ったので、「おいで」と手を差し伸べると、大きな身体を伸ばして意気揚々とシートを乗り越え、後ろに転がり込んできた。甘えた声を出して手を舐める。

「その子が、会ったばかりの人になつくなんて、初めてよ」

琴美が驚いたように首を振った。

「君たちはまるで」

寿郎が何か言いかけ、バックミラーで史奈をちらりと見て言葉を濁す。史奈は靴を履きなおしながら微笑んだ。

「動物みたい、ですか？　よく言われます」

ヒトよりも、犬猫や猿の動きに近い。身軽でしなやかで、素早い。体育の授業で身のこなしを目の当たりにすると、運動部の生徒や顧問からの勧誘が激しくなって困る。

「ふつうよりずっと、身体能力が高いんだろうな。諒一が走るのを初めて見た時も、こいつ本当に人間かとびっくりしたよ」

だが寿郎も、〈梟〉が山で本気を出して走ったり、跳んだりしているところを見たことはないはずだ。人前で自分の本当の能力を披露するほど、諒一たちは無謀ではないだろう。

「諒一たちと、仲がいいんですね」

年齢も離れているのに、諒一の口のききかたときたら、気のおけない友達のようだ。

「あいつは誰にでもああなんだ。初対面でも馴れ馴れしいし、あっという間に懐に飛び込んでくるんだよ」

寿郎の答えはなんだか「もう諦めた」とでも言いたげに憤懣やるかたなく、隣で琴美がおかしそうに笑いだした。

「そんなこと言ってるけど、この子はあの子たちが大好きなんだから。あんな生徒が自分の学校にいたらいいのにって、夢にでも見るみたいに言ってたのよ」

「もう、母さん！　やめてくれよ、今そんな話をするのは！」

寿郎がゆでたタコのように赤くなっている。

「史奈ちゃんはいいよ、史奈ちゃんは。お行儀がいいし言葉遣いだって丁寧だし。さっきだって、ちゃんと靴を脱いで後ろに行ってただろ。だけど諒一の奴は、なんだよあれ。平気な顔して、土足でシートを踏んづけてったぞ」

「どうせ十年も乗った車じゃないの」

「そういう問題じゃないんだよ！」

車は左折を繰り返し、元の場所に戻ろうとしていた。なんのかんのと言いながら、寿郎は諒一に言われた通りに、車を回そうとしているのだ。

追手の車は、まだ停車したままだった。運転席に人影はない。周辺の様子を見るために、寿郎がスピードを落とすと、公園の内部から走ってくる人影が見えた。諒一と容子だ。諒一は、スーツの男をひとり、背負っている。

寿郎がドアを開けるのとほぼ同時に、諒一が喚(わめ)きながら飛び込んできた。

「出せ、早く出せ！」

なるほど横暴だ。

「奴らの車が追ってくるんじゃないか」

寿郎がバックミラーを覗いている。

「大丈夫、タイヤをパンクさせておいたから」

諒一がしれっととんでもないことを言う。

容子もなめらかにシートに滑りこみ、後ろ手にスライドドアを閉める。史奈は伸びあがって二列めの座席を覗き込んだ。スーツの男は意識を失っていて、諒一と容子に挟まれて二列めの真ん中でぐったりと首を前に倒している。髪は短く刈り上げ、スーツから覗く首筋が、日焼けしている。何をする男なのだろう。

容子が、ものも言わずにシートベルトを素早く男にも掛けた。

「どこに行くんだ？」

車を出したはいいが、寿郎が困惑しきった表情で尋ねる。

「どこでもいいよ」

ぶっきらぼうに無茶を言う諒一を、容子が涼やかに制止した。

「前田先生、巻き込んで申し訳ありません。私たちの自宅と学校には警察がうろうろしているので、この男を連れていけないんです。犯人の正体と目的を聞き出したいんですが」

どうやら、高校生の容子のほうが、大学生の諒一よりずっと大人びているようだ。容子が話し始めると、諒一は安心して会話の主導権を妹に渡すことにしたらしい。のびのびとシートに座って足を投げだしている。

　そういえば、子どものころからいつでも容子がリーダーシップを取っていた。今も、兄と妹というよりは、しっかり者の姉と甘えん坊で気楽な弟のように見える。

「警察？」

「三日前に自宅が襲撃されて、母が拉致されたばかりですから。まだ黄色いテープが張られていて、警察官が周辺の聞き込みをやっているんです」

「お父さん、大怪我したって言ってたね。大丈夫なのか」

「両足と骨盤を骨折して、入院してます。でも、まだ若いですから大丈夫です」

　容子は自分に言い聞かせるように、しっかり頷いた。話しながら彼女は、スーツの男の両手首を、荷造り用の紐で縛っている。

「その男は、容子ちゃんたちもお母さんと同じように連れていこうとしたんだろう。警察に突き出せばいいじゃないか。警察がお母さんの行方も聞き出してくれるよ」

「それは無理です。この男は、たとえ逮捕されても、警察には何も喋らないでしょうから。警察に突き出しても意味がないんです」

　史奈には容子の懸念が当然のことと思えたが、寿郎には理解できなかったようだ。不信感を募らせたように眉間を曇らせ、やれやれと首を振った。

「史奈ちゃんと同じことを言うんだな。史奈ちゃんも、警察には頼らないと言うんだ」

「それが〈梟〉です」

容子が涼しく断言した。トレーニング・ウェアの上下を着ていても、彼女にはどこか、袴姿(はかますがた)で長刀(なぎなた)でも握っているかのような、凜とした風情がある。姿勢がとびきりいいせいかもしれない。

「聞き出した後は、その男をどうするんだ」

寿郎がどこに向かっているのか、史奈にはよくわからない。ただ、潮の香りが遠のいたので、海浜部を離れたのだろう。

「たぶん、そのまま解放します」

「なら、うちには連れていけないな。そもそも、俺たちに会わなければ君たちはどうするつもりだったんだ？」

諒一がむっとしたように身を乗り出した。

「おっさんが目立つ場所で容子に声をかけたりしなけりゃ、こいつらは人目につかずオレたちを拉致ろうとしたんだよ。そこを捕まえれば良かった。だけど、いきなり変なおっさんが現れたから、奴ら浮足立ったんだ」

「悪かったな、空気の読めないおっさんで！」

「おまけに史奈まで連れてきやがって！　これじゃ、美味(おい)しすぎるエサじゃんか。三人まとめて捕まったら、どうしてくれるんだよッ」

鼻息も荒くふたりがみっともない口喧嘩を始めたのを、容子がやれやれと言いたげに眺め、後ろにいる史奈を横目で見た。

「史ちゃんは、多賀神社に緊急避難して、前田先生に会ったのね」

「そう――」

容子にどんな態度で接すればいいのか、まだよくわからない。偽の〈容子〉は、ずっと一緒にいた姉のように親しみやすく、すっかり騙された。こちらは本物の容子らしいが、彼女のほうがとっつきにくい。

史奈は、里が襲撃されてから今までのことを、スーツの男に聞かれても問題のない範囲で説明した。偽の長栖兄妹の件は、諒一の感情をいたく刺激したようだ。

「そんな奴らに騙されて、ほいほいついていったのかよ、お前は！」

本物の長栖諒一は、顔に似合わず口が悪く、はた迷惑なくらい怒りっぽい。

「そのふたりは、私の子どものころのことをよく知ってたから。風穴で怪我をして、容子ちゃんにおぶって帰ってもらったこととか、ふたりが引っ越した日に、私だけが里の端まで見送りにいったこととか」

「だからって、顔を見てもわかんなかったのかよ！　オレたちとそいつら、似てたか？」

たしかに、容姿や性格で言えば、似ても似つかぬふたりではある。

「――偽の諒一のほうが、人格者だった」

「なんだと！」

やめて、と容子が冷静に割って入った。

「兄さん、史ちゃんはもう長い間、私たちに会ってなかった。騙されても無理はないと思う。それより問題は、誰が何の目的でそんなことをしたのかだね」

三人の視線が、スーツの男に落ちた。意識が戻りかけているのか、視線を感じたのか、もぞもぞと男の指が動いている。

「前田先生、どこでもいいので、しばらく車を停められる駐車場に入ってもらえませんか。そこでこの男から話を聞きます」

今度も、容子の判断が早かった。寿郎は「おお」と頷き、パーキングエリアの看板を見つけるとそちらに車を向けた。

三日め　11：00　方喰

細野(ほその)由香は高校一年生だった。

新幹線に乗る前に、彼女から話を聞けと言われて多摩に向かったものの、平日の日中、高校生が自宅にいるはずがない。

方喰がそう気づいたのは、小田急線に乗った後だった。乗ってしまったものはしかたがない。どのみち、高校生に直接取材するのも考えものだ。まずは両親のどちらかが在宅していることを祈るしかない。

村松デスクから預かった住所を訪ねると、意外なことに、本人が家にいた。スポーツ新聞の記者と聞いて母親がいい顔をしなかったが、行方不明になっている榊史奈の件で話を聞きたいというと、本人が会うと言ったらしい。

由香は、小柄でおとなしそうな少女だった。まっすぐなセミロングの髪は、肩に落ちるままになっている。目を細めてじっと相手を見る癖があるのは、たぶん軽い近視なのだろう。

細野家の住まいは多摩郊外のマンションで、日当たりのいいリビングルームに方喰は案内された。すっきりと片づいた清潔感のある部屋で、こういう家の子どもと親友だったという榊史奈の性格も、なんとなく想像できる気がした。

「史ちゃんが心配なんです」

由香が、弱々しい声で言う。隣に座った母親が、励ますように膝に手を置いて、頷いている。

「私、昨日からずっとニュースを見たり、新聞を読んだりしてるんですけど、史ちゃんがどうなったのか全然わからなくて」

昨日の朝のニュースで〈梟〉の集落が焼失したと知って、ショックで学校を休んでいるらしい。

「中学時代、いちばんの親友だったと聞いたんですが、榊さんはどんな人でしたか」

言った瞬間、由香がくしゃりと顔を歪めたので、しまったとほぞを嚙んだ。方喰が過去形で尋ねた裏にある気分を、彼女は敏感に察したのだ。

――だって、もう死んでるだろう。

「史ちゃんは、どんなことにも一生懸命で真面目で、誰に対しても親切なんです。学校では『お姉さん』ってあだ名で呼ばれるくらい、しっかり者で」

このコメントが取れただけでも、この取材は成功したと言っていいはずだ。スポーツ新聞の読者は、史奈の父親くらいの年齢層だ。榊史奈の学校でのあだ名が「お姉さん」。それだけで、読者は史奈の人物像を勝手に想像して、ほろりとするだろう。もともと、中学時代の親友にはあまり期待していない。集落ひとつを全滅させた奇怪な事件の真相を、彼女が知っているとも思えない。

集落についても尋ねたが、中学時代の三年間、学校では仲良くしていたが、一度も史奈の自宅に行ったことがないと話した。史奈も由香の家に来たことはないそうだ。

「こんな事件に彼女が巻き込まれる理由に、心当たりはないですよね」

一応、聞いてみる。由香がうつむいた。

「心当たりはありません——だけど」

口ごもる彼女に、方喰の勘が働いた。

「何かあるんですね」

由香は黙り込んだままだったが、母親が優しく彼女の背中を撫で、申し訳なさそうな顔をこちらに向けた。

「携帯に電話があったんです。公衆電話から」

「——え。お嬢さんの携帯ですか」

「昨日の夜遅く、気づかなくて出られなかったんですが、この子は榊さんじゃないかと」

方喰は、由香を見やった。

行方不明の榊史奈が、親友の携帯に電話をかけてきた。もしそれが本当なら、大スクープだ。生きているとわかっただけでもニュースになる。

「公衆電話からだったんですよね。なぜ榊さんだと？」

いたずら電話かもしれないし、ひょっとすると自分と同じように由香にコンタクトを取ろうとした記者かもしれない。

「留守番電話に何か残っていたんですか」

由香が顔を上げ、必死の面持ちで首を横に振った。

「何も残っていませんでした。留守番電話に切り替わって、すぐ切ったんです」

――なんだ、と方喰は落胆しかけた。それなら、相手が榊史奈だという証拠はない。

「でも、私にはわかるんです。あれは絶対に史ちゃんです。彼女は、留守番電話が嫌いなんです」

少女が何を言おうとしているのか、しばらく理解できなかった。由香は絞り出すような声で、なんとか方喰に理解させようと説明を続けた。

「史ちゃんは、私に助けを求めていたんです。だけど、留守番電話には声を残したくなかったから、切ってしまったんです」

――友達に助けを求めた。

そんな可能性があるだろうか。

もし由香に取材を申し込もうとした記者なら、留守番電話に依頼の内容を吹き込むだろう。公衆電話からというのも変だし、一度きりで二度めがないのもありえない。いたずらか、本当に榊史奈からの電話だったか。

「私、高校の友達と話す時は、ほとんどＬＩＮＥなんです。電話番号を知ってるのは、親と中学時代の友達数人だけです。史ちゃんはその中のひとりなんです」

ダメ押しのように由香が言い、ぽろりと目の隅からこぼれた涙をぬぐった。

「私があの時、電話に気づけば良かった。そうしたら、史ちゃんを助けられたかもしれないのに」

彼女が暗い表情をしているのは、罪悪感にさいなまれているからだったのだ。

「——警察には話しましたか」

方喰の言葉に、由香が驚いたように顔を上げた。

「榊史奈さんの行方は、現在わかっていません。公衆電話からかけてきたのは、いたずらの可能性もありますが、警察に話せば調べてくれるかもしれませんよ」

十六歳の少女には重い決断かもしれない。彼女は、熱っぽい目でまっすぐ方喰を見つめながら、膝に置かれた母親の手を握りしめた。

「私、警察に話します。もしそれで、史ちゃんが助かるなら」

「私も同行しましょう。里で起きた事件を調べているのは滋賀県警ですが、とりあえず近くの警察署に行って、話を聞いてもらったほうがいいと思います」

言いながら方喰は、滋賀に行くよりこちらの線を追いかけたほうが、筋のいい情報が手に入るのではないかと計算していた。村松デスクに電話をして、滋賀への要員を別に用意してもらわなければならないようだ。

三日め　11：15　史奈

車に残ったのは、長栖兄妹と史奈、それに捕まえたスーツの男だけだった。

琴美と寿郎とクロは、諒一が「悪いけど外に出て、お茶でも飲んできてよ」と言い放ち、不承不承、先ほど車を降りてどこかに立ち去った。ふだんから無作法な諒一がどんな無茶を言っても、寿郎たちはもう驚かないようだ。

「これで、どんな話をしても、驚く人間はいなくなったから」

容子が言った。この場は、彼女がしきることにしたらしい。

容子と諒一に挟まれて、スーツの男は居心地悪そうにそわそわしている。何でもないふりをしようと思ったのか、肩ひじを張ろうと努力していたが、自然にその肩がすぼめられていくのに、史奈は気づいていた。

――最初から、〈気〉で負けているのだ。

「聞きたいのはひとつ」

諒一は腕組みして、頷きながら聞いている。

「誰に頼まれたの」

スーツの男がかすかに眉をひそめた。あらためて観察すると、男は普通の会社員のようにも見える。濃いグレーのスーツにワイシャツにネクタイ。そんな男が、なぜ白昼に堂々と諒一たちを拉致しようとしたのか。

「さっさと俺を警察に連れて行けよ」

男が仏頂面で凄んだ。

「おまえらが俺を拉致して、軟禁してるんだ。俺はそう証言するぞ。わかってるのか」

「あつかましい奴だな、おまえ！　加害者のくせに、被害者になりすますつもりかよ」

カッとなりやすい諒一が逆上しかけるのを、容子が「黙って」とばかりに制止する。

「警察になんか行かない。私たち、面倒は嫌いなの」

「言っとくが、俺を拷問しても――」

「へたな暴力なんか使わない」

容子が静かに応じる。

「車の持ち主に悪いでしょう。シートが血で汚れたりしたら」

「なら――」

「これを見て」

いつの間に取り出したのか、容子の指先に針が一本握られていた。次の瞬間、諒一が男の肩に腕を回して押さえ込み、前で縛った両手をぐいとつかんだ。

「まずは左目が見えなくなる」

男は悲鳴を上げる間もなかった。容子が、針を男のこめかみに突き立てた。

しゃっくりのような、おかしな声が男の喉から漏れた。史奈の位置から、男のこめかみに汗の粒が光るのが見えた。

「何したんだよっ」

「視神経を麻痺させるツボを突いた。針はもう一本ある」

容子の声は淡々として、冷静な彼女らしく落ち着いている。

「片方の目しか見えないと、視野が狭くていろいろと不自由でしょうね。だけど、両目が見えないよりはましかもしれない」

暴れて逃げようとする男を、諒一が笑顔で押さえ込む。小柄だが、諒一が見た目よりずっと強靭な筋肉と体力を秘めていることに、史奈は気づいた。

「お兄さん、動くと危ないってさ。狙いが逸れて、別のツボを突いたらどうするんだよ。失明どころか、脳の機能に関わるかもしれないよ。それとも試してみたいのかな？」

男の気力が萎えるのを感じた。最初から容子の迫力に位負けしていたのだ。

「――勘弁してくれよ。俺は業務命令で、やむをえずやったんだ。俺が喋ったことがばれたら、会社にいられなくなる」

「まさか、言わないよ、そんなこと。怪我ひとつなく無事に帰すよ。宮仕えは辛いねえ。いったん捕まったけど、隙を見て逃げてきたと言えばいいんだ。だよな、容子？」

「私たちは、誰がなぜ家族を拉致しようとしたのか知りたいだけ。母を取り返したいから」

男がしばらく呼吸を整えながら、乾いた唇を舌で舐めまわした。

「――いいか、あんたらは、体内に病原菌を抱えているんだ」

「病原菌？」

諒一が顔をしかめる。

「あんたらは気づいてないだろうし、今すぐどうこうということはない。だが、時間が経つとその病原菌が体内で増殖し、他人に感染するようになり、その後は短期間でパンデミックを引き起こす」

しばらく容子も沈黙し、じっと考えを巡らせているように見えた。

「――その話を信用したのなら、よく私たちのところに来たね。勇敢だ」

「まだ感染する段階じゃないから大丈夫だと言われたんだ。嘘じゃない。俺たちは、保菌者を隔離するために雇われたんだから」

「保菌者を隔離するのが、病院ならわかるけど――」

「病院だよ！」

男が急に勢いづいて言った。

「病院というか、感染症の研究所だ。俺たちは民間の警備会社の社員で、研究所に雇われたんだ。だから、研究所に確認してみろよ。発病する前に研究所で調べてもらえよ」

「何という研究所？」

「郷原（さとはら）感染症研究所だ」

容子は諒一と目を見かわし、何か言いたげに頷いた。

「では、なぜ深夜にうちに来て、説明もなく母を拉致したの？　そのせいで父はマンションのベランダから落ちて重傷を負ったのよ。最初からそう説明していれば、穏やかに話し合うこともできたんじゃないの」

男がため息をついた。

「あんたたちの親には説明したが、受け入れなかったんだろう？　体内に病原菌がいるという説明すら信用しなかったので、これ以上、治療開始を遅らせることのないよう、強い措置をとったと聞いたぞ」

容子は眉を上げ、首をかしげた。

「それならなぜ警察を呼ばなかったの」

「まだ学会で論文が認められてないからだとさ。民間の研究所としては、研究者の良心に従うためにあんたたちを隔離したいと。だが、警察は動いてくれないと言ってた」

「ずいぶん都合のいい説明ね」

「待って」

史奈は後ろの席から身を乗り出した。怒りで声が震えるのを感じた。

「それじゃ、〈梟〉の里を襲撃したのも、同じ理由なの？　銃を持って襲ってきたのに」

男が鼻白んだように、わずかにこちらを振り向こうとした。

「拳銃を持ってたんなら、別口だろう。そんな話は聞いてない」

「殺されたの！　勢三さんが」

「だから、そんな話、俺は聞いてないって」

男の言葉が、すべて言い逃れに聞こえる。容子が「待って」と割り込まなければ、後ろからつかみかかっていたかもしれない。

「あなたの話を信用してもいい」

容子が、冷淡な声で言った。

「だから、研究所の誰から依頼を受けたのか話して。あなたが勤務する警備会社の名前も。こちらで裏を取るから」

男は再び「勘弁してくれよ」と言いかけたようだが、唸り声を上げて頭を振った。自分には選択肢がないと、悟ったようだ。

「直接、話を聞いたのは、研究所の野島(のじま)という助手だ。野島妙子(たえこ)とか言っていた。会社は、西垣(にしがき)警備保障——ほんとに俺の名前は出さないんだろうな」

「名前を出す？　あんたみたいな下っ端の名前なんか、聞いてもないのに」

男のこめかみに刺した針を、容子の指がつまんで抜いた。

「これで見えるようになる」

「お帰りはこちらだ」

諒一がスライドドアを開け、するりと滑り降りた。男は虚をつかれたように、呆然とした。本当に解放されるとは、思っていなかったのかもしれない。

「待て」

ドアに手をかけて車を降りかけた男に、諒一が顔を寄せた。

「言っとくが、この車の持ち主に迷惑をかけたりすれば、あんたが喋ったことを雇い主にばらすからな」

「——わかったよ」

どうにか威厳をかき集めると、びくつきながら車を降り、何度も振り返りつつ離れていった。みっともなく駆けだしたり、「覚えてろよ」などと捨て台詞（ぜりふ）を言ったりしなかっただけでも、マシな男なのかもしれない。

「——病原菌とか、本当だと思う？」

男の姿が見えなくなると、史奈はどちらにともなく尋ねた。長栖家を襲撃した奴らは、母親だけを拉致して、ベランダから落ちた父親のほうはそのまま放置した。それは、〈梟〉の血を引くのが母親のほうだけだからと、史奈は考えていた。つまり、狙われているのは〈梟〉だ。

「嘘に決まってる」

諒一がそっけなく言い放つ。容子も頷く。

「あの男も騙されてる」

「あの男は騙されやすいよな。失明するツボ？　そんなものあるかっての」

馬鹿にするように諒一が鼻を鳴らしたので、史奈は目を瞠った。

「でも、左目が見えないって――」

「暗示にかかりやすい性格らしいね。人の言葉をうのみにするタイプ」

容子も当然のことのように答えた。もう、針はどこかにしまったらしい。どうりで、
史奈も人体のツボについては習ったが、そんな話は聞いたことがないと思った。

針は、〈梟〉の武器のひとつだ。小さくて、ベルトや財布などに隠せる。使い方によっては、意外なほど効果の大きな武器になる。

「それじゃ、これからどうするの。研究所を調べる？」

尋ねると、諒一が容子の意思を確認するように目を合わせ、頷いた。彼らは身体つきや走り方が双子のように似ているだけじゃなく、以心伝心の技術も持ち合わせているのかもしれない。

「それより、まずは教授に相談しよう」

諒一の言葉に、史奈は眉をひそめた。

「教授？」

〈梟〉の教えは、無関係な人間を巻き込むなとしているはずだ。

「郷原という研究所のことも、教授なら知ってるかもしれないからな。――ああ、そうか」

ポカンとしている史奈を見て、初めて気がついたように諒一が表情を改めた。

「史奈が知ってるはずがなかったな。――教授というのは、お前のお父さんだよ」

驚いて、史奈は目を丸くしたまま言葉を失った。自分の両親は、小学校に上がる前に、里を離れたのだ。それからずっと、祖母の桐子に育てられた。生きているかどうかも知らなかった。

「――まいったな」

諒一が困ったように容子を見やると、彼女は史奈の腕にそっと手を伸ばした。

「史ちゃんの両親は、ふたりとも医学と生物学の研究者なの。研究を続けるために、昔、里を下りたのよ」

結局、三人が戻ってきたのは、琴美の自宅だった。

男から聞きだした内容を、固有名詞を省いて説明し、また狙ってくるかもしれないと言うと、寿郎がカンカンに怒りだして、実家に泊まっていけと言ったのだ。

「そんな理由でいきなり誰かを拉致するとか、ありえん！　ここは法治国家だぞ。君らもさっさと警察に行って、事情を説明しろよ」

あいかわらず、のらりくらりとかわしている諒一にも怒りをぶつけていたが、部活動の時間が近づいていたので、寿郎は彼らを琴美の家に送り届けると、夜にまた来ると言って、勤務先の高校に出かけてしまった。

「若い人が三人もうちに泊まるなんて、久しぶりよ」

琴美が若やいだ表情で喜び、お茶を淹れるからと台所に立った隙に、史奈はふたりから話を聞くことにした。

「榊のばあちゃんも、史奈に何にも話してないとは、信じられないよな」

琴美の家にも来たことがあるらしく、諒一はずうずうしく茶の間に上がり込んであぐらをかき、座卓にあったおせんべいをポリポリと齧り始めた。容子はきちんと正座して、琴美を待っている。

「ばあちゃんは、親の話はいっさいしなかったから」

里を下りた時点で、裏切者だと祖母は考えていた。史奈もあえて両親については尋ねなかった。祖母の口から悪口を聞きたくなかったし、黙っているのにはそれなりの考えがあるのだろうと、分別くさく考えていたのだ。何もかも、あけっぴろげに語り合う祖母と孫でもなかった。

「おまえの両親と、うちの両親は同じ大学に通っていたんだ」

諒一の語ることが、何もかも初めて聞くことばかりで、史奈は驚いてばかりだった。

諒一が奔放に語り、容子が的確に補足したところによれば、史奈の両親はともに医学部、諒一たちの父親は工学部の大学院、母親は文学部に在籍していたそうだ。長栖の父親が最年長だった。

史奈の両親は〈梟〉の幼馴染だった。里の子どもは減るばかりだったし、女系家族の榊家の長女はやがて〈梟〉のリーダーになると目されていたので、里の若い男と結婚することを期待され、自動的に、数少ない純血の〈梟〉のひとりだった史奈の父親が、幼いころから婚約者として扱われていたそうだ。

史奈の両親は、卒業後に結婚し、ふたりとも大学に残って研究を続けた。同じころ、諒一たちの両親も結婚し、子どもたちが小学生の時、里では満足な教育を受けさせることができないと、里を下りて東京に行くことになった。長栖の父親はエンジニアだったのだ。

話の途中で琴美がお茶を運んできてくれたが、諒一はもう気にせず続きを話した。

史奈の両親が里を下りたのは、長栖家が東京に出た後のことだ。

「史奈ん家の親と、うちの親は、ずっと連絡を取り合っていたんだ」

どこかバツの悪そうな顔で、諒一が続けた。里を出た互いの両親が、里に隠れて連絡を取り合っていたかのようで、後ろめたい気分がしたのかもしれない。

「うちの親は、どうして里を下りたの？」

「東京の大学に誘われたからさ。こっちで研究しないかって」

史奈にはそのあたりの事情はよくわからなかったが、研究者には自分の所属する学会があり、研究成果を発表する。史奈の両親の研究発表は、東京の研究機関の興味を引き、ぜひ東京へと勧誘されたのだという。

「うちの親の研究内容って——」

史奈は口ごもった。

「睡眠についての総合的な研究だそうだ」

以前、教授から聞いただけでオレにもよくわからないんだけど、と前置きして、諒一は説明してくれた。

睡眠がなぜ人間にとって必要なのか、睡眠と覚醒のサイクルが起きる仕組みについても、まだ完全には解明されていない。いくつかの脳内物質が、睡眠と密接にかかわっていることがわかってきたし、眠っている間に脳の中で起きていることについても、研究が進んできた。史奈の両親は、不眠症と嗜眠症（しみんしょう）という対照的な症状を持つ患者の調査から、さらに睡眠についての研究を進めているのだという。

——だけど、うちの親たち自身は、睡眠とはどんなものか知らないのに。

「教授は、私たち〈梟〉の特殊体質は、一種の病だと考えているの」

容子がひとこと付け加えた。

「——病？」

史奈は呆然と、オウムのように繰り返した。

諒一が頷く。

「これもすべて、教授からの受け売りなんだけどな。教授が初めてそう意識したのは、イタリアのある一族に発症する、致死性家族性不眠症という遺伝性のプリオン病が存在すると知った時なんだそうだ。この一族は、少なくとも二世紀の間、この病に苦しめられてきた。全員というわけではないが、五十代で発症すると、その後はまったく眠れなくなってやがては死に至る。そういう病なんだ」

そんな病気が存在することも知らなかった。史奈はただ驚きをもって、諒一の話を聞くしかない。だいたい、〈梟〉の不眠を、病気と呼んだ人なんて、今までひとりもいなかったのだ。

里では、〈授かりもの〉と呼んでいた。

神が〈梟〉の一族に与えた恩寵だ。

「でも私たちは、眠れなくても死んだりしない」

史奈はそっと諒一に抗弁する。

「もちろんそうだ。まったく同じ病というわけじゃない。だけど、一般的な人間の体質と比べて、あまりにもかけ離れてるってことはさ。これは何らかの病気だという仮説を立てて、調べたほうがいいんじゃないかと教授は考えたそうだ」

琴美は、身近でかわされる会話の意味を、きちんと理解できるわけではないだろうが、病気という単語に不安を覚えたのか、そっと眉間を曇らせている。

「史ちゃん、最初は私たちも、教授に反発したの」

容子が口を挟んだ。

「だって、私たちの力を病と呼ぶなんてね。とうてい受け入れがたい。榊のおばあさまが、娘と結婚した教授のことを、だんだん憎むようになっていったというのも、わかると思った」

憎むという激しい言葉が容子の口から出た。そのことに、史奈はたじろいだ。

「厳しい言い方をしてごめんね、史ちゃん。だけど、里があんなことになった以上、史ちゃんももう、すべての状況を知る必要があると思うの。私たちだって、いつ何が起きてどうなるかわからないんだから」

容子の口調は静かだ。何が起きても、覚悟はできている。そういうことなのだと感じた。

「榊のばあちゃんにもしものことがあれば、史奈、おまえが〈梟〉を束ねるんだからな」

諒一が当然のことのように、さらっと告げた。束ねると言っても、と史奈は困惑するしかない。里のみんなは行方不明で、残った〈梟〉は里を下りた人々ばかりじゃないか。いったい誰を束ねるというのだ。

「教授は、〈梟〉の病を治療することも考えているんだ」

「治療？」

諒一を睨んだ。頭を殴られるより、もっと激しく衝撃的だった。治療とはどういう意味だ。自分の父親は何を考えているのだ。

史奈は、長い長い夜を愛している。

〈外〉の人々は、寝床に入り、あるいはまどろみ、あるいは熟睡してよだれを流している。まるで半分、死んでいるようなものだ。

その横を〈梟〉は自在に闊歩する。夜は〈梟〉と、夜行性の動物たちのものだ。夜の大気はかぐわしく、しんと静まりかえった世界は、昼間の太陽のもとで生きられないものたちの、みっしりとした気配に満ちていた。

治療するだって。あの夜をなきものにするつもりなのだろうか。

──〈授かりもの〉は誇りでこそあれ、病などではない。断じて。

容子がため息をついた。

「いきなりこんな話を聞かされて、辛いよね。ともかく史ちゃん、教授に会って話を聞いてみて。きっと有意義な時間になると思う」

深い怒りが、ふつふつと史奈の喉元に駆けあがってきた。喚きそうになったが、どうにかこらえたのは琴美がいたからだ。

「——うちの両親は、里を下りた後、一度も私に顔を見せなかったの。だから、死んだんだろうと思ってた。生きていて、東京で活躍していたのなら、どうして一度も会いに来なかったの」

それを言うなら、諒一と容子もそうだ。長栖の家族も、他に里を出た一族の末裔たちも、一度も里には戻らなかった。滅びゆく、たそがれゆく里のことなど、見たくもないのかと思っていた。

「——榊のおばあさまが、許さなかったから」

ためらいがちに容子が言った。苦渋の色が端整な目元に滲んでいた。

「うちの親も史ちゃんの親も。あと、里を下りた他の大人も。いちど里を離れたら、二度と足を踏み入れてはいけないと言われたの。踏み入れたら侵入者として撃つと言われた」

史奈は唖然として、容子と諒一をかわるがわる見守った。初めて聞く話だ。

「オレたちは、里を出た時ほんの子どもで、親の命令に従っただけだったからな。オレと容子に戻る意思があるなら、戻ってこいと言われたよ。榊のばあちゃんは、オレたちふたりとは連絡を取り合っていたんだ」

諒一も、容子の言葉を補強するかのように口を添えた。

——なんてこと、なんてこと、なんてこと。

史奈は何度も、あえぐように大きく息を吸い込みながら、両手を握ったり開いたりした。そうやって、どうにか自分を落ち着かせようとしていた。

里を下りた両親が一度も会いに来ないことを、少し恨んでいたのに。自分は捨てられたのだと思い込んでいたのに。

「言っとくが、オレは榊のばあちゃんを悪く思ってはいない」

諒一が、琴美が淹れてくれた日本茶をすすりながら、きっぱりと言ってひとりで頷く。

「榊のばあちゃんには、〈梟〉を守り、導く責任がある。誰も里から出したくなかったんだ。それは〈梟〉の崩壊を招くからな。だから、里を出るなら、もう戻れないというリスクを背負わせた」

「諒一たちだけじゃなくて、長栖のおじさんやおばさんたちも、うちの父親と——教授と交流があったのね」

「そりゃ、あったよ。里を出た〈梟〉のものたちは、可能な限り、お互いに連絡を取り合っているよ」

ざわりと、総毛立つ気分がした。

「待って。長栖のおばさんがさらわれ、里が襲撃されて。里を出た他の人たちも安全だとは限らないじゃない」

今ごろは、史奈の両親も含めて他の者たちも襲われ、拉致された後ではないのか。

「まだ言ってなかったが、うちの両親が襲撃されたと聞いてすぐ、日本に戻ったばかりのオレたちは、他のみんなに電話をかけまくった。母親がさらわれたのは〈梟〉だからだって、ピンときたからな。だから、里を出たみんなに知らせて、しばらく行方をくらますか、返り討ちにする用意をしろって言ったんだ。もちろん教授にもだ。里にもかけたんだが、その時にはもう誰も電話に出なかった」

長栖兄妹の用意周到さに、史奈は安堵(あんど)のため息をついた。返り討ちにしろとは、いかにも諒一の言いそうなことだが、彼らのおかげで救われた〈梟〉も多いはずだ。

「今のところ、被害を受けたのは里と、うちの両親だけだと思う。準備が整っていれば、〈梟〉もそうかんたんにやられはしないし」

容子も心強いことを言う。

「それなら――」

「教授は今、都内のホテルに偽名で宿泊しているはずだ。史奈がかまわないなら、会う手はずを整えるよ」

史奈は、まだ迷っていた。

会ってもいいものか、どうか。

両親がいなくなったのは、五歳のころだった。ある日、突然、里に戻ってこなかったのだ。仰々しい別れも、さよならのひと言すらもなかった。常に祖母がそばにいてくれたので、寂しいとは思わなかった。ただ、何が起きたのか不思議だった。

今にして思えば、史奈が両親についていくと言いださないよう、黙って出て行くように、祖母が命じたのだろう。

それほどまでして、自分と両親を会わせないようにした祖母の気持ちを考えると、この状況で自分が祖母を出し抜くように父と会うことが正しいのかどうか。

ふと、史奈は顔を上げた。

「父さんが教授になっていて、無事なのはわかったけど。母さんはどうしてるの？　父さんとは別に隠れているの？」

母親は、榊家の直系だ。本来なら、祖母がいない今、〈梟〉のリーダーとなるべきなのは母の希美(のぞみ)ではないのか。

諒一と容子がそろって視線を落とした。ようやく史奈も気がついた。史奈の心中を慮(おもんぱか)ってのことかもしれないが、彼らは、言いにくいことを後回しにする癖があるのだ。

「はっきり言ってよ。母に何かあったの？」

「――ずっと前から、行方不明なんだ」

諒一が、ふくれっ面にも見える表情を浮かべた。自分が、こんな話を告げる役割を果たさなければならない理不尽さを、子どもっぽく拗ねてでもいるようだ。

「行方不明って——」

「もう五年になる。榊教授の奥さんは、教授と同じ大学で研究を続けていた。だけど、ある日突然、失踪したんだ」

——今日いちばんの衝撃だ。

信じられない、と史奈は呟いたが、いちばん信じられなかったのは、母親が失踪したという事実ではなかった。

「それ、ばあちゃんは知ってたんだよね？」

知らなかったはずはない。父親は連絡を許されなかったかもしれないが、諒一たちは祖母と連絡を取り合っていたのだ。

「——知ってたよ」

諒一が、最高にバツが悪そうに答えた。

祖母は知っていたのに、史奈には教えなかったのだ。そう思うと、涙がこぼれてきた。

五　偏れば誤り多し

三日め　18：00　史奈

教授に連絡すると、夕方に六本木のレストランで会おうと指示されたらしく、琴美の家までタクシーをよこしてくれた。初めての六本木は、史奈の目にはキラキラ輝き、街も通りかかる人も、洗練されて見える。

車寄せにタクシーが停まると、そこは高層ビルというより、外国の街にいる錯覚を起こしそうな、洒落た建物だった。

おまけに指定された中華料理の店は、スポーツウェアで入るのは少々気後れするような、高級レストランだった。

「教授も、オレたちの普段着くらい、知ってるだろうに」

重いガラスの扉を押し開けながら、諒一がぶつぶつ言う。

「梟の間の三名様ですね。伺っております。こちらへどうぞ」

制服を着た従業員の女性がにっこりして、すぐ案内を始めると、諒一が肩の力を抜いた。安心すると食欲がわいたようで、「今日は何が出るのかな」とのんきなことを言っている。逆に史奈は「梟」という言葉を聞いて、浮わついた気分が吹き飛んだ。

彼女について廊下を歩き、個室に通された。部屋のプレートに「茉莉花（まつりか）」と金色の文字で書かれているのを、史奈はめざとく認めた。彼女が「梟の間」と言ったのは、合言葉だったようだ。

「こちらで少しお待ちくださいませ」

従業員の彼女に勧められるまま、史奈たちは円卓についた。祖母と暮らしていると、外食する機会などほとんどなかったが、年に一度か二度、勢三に連れられて普段着や雑貨を買いに街に出ることがあった。そんな時、勢三は決まって、にぎやかなファミレスや、カジュアルな寿司屋（すしや）などに連れて行ってくれた。

おそらく祖母は、幼い孫が世間知らずにならないよう、勢三に頼んで〈外〉の様子を見せたり、経験させたりしていたのだろうと今では思う。

そういえば、祖母の家にはテレビがあった。テレビが好きそうな人ではなかったが、いくつかの番組は史奈にも勧めて自分も見ていた。見てもいいのは街の紹介や時事問題を解説する番組など役に立つものだけで、史奈が友達の見ているアニメを見ようとすると叱られた。「おまえは他人と違うのだから」が祖母の口癖だった。

〈梟〉の一族が、忍びとして誰かに仕えたのは、遠い過去の話だ。だが、〈梟〉が〈梟〉

である限り、いつか里を下り、使命を果たすため戦う日が来るかもしれない。その日が訪れた時、慌てたり、戸惑ったりしないよう備える。それが自分たちの務めだ。

そんな言葉を、噛んで含めるように呟き続けた祖母の桐子だ。

理不尽だと感じたこともあるが、今こうして流浪の境遇に置かれてみると、祖母の深謀遠慮がありがたい。

「教授はここまで来るつもりなの？」

容子が立ち上がり、室内を隅々まで調べている。彼女はどんな時でも慎重だ。

「お客様、お待たせしました。こちらへ」

また先ほどの女性が現れ、三人に部屋を出るよう促した。廊下を進み、厨房の中を通り過ぎて従業員用の出入り口から店を出た。諒一と容子は、あまり驚いていないようだ。

「お客様用の通路でなくてすみません。教授から、こちらにご案内するようにと指示をいただいておりまして」

申し訳なさそうに女性が言った。彼女が案内してくれた先は、ビル全体の通用口だった。食材や商品などをトラックで搬入したり、従業員が出入りしたりするためのものらしい。

そこに、目立たない白い乗用車が待っていた。運転席の脇に立った若い男が、「こっちです」と言いながら手を振っている。諒一が手を振り返す。

「あの車に乗ってください」

女性が言って、大きな白い紙袋を諒一に手渡した。いい香りが、あたりに漂った。

「当店名物の蒸し饅頭と五目焼きそばです。温かいうちに、どうぞ召し上がってください」

「えっ、いいの？　ありがとう」

受け取った諒一の目が輝いている。彼女は微笑み、礼儀正しく会釈した。笑うと目じりに小さな皺が見えた。一瞬、里を下りた〈梟〉の一族だろうかと思ったが、そうではないようだ。

「いつも教授にお世話になっておりますから。皆さま、どうぞお気をつけて。教授によろしくお伝えください」

彼女に見送られ、車に乗り込んだ。後部座席は、三人が並んで腰を下ろしても窮屈さを感じないくらい、ゆったりしている。

「いろいろ面倒ですみません。教授の隠れ家は極秘なので、念には念を入れました」

運転席の男性が、車を出しながら言う。

「万が一、皆さんを見張っている人がいても、今の中華レストランで食事をしていると思うでしょうから」

「うん、それはわかってるからいいよ」

諒一はさっそく紙袋を開け、車の中で食べてもいいかと尋ねると、返事を聞くより早く饅頭にかぶりついた。容子や史奈にも勧めてきたが、ふたりは「あとで」と断った。

史奈はバックミラーで運転席の男を観察した。三十前後だろうか。色白で黒い縁のメガネをかけ、髪は耳にかかるくらいに伸ばしている。なんとなく、白衣が似合いそうな印象だ。

「あなたが教授のお嬢さんですね」

男が、眩しそうに目を細め、ミラー越しに史奈に微笑みかけた。

「お噂は先生から聞いてます。僕も〈梟〉です。先生の助手で、栗谷和也（かずや）と言います」

えっ、と口の中で呟き、史奈は男をまじまじ見つめた。〈讃〉を上げる際に、笙を吹く役割だった栗谷のばあちゃんは、ひとりで暮らしていた。何年か前にばあちゃんが亡くなって、それで栗谷の家は絶えたのだと思いこんでいた。

「昔、里を下りたんです。うちの両親が」

和也が恥ずかしそうに告白した。

「僕が生まれる前のことですから、里の皆さんは僕の存在を知らないと思いますけど」

「――知りませんでした」

恐縮する。栗谷のばあちゃんが亡くなった時も、葬式は〈里〉に残った者だけで、僧侶も呼ばず、桐子がお経を上げてひっそり執り行った。だから、まさか子どもや孫がいたなんて、思いもよらなかった。

——まだまだ、他にもたくさん、〈梟〉はいるのだろうか。

〈里〉に戻ることを禁じられ、〈外〉で命脈をつないでいる一族の者たちが、大勢いるかもしれないという考えに、史奈は心を躍らせた。それでは、〈里〉の壊滅とともに〈梟〉も滅んだと考えるのは早計かもしれない。

「和也さん、教授は今回のこと、何か言われてますか」

容子も和也と顔見知りのようだ。

「〈里〉の襲撃事件と君たちのご両親のこと、非常に心配されてました。だけど——」

和也がなにやら言いよどんだので、史奈が彼を見つめると、向こうも再びこちらに視線を投げていた。

「きっかけがこんなことで残念ですが、教授は史奈さんに再会できるのを心待ちにしています。それはもう、楽しみにしていますよ」

後部座席に、史奈を気づかうような、しんみりした沈黙が降りた。

——これから、父に会うのだ。

ふいに、その実感がわいてきた。なにしろ五歳の時に別れたきり、十一年も会っていない。幼いころの記憶はあるにはあるが、祖母は写真もどこかに隠してしまっていて、両親の顔の記憶すらぼんやりとかすんでいる。

　車は混雑する東京の道路を、南に進んでいるようだ。周囲の風景には疎いが、史奈は太陽の位置から方角を読み、遠目がきくので、店の看板や交差点などから地名を読み取る。

　この車は目黒に入ったようだ。

　車が停まったのは、壁を黒く塗ったモダンな戸建て住宅だった。

「どうぞ、こちらに」

　和也が慣れた様子で勝手口を開け、中に入っていく。諒一と容子は、ここに来るのは初めてのようだった。物珍しそうに、諒一がきょろきょろと周囲を見回している。

「来たことなかったの？」

　史奈がそっと尋ねると、諒一が頷いた。

「ここは、教授と和也さんしか知らないだろ」

「先生、お連れしました」

　勝手口こそ普通の家庭の台所に続いていたが、さらに中に入ると、様子が一変した。まるでオフィスのような白い空間に、無機質な白いテーブルと、実験用の器具らしいものがずらりと並んでいる。居間を改造したようだ。

「着いたのか――」

部屋の隅にいたその人は、こちらを見るなり言葉を失ったようだった。

まだそれほどの年齢ではないはずだが、髪には白いものが交じっている。端整な顔立ちは若々しく、史奈を見る目には戸惑いがある。長い白衣のせいで、医師のようでもあった。

「——史奈。こちらにおいで」

差し出された手を見て、史奈はおずおず前に進み出た。容子が、そっと背中を押してくれた。その人の顔が、くしゃっと歪んだ。

「大きくなったなあ。若い頃のお母さんに、そっくりだな」

お父さん、と呼びかけられない。強いためらいが先に立ち、史奈はその人の手を握ることもできず、立ち尽くした。

十年以上も会っていないのだ。前から、あんなに髪が白かっただろうか。思い出せない。背筋がぴんと伸びて背が高く、痩せている。丹頂鶴のような人だ。

「——いいんだ。いいんだよ」

その人は、表情を見てすぐに史奈の気持ちを察したようだった。史奈がまっすぐ彼の胸に飛び込んでいく「感動の再会」にならないことを、不満には思わないと、態度で伝えた。

「あの時、私もお母さんも、本当に迷ったんだ。お義母さんが、どうしても史奈だけは手元に置くと言うのも当然だった。おまえは〈梟〉の最後の希望だからね。〈里〉を下りるなら、おまえとは会えない。そうわかっていたのに、研究を続けることを選んだ。私たちの責任だ」

その人の目じりから、涙がこぼれた。史奈は無言で、その様子を見つめ続けた。

いい人そうだ、と思う。

たぶん、本当のことを語っている。根が正直で、性格はまっすぐな人なのだろう。表情に曇りがなく、目が澄んでいる。

自分は父親に会えて、嬉しいのだろうか。

たぶん、嬉しいはずだ。だが、実感がない。十年以上も前に別れた家族に、ようやく会えたというのに、沸き立つような喜びがない。

「お父さん」と呼ぶことができれば、きっと喜んでくれるとも思った。だが、そのひと言が、自分の喉から出てこない。

「——すみません。何と言えばいいのか、わからなくて。〈里〉を出てから、戸惑うことばかりで」

史奈は正直に説明してうなだれた。

「いいんだ、史奈。申し訳ないと思っているのは、私のほうだ。疲れただろう、〈里〉があんなことになって」

一階の居間は、すっかり実験室になっているが、彼らは庭に面した和室へ案内された。史奈たちが来るので、間に合わせにソファやひじ掛け椅子などをかき集めて畳の上に並べたようだ。ちぐはぐな雰囲気だった。

「諒一君も容子君も、すまなかったね。君たち自身もたいへんな時に、史奈を連れてきてくれて」

「いいよ、そんなの。これからのことを相談したかったし」

諒一は、さっさとひじ掛け椅子のひとつを占領し、テーブルに中華料理のパックを並べた。あつかましいが、どんな場所でも、誰と会っていても、マイペースでまったく態度が変わらないというのは、ある意味で貴重な存在かもしれない。

「これ、さっきの店でもらったんだ。先生によろしくってさ。みんなで食べようよ」

「取り皿を用意しますね。お茶も淹れてきます」

和也が台所に向かうのを、教授が止めようとした。

「それは君の仕事じゃないよ」

「いいえ、先生はお嬢さんとお話があるでしょう。今日は僕も、仕事じゃなくて、〈梟〉の末裔としてここにいますから」

和也がにっこりした。

手伝うつもりか、容子もすぐ和也の後を追った。教授が和也の背中に、なぜか憂(うれ)いを帯びた視線を送ったことに史奈は気づいた。

「いい隠れ家だね、ここ。いつ用意したの」

諒一が、ひとりひじ掛け椅子でリラックスしている。史奈は窓のそばに立ち、坪庭を眺めた。隣家との間の塀は高く、いかにも外部の視線を遮るようだ。小さなライトに照らされたツツジとモミジの前栽が、風趣を添えている。

「いずれ必要になるかと思い、去年のうちに探しておいた。諒一君から警告をもらってすぐ、栗谷君とこっちに移ったんだ」

「大学には？」

「しばらく海外だと言っている」

ふたりが戻るまで、彼らは当たり障りのない話題を選んで喋っているようだった。

「お待たせしました。煎茶とウーロン茶、コーヒーも飲めますからね。欲しい人は言ってください」

大きなトレイに取り皿や茶器などを載せ、和也と容子が戻ってくる。諒一が歓声を上げ、いそいそと箸を取りあげる。

何から話せばいいのか、史奈が戸惑っているうちに、容子がてきぱきと説明を始めた。

彼女は、長栖家と〈里〉が襲撃されたことから、今日の昼間に彼らを拉致しようとした警備会社の男たちの話まで、要領よく順序立てて説明した。〈里〉の襲撃事件や、偽の長栖兄妹が出現した件などについては、史奈も補足を求められた。

「その男は、郷原感染症研究所——と言ったのか」

教授が眉のあたりを曇らせた。

「ご存じなんですか」

「うん。妻がしばらく、そこに勤めていた」

教授の話によれば、〈里〉を下りた後、数年は夫婦ともに大学で勤務していたそうだ。数年後に、郷原感染症研究所から史奈の母に打診があり、彼女は大学を辞めて移籍した。条件が良く、研究内容もぴったりだったので、教授も移籍を祝福した。だが、一年もしないうちに、彼女は突然、研究所からも自宅からも姿を消した。わけあって姿を隠すというメッセージだけ残し、消えたのだ。

母親が行方不明だと告げる時、教授は史奈を気づかうような、不安な目をした。彼女がすでにそのことを知っていると言うと、ホッとしたように頷いた。

「教授と奥様は、同じ研究をされていたわけではなかったんですか」

容子が不思議そうに尋ねた。返ってきた教授の笑顔は、ほろ苦かった。

「同じ研究をしていると、思っていたんだがね。私たち夫婦は、一緒に睡眠を研究していたんだ」

「睡眠——」

史奈は口のなかで呟いた。教授が微笑む。

「私たちは〈睡眠〉を体験することはできない。でも研究は別だ。私は子どものころから、不思議でならなかった。なぜ自分たちだけが、眠らないのか。夜になれば眠るものと、〈里〉以外のすべての人が考えているらしいのに、なぜ自分たちは生まれつきそうではないのか。自分と〈外〉の人たちは、何が違うのか。睡眠とは、いったい何なのか。だから、子どものころから研究書を読みふけり、大学は医学部に進んで、睡眠の研究に携わることにした」

研究の話になると、教授の口調は熱っぽく、饒舌になった。

「ああ、なんかオレもわかる気がするな。オレの場合は、どっちかと言うと〈梟〉の身体機能に興味が湧いて、スポーツ科学に行ったけど」

たらふく中華料理を詰め込んだ諒一が、椅子の上であぐらをかいて、目を輝かせている。

「そうだろう。人間がもっとも強い興味を抱くのは、自分自身に対してなんだよ。私たちは、『自分』から逃れられないんだ」

しばし、和室のなかに沈黙が落ちた。諒一たちも和也も、教授自身も、今の言葉に黙って思いを巡らせているようだった。

史奈は、その研究で睡眠の何がわかったのかと尋ねたかった。自分を捨ててまで選んだ研究だ。それに、〈梟〉を〈治療〉するとは、いったいどういう意味なのか、聞かせてほしかった。

口を開こうとした時、容子がすっと身を乗りだした。

「教授。私たちは、これからどうすべきか、ご相談するために参りました」

「君たちの目的ははっきりしているんだろう」

容子が口元を引き締める。

「はい。まずは拉致された一族の奪還。それから相手の目的を探ります」

教授は怜悧な目つきで、容子と諒一を交互に見つめた。あくまでも真剣な容子と、女子みたいに細い足で気楽にあぐらをかいている諒一だ。諒一は、肝心なことになると、すっかり容子に任せっきりだった。

「ニュースでは、〈梟〉の里の住民は、乾勢三さん以外、全員が行方不明だと言っていた。君たちは、拉致されたと見ているんだね」

「私はそう考えます。殺すつもりなら、現地で殺したほうが楽ですから」

ふむ、と教授が呟いた。

――みんなが生きている。

史奈は容子の推理を聞いて、目の前が明るくなる気がした。祖母は生きている。勢三さんは死んでしまったが、〈里〉のみんなはまだ生きている。

「では、助け出さねばならないな」

教授の言葉に、ぴんとその場の空気が張り詰める。あいかわらず、だらりと椅子の背に寄りかかる猫のような諒一を除いて、だ。

「だが順序は逆だ。まず、敵の正体と目的を探る。一族の者たちが何のために拉致され、今どこにいるのか調査する。手がかりとなるのは、郷原感染症研究所と野島妙子という女性だったね」

「西垣警備保障という警備会社も、念のために調べますか」

「そちらは後にしよう。郷原が先だ。病原菌という言葉が、少々気になるのでね。だが、感染症研究所という名前から想像がつくように、たやすく侵入できる施設ではない。厳重に警備されているはずだ」

「建物内部の様子を知りたいですね」

和也がタブレットを手に取り、何かを入力し始めた。

「ああ、これだ」

「栗谷君、どうした？」

「郷原研究所が、今ちょうど任期付き研究員を募集しています。応募してすぐ面接があるかどうかわかりませんが、僕が中に入ってみましょうか」

「――いや。栗谷君はダメだ」

和也が傷ついたような表情をした。教授が丁寧に言葉を継ぐ。

「誤解しないでくれ。君の能力に疑いはない。ただ、郷原は君が私の助手だと知っているだろう。このタイミングで君が行けば怪しまれるし、何をされるかわからない」

「なるほど、わかりました」

和也はまだ寂しげな顔をして、引き下がった。教授が諒一に向き直った。

「諒一君、君が行くんだ」

「へっ？」

どう見ても、研究職には見えない。諒一は自分を指さし、ハトが豆鉄砲を食ったような顔をしている。

「別の大学にいる知人に頼んで、紹介状を書いてもらう。年齢的に、君なら適任だ」

すぐさま教授がスマホを取り出し、どこかに電話をかけ始めた。

「久しぶり、榊です。実は、ちょっとしたお願いがあってね」

教授は誰に対しても単刀直入に会話するらしく、郷原研究所の任期付き研究員に、まったくの素人を応募させるための紹介状を書いてほしいと頼み始めた。郷原研究所に不正の疑いがあり、調査に入ろうとしているとさりげなく話している。

「うん、捜査員ではないが、当たらずといえども遠からずだ」

そんな無茶を言う教授に、史奈は目を丸くした。どうやら、自分の父親は、ずいぶん思い切った手を打つタイプらしい。

紹介状を書いた上に、研究所に念押しの電話を入れることを先方に約束させ、通話を終えた教授がにっこりした。

「今の教授は、何年も前に、自分の秘蔵っ子を郷原研究所に取られてね。ずっと恨んでいたんだ。郷原に不正の疑いがあり調査が入ると聞いて、あからさまに喜んでいた。国税庁か何かの調査だと誤解したようだったが」

「ちょっと待ってくれよ、教授。面接って、当然、専門的な内容も聞かれるんだろ？　まともな履歴書だって書けないのに、どうやって――」

諒一が慌てている。

「大丈夫、履歴書は私が書くし、君が言うべきことはちゃんと資料を作ってあげよう。もちろん、偽名だからね。何も、面接に合格する必要はないんだ。建物の内部に入れればいいんだから」

「待ってよ、オレだって連中に狙われてるんだぜ。当然、顔バレしてんですけど」

「わかってる。その点は、特殊メイクをすれば問題ない。別人になれるさ」

諒一の悲鳴を聞きながら、和也が取り皿をトレイに載せ、部屋を出たことに史奈は気づいた。

「ちょっと、トイレ借りてくる」

容子に囁き、和也を追う。

「――栗谷さん」

台所にいる和也に呼びかけると、こちらを振り向き微笑んだ。

「和也でいいですよ」

「――和也さん。大丈夫ですか」

ことあるごとに見せる、和也の寂しそうな表情が気になる。何でもないと言おうとしたのかもしれないが、和也はちょっと肩を落としてため息をついた。

「初めて会うお嬢さんにまで気づかれるようじゃ、僕は失格だな」

「――どういうことですか」

「そのうちバレると思うから言います。僕は、栗谷の息子で〈梟〉の一族だけど、〈カクレ〉なんです。生まれた時、君たちのような能力を受け継がなかった」

史奈は驚いて和也を見上げた。祖母から聞いたことはあるが、〈カクレ〉に会うのは初めてだ。一族に、たまにそういう子どもが出るという。〈梟〉のさまざまな能力を持たずに生まれてくるのだ。能力が隠れてしまっているから、〈カクレ〉と呼ばれている。

明治以降、〈外〉の人間との婚姻が増えた頃から、〈カクレ〉が生まれる割合も高くなった。

〈カクレ〉にもいろいろなタイプがあるが、眠ってしまう赤ん坊が生まれた時には、赤ん坊を間引くか、〈外〉に里子に出したのだという。〈梟〉の弱体化を恐れてのことだと、祖母は言っていた。

「驚かせてすみません」

和也は弱々しい笑みを浮かべて首を振った。

「長栖のふたりは、もう知っています。彼らも、〈カクレ〉に会うのは初めてだったそうです。僕が生まれたのは、両親が〈里〉を下りた後だったから」

「〈外〉で生きるなら、むしろそのほうが」

周囲に溶け込みやすいのではないか。

そんな史奈の感想に、和也は頷いた。

「たしかに、おかげでまったく違和感なく育ちました。ある程度の年齢になると、両親が睡眠をとらないのを、不思議に思うようになりましたけどね」

「和也さんが睡眠の研究をしているのは、やっぱり自分に関わりがあるからなんですね」

「――そうです。なぜ自分は、〈梟〉の血を引きながら眠ってしまうのか。とても不思議でした。先生は、〈梟〉の持つそれぞれの性質が、顕性か潜性かによるのだという仮説を立てています」

青い目になる遺伝子と、黒い目になる遺伝子の両方を持っていれば、顕性遺伝である黒い目が実際には発現する。そんな話を、本で読んだことがある。

「先生にとって、僕は興味深い研究対象だと思いますよ。睡眠の研究はいろんな人を対象に行っていますが、〈梟〉の研究は対象が限られる。先生ご自身はもちろんですが、僕は〈眠る梟〉なんですから」

史奈は黙ってうなだれた。

もし、時代が違っていれば。もし、和也の両親が今も〈里〉に残っていれば。和也は赤ん坊の時に殺されたか、里子に出されたかもしれない。そう思うと、なんとも言えない気分だった。

教授が和也を見る目に、どこか憂いが含まれているのも、そのせいだろうか。

「どうぞ、気にせず戻ってください。僕自身が郷原研究所に乗り込めないのは、少し残念だけど」

和也は穏やかで気さくな雰囲気を取り戻していた。和室に戻ると、教授が優しい目でこちらを見上げた。史奈がなぜ和也を追ったのか、気づいているようだった。

三日め　21：00　結川

小田急線の千歳船橋(ちとせふなばし)駅からタクシーに乗ったほうがいいと教えられ、結川が病院の受付に着いた時には、面会時間を過ぎていた。

「悪いが、緊急の用件なんだ」

警察手帳を見せ、無理を言って入院病棟に通してもらう。お前が東京に行ってこいと捜査副本部長から指示を受け、新幹線に飛び乗った時には、もう午後五時を過ぎていた。看護師に案内され、四人部屋の窓際のベッドで寝ている男に近づく。あと一時間もすれば消灯時間だ。

「――失礼します、長栖さん。滋賀県警の結川と言います」

男は横たわっているが、目を覚ましていた。ギプスと包帯につつまれ、白い天井を睨むように見つめていた。

「少しお話を伺わせてください」

長栖と直接話すことについて、警視庁には、捜査本部から仁義を通してある。とはいえ、後で結川自身も挨拶（あいさつ）に行かねばならない。

「――滋賀県警」

横になった中年男は、かすれた声で呟いた。結川はなるたけ愛想よく頷き、ベッドの近くにパイプ椅子を寄せた。相手は骨盤と両足を骨折していて、上半身も打ち身とあざだらけで、ミイラ男のようだ。

「奥さんのご実家の集落のこと、お聞きになってませんか」

「――知りません。何かあったんですか」

顔の擦り傷を隠す大きな絆創膏(ばんそうこう)のせいで、長栖の表情は読みにくい。

「一昨日の夜、何者かに襲撃されて、ひとり亡くなり、他の人たちは行方不明なんです。長栖さんの家にも、その前の日に誰かが押し入ったそうですね」

捜査本部は、襲撃事件以前に集落を離れた住民らを調べていた。

なかなか連絡が取れなかったが、長栖という、十二年前に住民票を東京に移した一家が、前日に襲撃を受け、父親はマンションから転落して重傷を負い、母親は拉致されて行方不明になっているという一報が飛び込んできたのだ。しかも、大学生と高校生の子どもたちは、事件当夜は自宅におらず難を逃れたものの、今は行方が知れないという。

――連続襲撃事件だ。

捜査本部はこの発見に沸いた。

「集落は火災でほぼ全焼して、壊滅状態です。いったい何が起きたのか――」

「誰が死んだのですか」

長栖が痛みをこらえ、わずかに頭を起こそうとしている。

「乾勢三さんという男性です」

「勢三さんが――」

頭を枕に戻し、長栖はしばらく祈るように目を閉じた。彼は何か知っている。結川はその確信を持ち、長栖が落ち着くのを待った。

「長栖さん。我々は、捜査のために、事情を知る人を捜しているんです。誰がなぜこんなことをしたのか、心当たりはありませんか」

「残念ですが、私には心当たりがありません。同じ時期にうちも被害に遭ったので、ここに来られたのだと思いますが、なぜうちみたいな普通の家が狙われたのか、それすらわからないんです」

その答えは予期していた。長栖が警視庁の事情聴取に答えたのと同じ内容だ。

深夜に突然、見たことのない男たちがマンションの鍵をこじ開け、侵入してきた。彼らは妻を拉致しようとしていた。自分も妻も抵抗したが、相手は五人もいて敵わず、自分は助けを呼ぶために脱出を試みて、ベランダから落ちた。子どもたちはスポーツの海外遠征中で、自宅にいなかったため難を逃れた。こんな事件に巻き込まれるような、心当たりはまったくない。

――「普通の」家で、そんな事件が起きるとは思えない。

集落で生まれたのは拉致された妻のほうで、この男は長栖家の婿に入ったことを思い出した。

「連れ去られたのは、奥さんだけだった。そして、集落でも殺された乾さん以外はみんな連れ去られたようです。つまり、誰かが、集落で生まれた人たちをさらった、と考えられる」

「──そうかもしれませんが、私にはわかりません。犯人に聞きたいくらいです」

「集落から出て行った人たちにね、連絡を取ろうとしたんですよ。ところが、誰ひとり連絡が取れないんです。堂森、栗谷、榊──大勢いますよね。住民票というものがあるから、今の住所もわかってるんですよ。ところが見つからない。あなただけなんです、こうして、お会いできたのは」

なぜか、長栖の目に、ホッとしたような、満足げな色が浮かんだのを、結川は見逃さなかった。

この男はエンジニアで、妻はパン屋でパートとして働いている。子どもたちは何かのスポーツ選手らしいが、マイナーな競技で結川は知らなかった。長栖の言う通り、「普通の」一家だった。だからこそ、奇妙だ。

「〈梟〉とは、どういう集落なんですか。昔からあそこにあるんですね？」

「妻に聞いた話ですが、江戸時代以前からずっとあそこにあるそうです。昔はもっと大きな集落だったそうですが」

「集落について、知っていることを教えてくれませんか。住民は十三名でしたが、村長のような役割をしていたのは、榊桐子という女性なんですね？」

「そうです、榊さんです。村長というほど大げさなものではないですが、榊の家が、代々あの集落のリーダーだったんです」

「あなた方は、どうして集落を出たんですか。因襲の強い村だったとか？」

「そういうのではなくて、単純に仕事がなかったんですよ。東京でいい仕事が見つかったので、こっちに来ました。あそこにいても、食っていけないんです。子どもたちの学校も心配でしたしね。私は結婚するまで部外者だったわけですが、集落の人たちは、みんな感じがよくて親切でしたよ」

　長栖の言葉には実感がこもっており、本当のことを話しているようだ。だが、どこかに堅いガードを感じる。何かを隠すために、あえて真実を語っている。

「集落を恨んでいる人はいませんでしたか。村八分にされた人とか、追い出された人とか、集落の内部で内紛が起きたとか——」

「昔のことは知りませんが、少なくとも私が知る限りは、そんなことはありませんでした。何組かの家族が〈里〉を下りましたが、それは私と同じように、職探しのためでしたよ。榊さんの娘さんご夫婦もそうです。東京の大学から招かれてね」

　結川は頷いた。その大学にも問い合わせたが、教授は海外出張中だそうだ。

「集落の人たちが、何かの新興宗教にはまっていたとか、そんなことは知りませんか」

　長栖が、驚いたように目を瞬いた。

「いえ——まさか。それはないでしょう。私も〈里〉を出て十数年になりますが、それはありえない。〈梟〉の人たちは、集落に伝わる古い儀式を定期的に行っていました。それが彼らの信仰と言っていいと思います。私にはよくわかりませんでしたが、一種の古代信仰、アニミズムのようなものだと思います。彼らはそれを、大切に守っていました」

「その信仰ゆえに襲撃されたということは」

長栖は笑って、首を横に振った。

消灯の時刻まで粘ったが、たいして得るものもなく結川は病室を辞去した。

明日は警視庁に挨拶に行き、それから高校生の少女に話を聞きに行く。

細野由香という少女は、榊史奈の中学時代の親友で、集落が襲われた翌日の夜、史奈から電話があったと証言しているそうだ。

彼女の話が本当なら、少なくとも榊史奈は生きていて、電話ができる環境にいるということだ。

――あんな鄙(ひな)びた山里に、何があったんだろうな。

今夜の宿は、ビジネスホテルを予約してある。ぶらぶら駅に向かいながら、結川は深い山にすっぽりと包まれた、小さな集落のことを考え続けていた。

三日め　23：00　史奈

自宅に帰れない諒一と容子に、この家に泊まるようにと教授は勧めてくれた。もちろん史奈もだ。

一階が実験室で、教授と和也は二階に住んでいる。二階には諒一が入れるスペースもある。史奈と容子は、一階の和室を使えばいい。三人は、その申し出をありがたく受け入れた。多賀神社の前田琴美と寿郎には、電話で知らせておけばいいだろう。琴美が残念がる顔が浮かび、心が痛んだ。

「――睡眠の研究は進んだんですか。なぜ私たちが眠らないのか」

史奈が尋ねると、教授は嬉しそうな表情になった。

「そうだね。進んだと言えるが、わからないことも多い。ちょっと、こちらに来てごらん」

教授について、ぞろぞろと実験設備のある居間に向かう。隠れ家と彼らが呼ぶこの家は、しばらく身をひそめるためだけに準備されたようで、およそ生活感がない。ここ数日間を、教授と和也が過ごした気配だけがこもっている。

「世界的に見ても、睡眠の研究は、ここ二十年か三十年くらいで急激に進んだ。一般的な生物は、睡眠をとらなければ体温が下がり、免疫力が落ちて、やがて感染症を起こし死に至ることは昔からわかっていた。しかし、睡眠にどんな働きがあり、睡眠と覚醒のサイクルがどのように生まれるのかが理解され始めたのは、ここ数十年のことなんだ。まだ完璧(かんぺき)にはほど遠い」

教授の口ぶりは熱っぽく、まるで学生を相手にした講義のようになめらかだった。彼は実験室の隅にあるふたつのケージの覆いを取って、中にいるラットを見せた。一匹は死んでいるのかと思ったほど熟睡しており、もう一匹はケージの中を走り回っている。二匹とも、頭部に銀色のヘッドギアのようなものをつけていた。ヘッドギアからは何かの信号が送られてくるらしく、そばにあるモニターに、脳波のような線が描かれている。

「このラットはもう十日も眠っていないし、向こうのラットは十日間、眠り続けている」

教授は、目覚めているラットの前に、指先を突き出した。ラットがそれを齧ろうと駆け寄ってくるのを、楽しげに見つめる。

「どうやったんですか?」

「睡眠には、いくつかの脳内物質が深い関わりを持つ。このラットたちには、それぞれ覚醒させる脳内物質と、眠らせる脳内物質を与えた。この通り、環境的には特に二匹は変わらないんだが、どちらも自然に目を覚まし続けたり、眠り続けたりしているんだ。

もっとも、実験を続けると脳に損傷がおきて後遺症が残る恐れもあるのでね。もう少しデータが取れたら、脳内物質を与えるのをやめて、元に戻す」

教授が覆いをかけ直すと、目覚めているラットは、名残り惜しそうにケージの端に足をかけ、教授を見上げた。

「そもそも、睡眠とは何なのかと、昔から疑問に感じていてね。自分が体験できないから、よけい玄妙なものに感じるんだろうな。眠っている間、動物は外部からの刺激に対して、反応が少なくなる。そして、目が覚めるとすぐにその状態から回復する。どんな動物も、眠っている間に襲われれば無防備だ。なぜ、そんな大きすぎる弱点を生物は持っているんだろう？　そのデメリット以上に、眠ることにはメリットがあるのだろうか。いろいろ読み進めるうちに、面白いことを知った。ツバメやカモメなどの渡り鳥や、イルカなどの仲間には、半球睡眠と言って脳を半分ずつ眠らせることができるものがいる。完全に起きているわけではないが、眠ったまま空を飛び続けたり、泳ぎ続けたりできるんだ」

「それって、まるで〈梟〉みたいですね」

史奈は目を丸くした。

「結論から言うと、〈梟〉は睡眠そのものをほとんどとらないことがはっきりしたので、実際には違うんだが、外から見える状態としては似ているね」

「教授はいま、『ほとんど』とおっしゃいましたが――」

容子がいぶかしげに言葉を挟むと、注意深い生徒の存在を喜ぶように教授が頷いた。

「そうなんだ。私と妻を実験台にして、二十四時間にわたり脳波を測る実験をした。その結果、〈梟〉は、一日に一度か二度、マイクロスリープをとっていることがわかった」

マイクロスリープ、と史奈は口のなかで呟いた。

「極端な睡眠不足に陥ると、ひとはごく短時間、数秒から数分間という時間だが、眠ることがある。それをマイクロスリープと呼んでいるんだ。一般的には、ほんの一瞬だけ意識がとぎれるような感覚らしい」

教授は、第二次世界大戦中に行軍した兵士が、満足な睡眠をとることもできず歩き続けた結果、歩きながら瞬間的に眠ることがあったと、例に出して説明した。

「〈梟〉のマイクロスリープは、あまりにも短時間なので、意識がとぎれたことにも気がつかない。私も脳波を見るまで、自分にそんな瞬間があることを知らなかった」

「〈梟〉も寝ている――ということですか？」

容子が腑に落ちないような、居心地の悪そうな顔で尋ねる。

「それを〈睡眠〉と呼ぶなら、そうだね。一日に平均六時間以下の睡眠で足りる人をショートスリーパーと呼ぶが、この場合、超ショートスリーパーとでも呼ぶべきだろうか」

「兄や私は、ウルトラマラソンやロングトレイルで、何日も走ったり歩いたりし続けることがありますが、自分が眠ったと感じたことは一度もありませんが」

「眠ったと感じないくらい短時間だから、本人に自覚がなくてもおかしくないよ」

「では、その極端に短い睡眠にも、意味があるんでしょうか」

容子は、さすがに鋭い。諒一は会話を妹に任せ、ぶらぶらと実験設備の間を歩き回っている。郷原研究所への潜入で、頭がいっぱいなのだろうか。

「さっき話した、睡眠のメリットに関わることだね。睡眠は、記憶にも大きく寄与していると考えられている。さまざまな実験が行われているが、何かを記憶した後、ずっと起きていたグループと、途中で睡眠をとったグループとを比較すると、睡眠をとったグループのほうが記憶の定着率がいいんだ」

教授は壁際のホワイトボードに、すらすらと神経線維の絵を描き始めた。

「これは神経細胞――ニューロンだ。この樹状突起と呼ばれる部分は、枝分かれして他の細胞と信号の入出力を行う。この神経細胞と神経細胞の間に、信号を授受するシナプスというものが形成される。これはひとつの仮説なんだが、一日の終わりに、火花のように信号をやりとりし続けたシナプスを休ませて、重要な信号のみ残して後は整理させるのが、睡眠ではないかと言われている。翌日の、新たな刺激に耐えられる状態にするんだ。そうすると、新たな記憶ができるようになる」

「〈梟〉は、マイクロスリープを利用して、一般の人よりも超短時間でシナプスを休ませることができるということですか」

「まだ仮説だけれどね」

史奈は教授が描いたニューロンの絵を見つめた。たしかに興味深い。だが、なぜ〈梟〉がそういう性質を獲得したのかについては、説明されたわけではない。

「——不満そうだね、史奈」

教授が微笑んだ。

「今の仮説に従うなら、〈梟〉が睡眠をとらなくても記憶に不都合が出ない理由はわかるが、なぜちゃんとした睡眠をとらないのかはわからない。そうだろう？」

「そうです。それに、〈里〉に生まれた〈梟〉の一族だけが、そうなった理由もわかりません。〈梟〉の身体機能が優れている理由も」

「そこは難しい問題だが」

一瞬、教授の笑顔が曇ったようだったが、彼はすぐ立ち直った。

「〈梟〉がほとんど睡眠をとらない理由は、まだ完全に解明できたわけではないが、睡眠と覚醒を切り替える脳内物質から、ある程度は説明がつくようだ。たとえば、一九二〇年ごろのヨーロッパで、嗜眠症状という眠り続ける患者が現れた。フォン・エコノモという学者が、この症状で亡くなった患者の脳を調べた結果、視床下部の後部に病巣があると眠り続けることがわかったんだ。視床下部の後部では、人を覚醒させるオレキシンやヒスタミンという脳内物質をつくっていることがわかっていてね。他にも、ノルアドレナリンやセロトニンといった物質も、覚醒に効果がある」

「覚醒させる物質があるのなら、眠らせる物質もあるわけですね」

容子が怜悧に口を挟んだ。彼女は、教授の研究に興味を覚えたようだった。

「そうなんだ。覚醒していると『睡眠物質』という、睡眠を誘発する物質が脳内に蓄積されるのではないかと考えられている。決定的な物質はまだ見つかっていないが、プロスタグランジンD2や、アデノシンという物質がその候補だ」

「教授。ということは、〈梟〉は、そういった睡眠物質が脳内に蓄積されない体質だということでしょうか。蓄積されないから、いつまでたっても眠くならないとか」

「あくまで仮説だが、仕組みとしてはその可能性が高いと考えている。私たちの身体で人体実験するわけにもいかないからね」

容子が沈黙した。

教授は冗談のつもりで言ったようだが、その言葉を聞いたとたん、史奈の背中にひんやりとした衝撃が走った。

——人体実験。

史奈が感じたショックを、容子と諒一も感じたらしい。彼らは、氷の女神に頬を撫でられたような表情を浮かべ、顔を見合わせた。

「――なあ、教授、みんなが連れ去られたのって、まさか――」

黙りこくって聞いていた諒一が、おそるおそる尋ねる。史奈は寒気を感じ、自分の身体を抱いた。

教授以外の誰かが、〈梟〉の秘密を解き明かそうとしているのだろうか。研究には、生きた〈梟〉のサンプルが必要だ。そのために諒一たちの母親を拉致し、〈里〉を襲撃したのだろうか。

教授は厳しい表情を浮かべて、彼らを順に見回した。

「現代の研究者は、法律や倫理観念によって縛られているからね。ヘルシンキ宣言で、ヒトを対象とする医学研究についての倫理的な原則を定められている。よく、ヒト胚(はい)の遺伝子を編集することの是非が話題になったりするだろう。郷原研究所のような著名な研究機関が、他人を拉致してまで人体実験など行うとは思えない。どこにも発表できない研究など無意味だよ。研究者は論文を発表して、やっと仕事をしたことになるんだ」

「でも教授」

すぐに、容子が異議を唱える。

「実際に、ヒトのゲノム編集など、倫理的にきわどいラインまで実験して成功する科学者が現れると、それに牽引(けんいん)されるように、ガイドラインのほうが緩和されたりしていますよね。倫理を守って実験を諦めていると、何も恐れず実験する研究者に負けるから、ガイドラインを変えろと要請する研究者が出てくる。メリットがあると信じていれば、研究者はそう簡単には自分の研究を諦めないんじゃないですか」

　教授が難しい顔つきをして腕組みし、諒一は呆れたように大げさに肩をすくめた。

「容子、よく知ってるな、そんなこと」

「私も興味があるの。これは人類普遍の行動原理だと思うんです。たとえ副作用の恐れがあっても、大きなメリットが見込めるなら、倫理観念は人類を制止しない。むしろ、倫理観念が変わるんです。そうやって、人類は発展してきたから」

　史奈は彼らのやりとりに圧倒されていた。〈里〉の小さな世界に閉じこもっていた時も、祖母は外の世界を見せようとしていたし、学校にも通っていたので、広い世の中を学習しているつもりだった。だが、たった二歳しか違わないのに、容子と自分ではレベルが違う。

　――目を開いて、よく見なければ。

〈里〉はすでに失われたのだと、痛切に感じた。頼れるものはなく、自分の力で世界を知り、歩いていかなければならないのだ。

「つまり容子は、郷原研究所が〈梟〉を集めて研究していると考えているんだ」

　諒一の声が、沈鬱に響く。容子が頷いた。

「〈梟〉の力は特殊です。なぜ私たちが眠らず、一般的な人間を遥かに超えた身体機能を持つのか、科学的に解き明かすことができれば、とてつもない規模の市場を生むでしょう」

沈黙が落ち、それはしばらく続いた。破ったのは、教授の長いため息だった。

「容子君は正しい。あまり眠らない兵士をつくりだす研究が、海外では実際にあるらしいしね。だからこそ、私は〈梟〉を治療しようとしているんだ。人類に超人はいらない。超人をつくりだすために〈梟〉の力が利用されるなど、まっぴらだ」

ずきんと、史奈は胸の痛みを感じた。解決策は「治療」なのか。人と違う力を持つ自分たちは、異常なのだろうか。

「ともかく、拉致された一族を、一刻も早く無事に取り返そう。先のことはそれからだ」

教授の言葉にみんな同意する。

史奈は、教授がまだ何かを隠しているような気がした。そういえば彼は、〈梟〉がなぜその能力を獲得したのか、語っていない。

史奈が教授を見つめると、教授もじっと見つめ返してきた。微笑んでいるのに、その目がなぜか悲しみを帯びているように感じ、目を離せなかった。

六　寡兵をもって多勢に勝つべし

四日め　23:00　史奈

　偵察の準備を整える時間は、十二分にあった。

　教授の知人が、朝になるとすぐ郷原研究所に紹介状を書き、電話もかけて推薦してくれたが、面接は翌日と決まったのだ。

　眠らない〈梟〉には、学ぶ時間が人より少し多めにある。そのせいで、彼らは必要のない知識まで手に入れてしまうことがあり、教授にとって、特殊メイクの技術がそのひとつだった。

　忍びには古くから伝わる書物がある。たとえば伊賀・甲賀の忍術を集約したとされる『万川集海』には、姿を見せて敵方に忍び込む「陽術」として、当時の変装術が説かれている。現代の〈梟〉が山伏や根来法師(ねごろほうし)に化けるわけにはいかないので、そこは最新技術を用いるわけだ。新しい技術を積極的に取り入れるのも、忍びの腕の見せ所だった。

〈カクレ〉の栗谷和也は、衣装や装備品を調える役だ。研究所に面接に行く諒一には紺色のリクルートスーツを貸し、ワイシャツと革靴だけ買うことにした。着替えのない史奈と容子には、当座の着替えも用意する。秋葉原に行き、特殊な電子装備も手に入れる。

夜になると、和也はひとりだけ、申し訳なさそうな雰囲気を滲ませながら、六時間あまり二階に消える。睡眠を取るためだ。

――〈梟〉なのに。

最初は彼も眠気を我慢していたようだが、教授がさりげない口調で「休んだほうがいい」と促して寝かせた。

今夜もまた和也が二階に上がった後、史奈は和室に座って庭を眺めていた。諒一は教授に教えられた通り、研究者としてのふるまいを身につけるための特訓をしていて、容子はシャワーを浴びている。

明日はいよいよ、敵――郷原感染症研究所の偵察だ。

――〈数〉の問題なのだろうか。

史奈はひとり、考えていた。

〈外〉の人々と一緒にいるとき、〈梟〉は少数派だ。眠らない〈梟〉は、その事実をひた隠しにしている。ところが〈梟〉のなかでただひとり眠る和也は、眠ることで自分を恥じているかのようだ。少数派が生きづらい思いをする。帰属する集団が変われば、また新たな少数派が生まれる。

おかしな話だ、人の中身は何も変わっていないのに。

「何を見ているんだい」

気がつくと、教授がペットボトルを二本持って、隣の椅子に腰を下ろそうとしていた。音をたてず、素早くなめらかに動くのも〈梟〉の特徴だ。こんな動きを見ると、教授もまた〈梟〉なのだと改めて意識させられる。

「ゆっくり話す時間がないからね」

史奈は緑茶のボトルを受け取った。教授は穏やかにこちらを見ている。彼は何も押しつけない。涙も、愛も、信頼も。自分たちには時間が必要だと知ったうえで、史奈が歩み寄る日を、じっと待ってくれている。それは、誰にでもできることではないだろうし、居心地は悪くない。

「里では、どんな暮らしだった」

「ふつうでした。学校に通って、家では鍛錬したり、桐子ばあちゃんからいろいろ習ったりして」

「お義母さんはいい先生だったろう」

「学校に行くと、砥石で包丁を研げるのは私だけだった」

教授が小さく笑い声を上げる。

「やっぱり、いい先生だな」

「どうして里が襲われたり、勢三さんが殺されたりしたのか、まだ納得できないんです」

「納得しなくていいんだよ、史奈。私たちはみんな、怒っている」

史奈はうつむいた。そんなことを言う教授だって、〈梟〉の〈病気〉を治そうとしている。自分たちが他と違うから。社会は、他と違うことを認めないから。

「――私は、〈梟〉に生まれて良かったと思ってます。〈梟〉の目で見る夜の世界は、自由でとても美しいし」

うん、と頷きながら、教授は複雑で悲しげな目をしている。

「容子ちゃんは――私たちの力の源が解明されれば、大きな市場を生むと言っていたけど、超人と呼ばれるほどの力じゃないと思うんです。ただ眠らないだけ。それに、平均的なヒトより少し身体能力が高いだけ」

「だけど、その力を、どんなに高い代償を払ってでも手に入れたい人々もいるだろうね。たとえば、オリンピックで金メダルを争う選手たちの実力差が、紙一重の場合もある。必ずオリンピックで金メダルを取れるなら、五年以内に死ぬとわかっていても薬物を使うかというアンケートを取った人たちがいてね。半数以上の競技者が、使うと答えた」

「――刹那的ですね」

「そうだ。だけど、それが人間の欲望だ。あと少しでいいから高く跳べる筋肉が欲しいと思った時に、〈梟〉の力は夢のようだろう」

　そんな人たちの思いを、史奈は少しだけ想像した。だけど、それはフェアじゃない。みんな、自分のもともとの能力を磨きあげて競っているのに。そんな不満を察したのか、教授が頷く。

「遺伝子ドーピングという手法は、動物実験ではすでに成功事例がある。万が一、それをアスリートが利用した場合、競技の主催者はどうすれば見抜けるかということが話題になるような時代だからね」

　初めて聞く遺伝子ドーピングという言葉に、史奈は目を瞠った。

「もちろん、現代社会の倫理に照らせば、正しくないんだ。生まれたままの身体で、薬物や遺伝子ドーピングなどといった違反をせずに、自分を磨き、競いあうことこそ競技の正しい形だ。だけど、たとえば能力の高い選手同士が結婚して、子どもを産むとするだろう。その子どもに、もしも〈梟〉の能力を継承させる方法があったとしたら？　それはドーピングと言えるだろうか。生まれた時からその能力を持つ赤ん坊なのに？　もしそれがダメだとすれば、能力の高い選手同士が結ばれて子どもを産むことは、ある意味、自然な形での遺伝子ドーピングだということになってしまうのか？　そもそも、ずば抜けた運動神経を持つ〈梟〉が競技に参加すること自体が、不公平なのか？」

　熱っぽく語る教授の口調は、すっかり学校で教える研究者に戻っている。

「そんな――。それはないと思う。それは私たち〈梟〉の個性だし。普通に生まれてくる赤ちゃんだって同じだと思う」

「その『普通』が、変化しつつあるんだ。十八人にひとりが、体外受精によって生まれてくる時代だ。科学の進歩で、人類の可能性は大きくひらけた。だが、それによって、今まで予想しなかったことが現実になろうとしている。私たち科学者は、人間の善意を前提に科学を発展させようとするが、人間には欲望もあれば、悪意もある。だから、じっくり考えなければいけないんだ、史奈。私たちの選択が、人類を後戻りできない道に連れていくかもしれない」

「そして、人類の可能性に、〈梟〉の血が大きく寄与するかもしれない？」

史奈の問いに、教授がハッとして口を閉じた。あまりにも、一度に多くを喋りすぎたと、後悔したのかもしれない。再会したばかりの十六歳の娘に。

「だけど私は、人類の未来まで考えられない」

ペットボトルのお茶をひと口飲む。

「せいぜい、〈里〉のことだけ。〈梟〉のみんなが、これまでどおり暮らしていければそれでいい。そっとしておいてほしいだけ」

しばらくして教授は、おずおずと手を差し出した。何か怖がってでもいるかのように、はにかむように史奈を見ている。

「――手に触れてもいいかな、史奈」

膝に置いていた手を、史奈は自分から教授の手に載せた。ひんやりとした手だった。教授の指が、史奈の手のひらの竹刀（しない）ダコに当たっている。そういえば、〈里〉を出てから鍛錬する場所も機会もない。

「これだけは言いたかったんだ。私とお母さんが、里を出て研究しようと考えたのは、お前に幸せな人生を送ってほしかったからだ。わかってもらえないかもしれないが――」

わからないことは、あまりにも多い。〈里〉という守られた世界から放り出されてみれば、自分が無力な子どもだと、痛切に感じる。いま理解できなくても、両親の決断には、きっと深い事情があったのだろう。

史奈は、教授の指をぎゅっと握った。

「――わからないけど、わかりたいと思う」

「うん。――ありがとう、史奈」

教授が微笑み、もう片方の手で史奈の手を優しく包んだ。

やがて教授が立ち上がり、実験室に戻っていった。その背中に、「お父さん」と聞こえないくらいの小さな声で呼んでみたのは、言葉を舌の上に載せて、味わってみたかったからかもしれない。まだ、馴染みのない言葉だった。いつか馴染む時が来るのだろうか。

五日め　11：00　史奈

面接に向かう日、特殊メイクをほどこされた諒一は、五歳ばかり年をとったようで、黒いセルロイドフレームのメガネをかけると、知的な研究者に見えなくもなかった。

「このメガネにはウェブカメラがついていて、スマホと連動して動画を飛ばせる」

和也が説明した。市販のメガネ型カメラを、教授と相談しながら改良したそうで、市販のものは見るからにつるが太くぶかっこうだが、諒一がかけた改良版は自然なデザインだ。こんな改造をすぐ手掛けてしまうのも、〈梟〉の身についた習性かもしれない。

「研究所の入り口で、金属探知機を通るかもしれない。だから中に入るまでは、カメラなしのメガネをかけて入り、こっちは予備のメガネとして鞄に入れておくんだ。キーホルダーや財布やスマホと一緒に。ぶじ中に入れたら、トイレか何かでかけかえて」

「そんなに警戒厳重なのかな」

「念のためだよ」

史奈は、和也の車の後部座席に乗り込んだ。タブレット端末を拾い上げる。運転は和也に任せ、史奈はここで容子と一緒に、諒一から送られてくる映像を確認する。同時に、隠れ家で教授も映像をモニターしている。

「万が一の時には、助けに行くから」

「ぜったい助けに来てくれよな」

妹に慰められ、諒一が容子の首に涙目でかじりついている。彼は電車で研究所に行き、面接を受けるのだ。

「おかしいと思ったら、すぐ撤退だ。いいね、諒一君。危険を避けるのは恥じゃない」

教授が穏やかに諭しているが、諒一は容子に抱きついたまま、「わかってるよう」とぐずぐず呟いただけだった。子どものようだ。昔のわんぱく坊主からは考えられない。

やっとのことで諒一が駅に向かって出発すると、容子が座席にすべりこんできた。彼女は史奈と同じで、動きやすいジーンズにカットソーだ。和也が車のエンジンをかける。

「そろそろ行こう。四十分ほどで着くはずだけど、道が混んでるかもしれないから」

教授の見送りに手を振り、出発した。地図で和也が説明してくれたところによると、この隠れ家は目黒にあり、郷原感染症研究所があるのは三鷹市という場所で、首都高速に乗るのだそうだ。史奈はまだ東京の土地勘がないが、地図を読みながら、主な地名を記憶しようと試みている。諒一の面接は午後一時からで、まだ一時間半はゆうにある。

「兄妹って、ちょっといいね」

車に揺られながら、史奈はつい口に出した。容子が冷静な視線を四方に配るついでに、ちらりとこちらを見る。

「そう？」

「うん——少しめんどくさいかもしれないけど。特に諒一は」

容子の口元が緩んだ。

「あれでも子どものころは、オレが容子を守る！　って言ってたんだけど」

今となっては立場が逆転したようだ。史奈が思い出したのは、偽の諒一だった。あの男に妹がいたら、今でも「妹は俺が守る」と言いそうだ。

窓の外を眺めていると、視界に飛び込んでくるのは、灰色やベージュの高層ビルや中低層のビルばかりだ。その地味な建築物を、派手な色彩の看板が飾っている。

〈里〉にいたころは、こんな風景はほとんど見る機会がなかった。テレビの中の光景だと思っていた。それが、目の前にある。

家の裏で祖母がつくっていた、大根やホウレン草、じゃがいもの畑はない。共同で飼い、卵を産ませていた鶏もいない。味噌(みそしる)汁の具を切らした時に、祖母がチョッと舌を鳴らして、「史ちゃん、三つ葉摘んできて」と言えば、史奈がすぐ畑に駆けだして手近な葉をつまんだ。そんな気楽な生活は、この街では難しそうだった。

それでも、今はまだ、目にするものがみな珍しく、好奇心をかきたてられる。

車は高速道路に上がっていった。

五日め　11：30　結川

　公衆電話ボックスから出て、結川は周囲を見回した。

　東武スカイツリーラインの竹ノ塚駅の近くだ。細野由香の携帯への電話は、ここからかけられていた。いまどき公衆電話を使う人は限られるだろうから、念のため、警視庁に頼んで鑑識をよこしてもらい、指紋を採取する予定だ。

　――本当に、榊史奈だったんだろうか。

　由香は間違いないと信じているようだが、結川はまだ疑っている。昨日、事情を聞いた由香は、真面目そうな子どもだったが、あの年ごろの少女は、時にオカルトに凝り、夢のような話をしたがるものだ。

　スカイツリーラインの高架の上を、列車が走っていく。地面がびりびりと震えている。

　――もし榊史奈なら、どうやってここまで来たんだろう。

　焼けた集落の跡で見つかったマイクロバスのタイヤ痕から、バスの車種を割り出し、近くの高速入り口を調べてもらっていたが、見つからなかった。車を乗り換えてから高速に乗ったか、高速に乗らなかったか、よほど離れた場所から高速に乗ったか――。

　榊史奈もマイクロバスに乗り、東京に来たのだろうか。気になるのは、細野由香への電話が、一度だけだったということだ。史奈は集落の仲間とともに拉致され、逃げ出して電話をかけたが、再び捕まったのだろうか。なぜ警察に電話せず、友達に電話したのだろう。子どもらしく気後れしたのだろうか。

竹ノ塚の駅前に交番がある。結川は交番を訪ね、身分を明らかにした。由香に電話のあった当日、管内で奇妙なことを見聞きしなかったかと尋ねた。雲をつかむような問いかけだ。四十代と二十代の巡査は、首をかしげながら日報を繰ったり、警察署に電話をかけたりして情報を集めてくれた。

酔っ払って駅員に暴力をふるった会社員、落とし物、駐車場における物損事故、彼らが丁寧に説明してくれた当日の模様は、日常生活の延長線上にあるささやかな「事件」に満ちている。

「その日、ホテルの窓から人が落ちそうになっていると、一一〇番通報がありました」

都道足立越谷線（こしがやせん）沿いに古いビジネスホテルがあり、その窓から人がぶら下がっていると、目撃した通行人が通報したのだそうだ。ところが、パトカーが急行した時には、窓からぶら下がる人はおらず、誰かが落ちた様子もなく、ホテルの従業員は気づきもしなかったと話したため、いたずら電話だろうと結論づけられたそうだ。

わずかでも関係のありそうな話と言えば、そのくらいだった。

結川は教えてもらったホテルに出向き、身分を知らせて、榊史奈の写真をフロントに見せた。

「この女の子が泊まらなかっただろうか」

フロントマネージャーの中年男性は、写真をじっと見て、宿帳を繰り、泊まった女性によく似ていると言った。

「誰と一緒でしたか」

結川は勢い込んで尋ねた。

「少し年上に見える男女と一緒でした。男の人は二階のシングルに泊まって、女性ふたりは最上階のレディースルームに泊まりました。だけど」

「だけど？」

「代金は前払いでいただいたんですが、結局、キーを返して夜中に出て行っちゃったんですよ。それで印象に残りましてね」

「すみません。このホテル、防犯カメラはありますか」

榊史奈を見つけた。

なぜ三人なのか、他のふたりが何者なのか――わからない。しかし、榊史奈はホテルの部屋から脱出したのに違いない。あとのふたりは、彼女が消えたので、ここに泊まらず移動した。由香に着信があったのは、一一〇番通報の一時間後だ。史奈は逃げ、由香に助けを求めようとした。

その後、何が起きたのかはわからない。

だが、少しずつ彼女に近づいているという、手ごたえを感じた。

五日め　12：45　史奈

昨日、史奈たちは、グーグルマップやグーグルアースを駆使して、郷原感染症研究所の建物周辺を立体的にイメージすることに腐心していた。

ドローンを使って建物の構造を観察できれば、なお良いのだが、市街地でのドローン使用が禁じられているのと、目立ちすぎるので教授に却下された。諒一は、研究所の衛星写真を見ながら、なにやら考えていたようだ。

「諒一が建物に入った」

容子が双眼鏡を覗き、低く呟く。メガネ型カメラからの映像は、まだ届かない。

郷原研究所は、吉祥寺通りのそばにある。近くに井の頭恩賜公園もあり緑が豊かで、頭抜けた高層ビルなどはほとんどなく、のどかな雰囲気の街の一角だ。東京の「住みたい街」のアンケートで上位にランクされる街だそうだ。こんな場所に感染症の研究所があるのも不思議な印象だが、周辺には病院も多いらしい。研究所の広い敷地の一部は、芝生の緑に彩られているが、研究所の建物自体は、四階建ての殺風景な四角い灰色のビルだ。

研究所にすぐ駆けつけられるくらい近く、出入り口を監視できる建物を探すうち、二百メートルほど離れた位置に、図書館があることに気づいた。屋上に上がれば、研究所との間には低層の建物しかなく、見通しがきくようだ。

そんなわけで、史奈たちは図書館の屋上に上がってきた。屋上に出る扉には鍵がかかっていたが、市場シェアの高い鍵メーカーのシリンダー錠で、ふたりとも練習で開錠した経験がある。

カメラが最初に送ってきた映像は、廊下を先に行く男性の背中だった。諒一がやっとメガネをかけかえてスイッチを入れたらしい。

『河野さんの経歴だと、この仕事は物足りないんじゃないかな』

斜め前を歩きながら、男性がこちらを振り向いて話しかけている。河野というのが、諒一に用意された偽名だった。

『具体的に、どんな内容なんでしょうか』

『研究補助職だからね。動物実験の経験はあるでしょう』

『前の職場では、ラットを千匹ほど管理してました』

男性が笑いだした。

『千匹？　そりゃ大変だ』

諒一は、うまく研究者の卵に化けたらしい。前の人の面接が終わるまで、小部屋で待つように言われ、諒一が室内のパイプ椅子に腰かけると、男性は立ち去った。

『——それじゃ、行くか』

諒一がひとりで呟いている。立ち上がり、歩きだしたらしい。画面が揺れる。小部屋を出て、廊下をどんどん奥に進んでいく。諒一が見ているものを、史奈たちも見ているのだ。諒一がうつむいた瞬間には、胸にかけられたゲスト用の入館証も見えた。

『ここは二階だ。玄関には、やっぱり金属探知機があった。セキュリティはかなり厳しいよ』

こちらに聞かせるために、独りごとを囁き続けている。彼らが知りたいのは、この建物に、拉致した〈梟〉を何人も監禁できるような場所があるかどうかだ。

『研究所の内部は迷路みたいだ。一階の入り口にフロアごとのセクションの表示があったけど、怪しいものは見かけなかった』

「人目につく場所に、怪しい表示なんかしないと思う」

諒一に聞こえないのは承知の上で、容子が呟いている。

『こんな街中で、大勢の人間を監禁したりできるかな。研究所の職員もいるし、人目につくよね。食事の世話も必要だし、相手は〈梟〉だから、脱走の恐れだって——』

廊下に面したドアが、ふいに開いて、白衣の女性が出てきた。こちらがハッとする。

『失礼します』

諒一が挨拶すると、女性があいまいに微笑みながら頷いた。諒一の態度が堂々としているので、面接を受けに来た人間が帰るところだと思ったのかもしれない。

開いたドアの奥に、ラットの籠がずらりと並び、チーチーと鳴く声も聞こえた。ドアには、研究者の名前とおぼしきプレートが貼りつけられている。諒一は、そのプレートもざっと見てまわっているようだ。

『──前言撤回。ここは動物実験もお手のものだったな』

「〈動物〉ならね」

容子があいかわらず、相手には聞こえない合いの手を入れている。

『二階は半分が研究室で、残りは事務室と会議室みたいだ。三階に上がってみる』

諒一は、ごく自然な態度で館内を歩き回っているらしい。すれ違う研究者らが、見向きもしないか、気づいて軽く会釈するくらい、場の空気に溶け込んでいる。罪悪感は表情や落ち着かない態度に表れるから、堂々としていれば相手は不審の念を抱かない。こうした気構えも〈梟〉の教えの一端だ。

階段で三階に上がったが、フロアの様子は二階とよく似ている。迷路のようと諒一が言う通り、大小さまざまな研究室が、複雑な形状の廊下に面している。「四」という文字の形に廊下が走り、その周囲に研究室が並んでいるのだ。薄暗く感じるのは、廊下に窓がないせいだ。

『ダメだな。これじゃ何もわからない』

四階に上がりながら、諒一が早くも弱音を吐いている。

『いくつドアがあると思う？　ひとつひとつ開けてまわるわけにもいかないしさあ』

「開ける必要なんかない。近づくこともできないドアがあれば、それが目的地だから」

容子はじれったそうだ。史奈は双眼鏡で研究所の窓を観察した。すべての窓に、白いブラインドが下りている。

『ここも異常なさそうだ』

四階の構造も、二階、三階の相似形だった。歩き回っていた諒一の歩みが止まったのは、「Ph.D. Nojima」と書かれたドアの前だった。

『野島妙子だったよな。オレたちを拉致しろと指示を出したのは』

ノックとともにドアを開こうとしたが、鍵がかかっていた。一瞬、鍵をこじ開けてでも中に入るべきか、諒一が迷っているのを感じた。諒一の背後で人の声がした。

『あそこにいます！』

振り返ると、先ほど小部屋に案内してくれた白衣の男性が、険しい顔で警備員にこちらを指さしている。諒一が消えたので、捜していたのだろう。

『君、どうしてこんなところにいるんだ！』

『すみません、トイレに行こうとしたんですけど、研究室の雰囲気も知りたくて』

『知りたいのは雰囲気だけか？　勝手に歩き回るなんて、非常識じゃないか。産業スパイだと思われてもしかたがないぞ』

警備員の手が伸び、ぐいと諒一の腕をつかんだ。手が当たったのか、メガネが歪んで映像が揺れた。諒一が慌ててメガネをかけ直した。

『すみません、だってここ野島博士の研究室でしょう？　僕、博士の研究のファンなんです』

イチかバチかの言い訳だが、白衣の男性はギョッとしたようだ。

『言いたいことがあるなら、警備室で聞く』

白衣の男性が蒼白(そうはく)な顔色でうなずくと、警備員が無線で連絡を始めた。その隙に、諒一が警備員の手からすり抜けた。

『すみませんでした！』

驚くふたりをしり目に、廊下を駆けだす。正面のエレベーターのかごが、四階に止まっている。ふたりが乗ってきたのだ。諒一が飛び込み、扉を閉めるボタンを連打した。

警備員が怖い形相で追いかけてきている。諒一は一階のボタンを押し、閉まりかけた扉の隙間から、警備員に向けてボールペンを投げた。驚いて足を止めた隙に、扉が閉まる。

『わあ、だめだめだ、エレベーターなんか乗っちゃった！』

袋小路だ。諒一も焦ったのだろう。視線の先に、階数表示のボタンがある。四階から、地下二階まで。

――地下があるのか。

諒一がとっさに二階のボタンを押した。危ないところで二階に止まり、廊下に飛び出していく。仰天する研究者らを横目に、走り抜ける。

「どうしたの、諒一」

史奈は混乱して、激しく揺れる映像を見つめた。なぜそのまま一階で降りて、逃げないのか。

「一階でドアが開くと、警備員の仲間が出口を固めてるから」

容子がそっけないほど冷静に答える。

諒一が駆け込んだ先は、エレベーターの反対側にある階段だった。先ほど階上に行くのに使ったそれを、下りはじめた。階段の踊り場には窓があり、明るい光が差し込んでいる。一階で止まらず、さらに地下に駆け下りていく。諒一も地下を怪しんだのだ。

階段は、地下一階で終わっていた。エレベーターは、地下二階まであったはずだ。

諒一は地下一階の廊下に飛び込み、素早く周囲を見回した。一部は駐車場になっており、今も乗用車が何台か停まっている。

「逃げて、早く！」

思わず叫んだが、諒一には届かない。

『行こう。図書館の玄関に車を回した』

和也からのメッセージが、タブレットに表示される。救出に駆けつけるつもりだ。

「史ちゃん、私たちも行きましょう。諒一を回収しなくちゃ」

双眼鏡をバッグにしまい、図書館の屋上を離脱する。タブレットの中で、駐車場の出入り口から脱出するのだとばかり思っていた諒一は、なぜか反対側に走っている。

——何してるの、早く逃げなくちゃ！

諒一は何かを探していた。

『どこかにある！　どこかにある！　どこかにある！』

呪文のように呟いている。

史奈と容子が図書館の階段を駆け下り、「静かにしてね」と司書らしき女性の眉をひそめさせる間も、諒一は一目散に走っている。

「乗って！」

図書館の玄関から飛び出すと、すぐ前に和也が車を停めて、じりじりしていた。史奈たちは、後部座席に転がり込んだ。

『あった！』

タブレットの画面には、エレベーターの扉脇の、カードリーダーが映っている。ズームインしたのは、諒一が顔を近づけたからだろう。機械の製造元を確認すると、彼はすぐ踵(きびす)を返し、また走りだした。追いかけてくる足音が聞こえたようだ。

四方八方から警備員が近づいてくる。諒一はぐんぐんスピードを上げ、駐車場の車の屋根に猿のように駆けあがった。超人の障害物競走を見ているようなものだ。ふわりと空に舞い上がる。車の屋根から屋根へと次々に跳んでいく。

〈梟〉の身体能力だ。

あっけにとられる警備員らの表情も見えた。駐車場の出入り口に向かって、彼らも走っている。六名で、止まれと叫んでいる。

跳躍も足の速さも、諒一にかなうわけがない。あっという間に駐車場を横断して、外に飛び出す。和也は車を研究所の近くに回そうとしているが、赤信号につかまっていた。

――目と鼻の先なのに！

タブレットの画面に、白い影が映った。研究所の敷地から、植え込みを飛び越えて脱出しようとしている諒一の前に、白のＳＵＶが滑りこんできたのだ。

『乗って！』

後部座席のドアを開け、奥から誰かが諒一を呼んでいる。白く細い手が見えた。諒一は迷わず車に飛び込んだ。すぐ後ろに、警備員が迫っている。

諒一の身体ごしにドアを閉めた女性が、カメラを――諒一を――見た。

『行って！』

運転席の男は、彼女のゴーサインを待たず、猛然とSUVを走らせている。

「――容子ちゃん」

「えっ？」

容子が振り向く。史奈は、驚きのあまり自分が愚かな発言をしたことに気づいた。

「このふたり、容子ちゃんたちの偽者！　例のなりすまし！」

脱出したホテルに置き去りにした、謎の男女だ。信号が変わり、和也がSUVを追い始めた。研究所から追ってくる人間はいない。

『ええと、僕たち会ったことあるかな？』

諒一がとぼけた調子で尋ねている。偽の〈容子〉が、赤い唇でにっこり笑った。

『シートベルト、締めてね』

諒一がシートベルトを締めた後、スマホを取り出すと、〈容子〉は首をかしげた。

『カメラの向こうに史ちゃんがいるなら、武蔵野（むさしの）公園で合流しましょう。そう伝えて』

史奈は、さっと頬に血が上るのを感じた。「史ちゃん」なんて、なれなれしく呼ばれる筋合いはない。

『あのさ、さっきの研究所が、警察を呼ぶ恐れもあるんだけど――』

『それはないから安心して。警察なんか呼んだら、たいへんなことになるから』

容子のスマホに、諒一から電話が入った。彼らを追って武蔵野公園に向かうと伝え、通話を終える。考えてみれば、諒一を人質に取られたようなものだった。車内の様子は、諒一のカメラを通じて、逐一送られてきている。彼が無事なのが、唯一の慰めだ。

「史ちゃん！」

武蔵野公園の駐車場に車を停め、こちらが降りたとたん、彼女のほうから飛びついてきた。やっぱりミニスカートで、上半身はフリルがたっぷりついたブラウス姿、とても愛らしい。

「もう！　心配してたんだから！　あんな風にいきなり姿を消しちゃって」

史奈は表情をこわばらせたまま、相手を引きはがした。

「まだ、そっちの名前を聞いてない。容子ちゃんだなんて、嘘ばっかり――」

SUVから降りた諒一が、妹にメガネをはずしてもらっている。〈容子〉が「そうよね」と言って笑い、赤い舌を出した。

「確かに嘘だったけど、ああ言わなきゃ、私たちと一緒に来てくれないと思ったから」

わかるもんか、と反発する。巧言令色というが、言葉たくみに取り入ろうとする人間は信用できない。人間の中身は、言葉より行いを見ればわかるというのが祖母の口癖だった。

ＳＵＶの運転席から、大柄で屈強な男が降りてくる。〈容子〉の背後に立ち、睥睨するように長栖兄妹と史奈、和也を見つめる。

——偽の〈諒一〉。

史奈は一瞬、まじまじと彼を見た。あんな嘘をついて騙したくせに、恥ずかしげもなくこちらを見返してくる。腹立たしく、ちょっと悔しくもあった。どうしてあんなに、平気な顔をしていられるのだろう。

容子がクールに尋ねた。

「あなたがたを、なんとお呼びすればいいですか」

「あなたが本物の長栖容子さんね？」

〈容子〉が、大きな目をさらに見開き、右手を差し出した。

「私、郷原遥。向こうは篠田俊夫よ」

篠田と呼ばれた〈諒一〉が、かすかに顎を引いた。

「郷原——？」

研究所の名前と同じだ。遥が顔をしかめ、腕を前に上げて、ぶんぶんと顔の前で振った。

「その話はややこしいから、今はナシ。ねえ、ここで長々と立ち話する？　私としては、何が起きているのかちゃんと説明したいのだけど、こんなところで話すようなことでもないのよねえ」

「どこならいいのですか？」

　容子が事務的に尋ねる。どう見ても、容子のほうが三つ、四つは年上に感じられる。

「あなたたちの隠れ家とか」

「まさか、連れていけませんよ！」

　和也が気色ばんで口を挟み、容子に目でたしなめられた。今のひとことで、隠れ家が存在すると明かしたのも同じだ。

「——冗談でしょう。何者かもわからないのに、連れていけない」

「うん、言ってみただけ。人に見られず、落ち着いて話せる場所がいいわ。今でなくてもいい。日を改めて、どこかで落ち合えれば」

　容子と諒一が視線を交わした。彼らはやはり以心伝心の双子のように、目を見ただけで互いに言いたいことが伝わるらしい。

「相談して、こちらから場所と時間を送る。そっちの連絡先を教えて」

　遥がスマホのメールアドレスを教えた。

「それじゃ、早めに決めてね。こっちは今夜でもいいから」

　そのまま、踵を返してＳＵＶに乗り込もうとする遥に、史奈は慌てた。

「待って！」

「ん、なあに？」

「初めて会った時、どうしてあんなに私の子どものころのことを知ってたの？　それだけ聞いておきたい」

　このふたりは、風穴の存在を知っていた。長栖兄妹のことを知っていたばかりか、彼らが里を下りる時に、史奈だけが見送ったことも知っていた。風穴で転んで怪我した時に、容子におぶって帰ってもらったことまでも。

　遥が、困ったように篠田を見上げた。彼は運転席のドアを開けたまま、むっつりとこちらを見ている。

「──今は、あまり詳しく言えないんだけど」

　遥が、迷いながらも口を開いた。答えを聞くまで、どこにも行かせないという史奈の決意を、読み取ってくれたようだ。

「ある人に教えてもらったの」

「ある人って？」

　遥の茶色い目に、強い葛藤が表れている。

「──あなたのお母さん」

　史奈は奥歯を嚙みしめた。

　次の瞬間には、容子と諒一が、まるで呼吸を合わせたかのように、史奈の左右に素早く立った。外敵から守ろうとしている気配を感じた。

遥は気圧(けお)された様子もなく、ただ小さくうなずいた。

「嘘じゃない。私たち、あなたのお母さんから、あなたを助けるように頼まれたの」

五日め　14：00　方喰

方喰は近ごろ、取材に出ると、妙なツキに恵まれている。

先日は、行方不明の女子高生の友人を取材したら、彼女が女子高生から電話を受けていたという話を聞き、ささやかなスクープをものにした。その後、滋賀県警から担当の刑事が来て、事情聴取を受けたそうだ。地獄耳のデスクによれば、刑事はまだ東京にいて、少女の話の裏を取っているらしい。この後、刑事の宿泊先に立ち寄り、夜討ち朝駆けの真似事でもしてみるつもりだ。

だが、今はとにかく別件だった。

方喰は、タクシーを降りて病棟を見上げ、周辺の様子を観察した。気が逸(はや)っている。ここに、ウルトラマラソンの選手、長栖兄妹の父親が入院しているらしい。まるで恋するように、謎めいた兄妹を二年にわたり追いかけてきた。

海外のウルトラマラソンで、めざましい成績を残しているのに、日本国内の競技大会には一度もエントリーしたことがない。近ごろ、国内でもウルトラマラソン人気が高まり、各地で競技大会が開催され、競技人口も確実に増えている。それなのに、どこにも参加しないなんて奇妙な話だ。

まだ、メディアが争って取材するほどメジャーな競技ではないから、話題にはなっていないし、気づいている記者は方喰くらいかもしれない。だからこそ、この取材にはやりがいを感じる。

長栖兄妹が海外遠征から帰国したと外国人の記者から聞いたのは、数日前だった。彼らの通う大学と高校は知っているので、大学に取材の可否を問い合わせてみた。すると、しばらく学校には出てきていないという回答がきたのだ。

情報と違ってまだ海外にいるのかと思ったが、気になって調べてみると、長栖という夫婦の妻が拉致され、夫が大怪我をしたという事件の記事がすぐに出てきた。子どもふたりとは連絡が取れないとも書いてあった。驚いて、父親の入院先を調べ上げた。

柄にもなく花束を抱え、菓子折りを提げて、方喰は入院病棟のナースステーションで、見舞い客の名簿に名前を記した。教えられた病室を覗くと、ミイラのように下半身を白い包帯に包まれた男性が、両足を吊られた状態で横になっていた。

——先客がいる。

中年の男性が、入院患者の胸元に何枚かの写真を並べて見せている。

「——見覚えはありませんか」

ふたりの会話が、切れ切れに聞こえた。

「こちらのふたりは覚えがないですね」

「この、榊史奈と見られる少女はどうです」

「私たちが里を出たのは、十年以上も昔のことですから——。しかし、たしかに母親の面影が少しあります。大学時代の」

方喰は驚きのあまり、病室に入れなくなった。

——誰と何の話をしているんだ。

いまたしかに、サカキフミナと聞こえた。中年の男性は警察官だろうか。まさか、滋賀から上京しているという結川刑事だろうか。なぜここにいるのだろう。

花束を持ったまま棒立ちになっていると、ふいに中年男性が立ち上がり怖い顔をしてこちらに向かってきた。厳しい視線だ。方喰は気圧されるように廊下に下がった。

「なんですか、あなたは」

「あの、私は東都スポーツの記者で」

慌ててポケットから名刺を取り出す。

「なぜスポーツ新聞の記者さんがここに」

「こちらの、長栖さんのお子さんたちを取材したくて」

「子どもの取材？」

「失礼ですが、結川刑事ではないですか」

激しい驚きが、相手にも伝染したようだ。その驚きようを見て、彼が結川に間違いないとはっきり悟った。

「なんですか、あなたはいったい――」

「細野由香さんに会い、警察に話すよう勧めたのは僕なんです」

刑事の印象を良くしたくて、方喰は即座にそう答えた。千載一遇の好機だ。逃す手はない。

「長栖さんと、榊史奈さんの事件には関わりがあるんですか。どういうことですか、刑事さん」

刑事は驚愕のあまり、進退窮まったように立ち尽くしている。

五日め　16：20　史奈

「大丈夫？」

電車を降りながら、容子が寄り添い尋ねた。諒一と和也がさりげなく周囲を観察している。

史奈は小さくうなずいたものの、憂鬱な気分が晴れたわけではない。

（私たち、あなたのお母さんから、あなたを助けるように頼まれたの）

郷原遥と名乗る女性の言葉が、頭を離れない。行方不明になっている母親の希美が、ふたりを〈里〉に送り込んだという。そして彼らは長栖兄妹に成りすまし、史奈を東京に連れてきた。

（だけど、まだ詳しいことは言えない。あなたの準備ができてないから。聞く準備が）

嘘に決まっている。いいかげんなことを言って、また騙そうとしているのだ。長栖容子と名乗り、さも親切そうに近づいてきた、あの時と同じように――。

改札を出ると、諒一が薄暗い高架下をくぐって、どんどん先へいく。このあたりの地理に明るいらしい。遥たちとの会合場所を、新宿駅の近くにあるカラオケボックスに決めたのも彼だ。いったん教授の隠れ家に帰り、相談して、今夜すぐ会うことにした。

誰かに尾行されていないか、和也が何度も後ろを確認した。

――教授に言えなかった。遥が言った、母さんのこと。

史奈も動揺しているが、この数年、消えた妻のことで心を痛めてきたはずの教授が聞けば、さらに心労をかけるかもしれない。諒一や容子とも相談して、はっきりするまで教授には黙っておくことにしたのだ。

新宿は、この数日に史奈が見てきた東京のどの街よりも人通りが多く、どこか不健康な活気に満ちていた。言葉も、髪の色や肌の色も様々な外国人観光客が、街を軽装で闊歩している。気楽で熱っぽくて混じりあう感じが、街の持ち味なのだ。

「オレは外で見張ってる。おかしな動きがあれば、すぐ電話するから」

諒一が、カラオケボックスの前で片手を上げると、パーカーのポケットに手を突っ込んでどこかに消えた。和也と容子がうなずき、店の自動ドアをくぐる。ホテルの部屋など取るより、カラオケボックスのほうがいいと主張したのは諒一だ。周囲の音がうるさいので、盗聴しにくいというのだ。

予約は早めの四時半に入れ、遥たちには五時にこの店でと約束した。

だが、ロビーに入るとふたりが待っていた。

「ハイ、史ちゃん」

遥は満面に笑みをたたえて、ぴょんと椅子から飛び降りた。容子が身体を固くするのがわかった。こういう展開は、しっかり者の容子が嫌いそうだ。

「お互いフェアにやろうよ。これから、嫌でも協力しなきゃいけないんだからさ」

和也が受付に行った隙に、遥がにっと笑いながら、誰にともなくそう言った。篠田は腕組みして腰を下ろしたままで、半袖の黒いTシャツにブラックジーンズ姿だと、闘士の彫像のようだ。

「さっきの男子は、外で見張ってるの？」

遥の質問には誰も答えない。彼女は、ガラスのドア越しに外を透かし見るそぶりをして肩をすくめた。

「まあいいけどね。私たちは何もやましいことがないから、無意味なだけだよ」

和也がマイクの入った籠を持ち、こちらを呼んでいる。慎重な容子は、遥の言葉に無反応だった。カラオケなんて初めてだ。階段を上りながら、物珍しく建物内部を観察してしまう。向かったのは、十人以上が楽に入れそうな、三階のパーティルームだった。

容子が即座に席を割り当て、奥に遥と篠田を座らせ、自分は出口に近い席を占めた。篠田は不満そうだ。

「少し待っていて」

容子がしばらく席を外したのは、脱出経路を確認するためだろう。みんな、彼女が何事もなかったかのように戻るまで、おとなしく待っていた。

「――で、何から話すの?」

腕組みした遥が首をかしげる。容子は、さらに慎重に、店員が飲み物を持ってくるまで彼女を黙らせた。和也が、室内のテレビで流れているコマーシャルの音量を上げる。テーブルの中央に顔を寄せて話さなければ、互いの声が聞こえないくらいだった。

「まず自己紹介からするのはどう?」

容子の口調は、史奈の高校にいた五十代の女性の教頭を思い出させた。自分にも生徒にも厳しい人だった。

　遥が可愛く唇を尖らせた。

「いいわよ。私は郷原遥。十九歳で、女優の卵なの。高校を卒業してすぐ、芸能事務所にスカウトされたの」

「郷原研究所とはどんな関わりがあるの」

「所長の娘なの、私」

　もう、何を聞いても驚かないと思っていたが、やはり驚く。

「そこを詳しく話す前に、他の人の自己紹介も聞きたいんだけど」

　遥が素早く牽制した。

「私は長栖容子。高校生で、陸上競技をやっている」

　容子から順番に、こちらも手短な自己紹介を始める。史奈は必要ないと言われた。両側が熟知しているからと言われて、自分だけがのけ者にされた気分になる。

「栗谷和也です。大学の医学部で脳の研究をしています」

「篠田俊夫だ。警備会社に勤務している」

「まさか、西垣警備保障では」

「そのまさかだ」

　篠田が憮然（ぶぜん）として答えると、遥がふたたび口を挟んだ。

「今は『勤務していた』なのよ。辞めたから」

短い沈黙が落ちた。さすがの容子も、どこから会話を始めればいいか、迷っている。

「郷原さんと篠田さんは、どこまで知っているの？　滋賀の里に現れたそうね」

こちらは容子が、相手側は遥が、この場のまとめ役を買って出たようだ。

「さっきも言った通り、里に危険が迫っているから、娘を助け出してほしいって頼まれたの。史ちゃんのお母さんにね。でも、ひと足遅くて、到着した時にはもう集落が焼け落ちていて、史ちゃん以外は誰もいなかった」

「集落の住民や、私の母が拉致されたことは知ってる？　私たち、みんなを捜してるの」

「見たわけじゃないけど、研究所の地下に、それらしい部屋がある」

「地下二階ね？」

遥が黙って頷いた。

「所長の娘さんだと言ったわね」

「そうよ。うちの父は郷原感染症研究所の所長で、よくわかんないけど脳とかそういう研究をしている、郷原俊也センセイよ。私はこんな仕事に就いて、勉強もせずふらふらしてるから、すっかり見放されてるけどさ」

遥が赤い舌をぺろりと出す。

「史ちゃんのお母さん——榊希美さんはどこにいるの？　どうして彼女にそんなことを頼まれたの？　なぜそれを引き受けたの？」

「いっぺんに聞かないでよ」

遥はわがままな子どものように急に不機嫌になり、ウーロン茶をストローで吸った。

「——あのね。あなたたちを助けたのは、私も知りたいからなの」

容子から和也、史奈へと、視線を移していく遥の説明を、彼らはじっと待った。

「本気で知りたいの。うちの父親が、いったい何を研究しているのか——。父と、あの研究所には、何か目的があるんだと思う。子どものころから研究所には遊びに行っていた。時々、〈患者〉と呼ばれる人たちが、研究所に来ていた。中には、自分の意思で来たわけではないような人もいた。なにか良くないことが、あの研究所で行われているような気がするの。父が何をやっているのか、知りたいのよ」

七　機略縦横になせ

五日め　23・50　史奈

〈里〉の漆黒の夜に慣れた目には、都会の夜はまばゆい。

史奈は、教授の隠れ家の屋根に上り、膝を両腕で抱え込むように座った。周辺は、戸建て住宅か、せいぜい三階建ての低層集合住宅ばかりだ。どの窓にもあわあわとした明かりが灯り、時おり誰かの影がよぎる。

史奈は深々と顎を膝に埋めた。これだけ多くの窓に明かりが灯っていても、自分と同じ悩みを抱く人は、おそらくひとりもいない。孤独とはそういうことのようだ。

白い画用紙に、薄く溶いた墨をさっと塗ったような夜空を見上げる。点滅する赤い光が、上空をまたたきながら通り過ぎていった。ヘリコプターかもしれない。もうじき日付が変わるころだが、少し離れた幹線道路からは、いまだひっきりなしに車輛が走り続ける音が聞こえてくる。生活の匂いも絶えない。

なるほど、この街にいれば、眠らない〈梟〉は目立たないだろう。

「——史ちゃん。ここにいたの」

明かり取りの天窓から、史奈と同じように懸垂の要領で抜け出てきた容子が呼んだ。

彼女の服装も、史奈と同じ黒のタートルネックに、ブラックジーンズだった。黒い屋根にしゃがむと、背景に溶け込んでしまう。史奈の隣に、そっくりな姿勢で座った。

「大丈夫？」

「うん」

史奈は言葉少なに頷く。黙っていても、容子は気にかけてくれている。しかも、ぎりぎりまで放っておいてくれる。それがありがたい。

郷原遥たちと新宿のカラオケボックスで会合を持った後、彼らは先ほどようやく、教授の隠れ家に戻ってきた。それも、神経質なくらい丹念に、和也が尾行の有無を確認した後のことだ。

遥の説明に、史奈たちは衝撃を受けた。

郷原感染症研究所が、本当に〈梟〉を拉致したらしいこと。研究所の地下に、彼らを監禁できる施設があるらしいこと。遥が研究所所長、郷原俊也の娘だということ。そして、遥たちを〈里〉に差し向けたのは、行方不明とされている史奈の母、榊希美だということ。彼女は、史奈を救出するつもりだったこと。

和也が、教授に会合の内容を説明してくれているが、史奈はそっと席を外して、ここに上がってきた。そうでもしなければ、息が詰まりそうだった。

「いろいろ、信じられないような話だったね」

容子が呟く。

「郷原の研究所について、ネットでざっと調べてみたけど、都内でも屈指の業績を誇る研究施設で、国からワクチン研究の助成金なんかも受けてるみたい。そんな施設が、拉致や監禁に関係するなんて、異様だよね」

史奈は黙ってうなずいた。

郷原俊也については、謎が多い。遥は、自分の父親が何をしているのか知りたいと言った。

（警察なんか呼んだら、たいへんなことになるから）

研究所が通報するのではないかと恐れる諒一に、遥はにべもなくそう答えて宥めた。拉致した里の者たちを地下に監禁しているのなら、警察など呼べるわけがない。しかも郷原は、〈梟〉が警察を呼んで研究所を調べさせることもないと、確信しているようだ。でなければ、自らの本拠地に、〈梟〉を監禁したりできるはずがない。

――〈梟〉は闇の生き物。

警察が介入して、もし〈梟〉の特殊体質が報道されるようなことになれば、彼らは好奇の目にさらされる。だから、〈梟〉はなんとしても自力で事態の解決を図る。そこまで郷原は読んでいるのだろうか。

「そろそろ下りない？　これからどうすべきか、教授が考えてるから」

「そうだね」

遥は、彼らに協力すると言っている。史奈の母に、頼まれたそうだ。

（騙してすまなかったな）

立ち上がりながら、ふと、偽の〈諒一〉――篠田俊夫のぶっきらぼうな声を思い出した。別れ際に、唐突に謝られたのだった。

（初対面で本当のことを話しても、急には信じてもらえないと思った。名前や素性は偽ったが、あんたを傷つけるつもりはなかったんだ。どこも怪我しなかったか）

（怪我？）

（ホテルの六階の窓から出て行っただろう。大丈夫なのか）

戸惑った。同じ〈梟〉の者なら、そんな心配はしない。あれくらい、小学生でもやってのける。

（なんともない）

（良かった。無茶するな）

篠田は、子どもにするように、史奈の頭に大きな手のひらを置き、さっと身をひるがえした。頭がすっぽり包みこまれたかと思ったほど大きくて、温かい手だった。

容子に続き、天窓から中にすべり降りる。みんなは一階の和室にいた。ふたりが戻ると、教授が気づかわしげな視線をこちらに投げた。和也と諒一は、テーブルに大きな方眼紙を広げ、研究所の見取り図を作成している。史奈は見取り図のそばに座った。

「──それで、どうします？」

空いたソファのひとつに腰を下ろしながら、容子が簡潔に尋ねた。教授が頷いた。

「正攻法で行くよ」

「──正攻法」

「私から郷原に、面会を申し込む」

容子が、反射的に諒一を見た。非難されたと感じたのか、諒一は上目遣いで唇を尖らせ、「だってしかたないだろ」とでも言いたげな表情で見返した。

史奈はソファの上で、成り行きを見守った。

教授はかまわず言葉を続ける。

「これまでわかったところでは、研究所に里の者が拉致されている可能性が高い。しかも、希美が生きていて、事情にも通じているらしい。ということは、彼女も研究所に閉じ込められているのかもしれない」

「彼らが〈梟〉を集めているのなら、教授だって標的です」

「郷原とはまんざら、知らない仲じゃない。向こうも研究者だし、私が直接会えば、冷静に話し合うことはできるさ」

「里を襲撃するような奴らが、話し合いに応じるでしょうか」

「――容子君の言いたいこともわかるが――とにかく話し合わないことには、向こうが何を考えているのかわからないだろう」

「リスクが高すぎます」

見取り図を描くふりをしていた諒一が、開き直ったようにソファであぐらをかいた。

「だからさ、ばーっと行って研究所を襲撃して、みんなを助けて、ばーっと帰ってくればいいじゃん！」

容子が憮然として腕を組む。

史奈は、ベルトの背中側に挟んでおいた狩猟ナイフを抜き、テーブルに載せた。史奈自身が丁寧に研ぎあげた、ずしりと重みのある刃が、鈍い光を放つ。室温が、二度くらい上がったように感じる。みんな無言だったが、史奈の動きに気づくと、こちらに視線を集中させた。

「私は、〈梟〉の正義はチカラだと、桐子ばあちゃんに教わった」

「――史ちゃん」

容子が何か言おうとするのを、史奈は手のひらで押しとどめた。もう子どもじゃない。

「最後は、〈梟〉の力を存分に使って、みんなを助け出すしかないと思う。だけど、今日、私たちが諒一を偵察に送りこんだので、向こうの警戒レベルは上がったはず」

「そうだね。偵察に入る前に確認したところ、郷原研究所の裏に、西垣警備保障の車が二台停まっていた。建物内部にいたのは、ごく普通の警備員という感じだったけど、諒一の侵入を受けて、顔ぶれが変わる可能性はある」

和也が口添えをしてくれる。教授は、「続けて」というように小さく頷いた。

試されているのだと史奈は感じた。自分はいずれ、〈里〉を背負う身だ。年齢や性別など関係ない。しくじれば、〈梟〉は未来を失う。自分には責任があるのだ。

史奈は、完成に近づいている見取り図を狩猟ナイフの先でつついた。

「〈梟〉の者たちが研究所の地下に監禁されていると仮定して、あれだけの人数を、今夜中に別の場所に移動できるとは思えない。集落の襲撃事件はニュースでも流れているし、受け入れ先を見つけるのだって難しいと思う」

慌てて移動させるよりは、警備をより厳重にするはずだ。

「彼らは、里を襲撃する前に、諒一や容子ちゃんのお母さんを拉致した。なぜか、里を下りた〈梟〉の行方まで熟知している。ならば、教授はもちろんのこと、私や容子ちゃんたちの存在にも気づいている」

ひょっとするとそれは、史奈の母が、〈梟〉の一族について何もかも郷原に明かしたからかもしれない――。ひそかにそう恐れてもいるが、今それは置いておく。

「だけど郷原は、娘の遥が私たちに通じているとは知らないはず」

「あの子の話が本当ならね」

容子が口を挟んだ。

「もちろん、そう。でも仮に本当なら、それを利用しない手はないでしょう」

容子たちには言わなかったが、史奈は遥が今度こそ本当のことを話しているように感じている。母に頼まれたと言ったからではない。父親が何をやろうとしているのか、知りたいのだと言っていた。それに共感を覚えた。

「具体的にはどうするの？」

容子が見取り図を見下ろし尋ねる。

「教授には、郷原と話してもらう」

教授が、了解の印に頷く。

「その裏で別動隊が、みんなを救出する。平日の日中、研究者が大勢出入りしている時がいいと思う。警備陣も、無謀なことはできないから」

「そうね。研究所に勤務する人が、みんな違法行為に関係しているとは思えないし。だけど、そうは言っても、無理やり建物に侵入するわけには――」

「それについては、アイデアがあるんだ。遥に手伝ってもらう必要があるけど」

史奈が説明しようとした時、諒一のポケットで携帯が振動した。

「ちょっと待って」

画面を確認した諒一が、不安そうになる。

「うちのオヤジからだ。今日の昼間、病院に警察とスポーツ新聞の記者が来たんだって。母さんが拉致された件と、里が襲撃された件との間には関係があると、警察は見ているって。史奈が東京に来ていることもバレてるし、ホテルの防犯カメラにも映ってるって」

遥たちに騙されて、ホテルに泊まろうとした時だ。警察は予想以上に優秀だった。長栖の事件と〈里〉の襲撃を、こんなに早く結びつけるとは思わなかった。

「スポーツ新聞の記者って、なんの話？」

容子が顔をしかめた。

「前から、うちに電話してきたりメールくれたりしてる、東都スポーツの記者だよ。いつも、母さんが取材を断ってる人」

「どうしてその人が警察と一緒に来たの？」

「さあ？」

彼らの父親は、身動きの取れない身体で、どうにかして子どもたちに状況を知らせようと頑張ったらしい。子どもとは連絡が取れないと警察に話しているが、それは諒一と容子を守るためだ。

「これから病院に行って、詳しく話を聞いてきます。夜なら見咎められずに入れるでしょうから」

容子が立ち上がり、ウエストポーチを身につけた。病院には警察官がいるかもしれないが、容子なら忍び込むのは得意だ。

「そうだな。長栖さんの容体も心配だ。必要なものがあれば差し入れると伝えてくれ」

教授が気をきかせ、封筒に現金を入れて容子に渡した。彼女は、あっさり礼を述べて受け取った。

「それと兄さん、前田先生にも連絡しておいたほうがいいと思う。心配しているかもしれない」

「あっ、そうだよね」

諒一が電話をかける横で、史奈は教授に前田家について説明した。琴美と寿郎にはずいぶん世話になった。

「多賀神社のネットワークは、まだ効力があるのか」

教授も、歴史の彼方に埋もれたものと思っていたようだ。

「あっ、前田先生、オレだよ。長栖の諒一」

諒一がのんきな調子で会話を始めたが、すぐ真顔になって、スマホをスピーカーモードに切り替えた。

「先生、誰かに監視されてるって」

史奈は驚いてスマホに近づいた。

『みんな無事なんだな。良かった』

「前田先生、榊史奈です。ご連絡が遅れて申し訳ありません。先生と琴美さんは、あれから何事もありませんか」

『うん、何もされてないが、俺を見張ってる奴がいるんだ。たぶん、例の黒い服の連中の仲間だと思う。君たちはこっちに戻らないほうがいい』

史奈は唇を噛んだ。自分が多賀神社ネットワークを頼ったばかりに、ふたりにとんでもない迷惑をかけてしまった。

「琴美さんが怖い思いをしていませんか」

『母さんには、しばらくうちに泊まってもらうことにした。俺はただの高校教師だし、母さんもただの元神主の妻だからな。連中は、君たちが戻るのを待ってるだけだろう』

「前田さん、史奈の父です。このたびは、娘がたいへんお世話になりました」

教授がスマホに呼びかけた。

「いろいろ巻き込んでしまったようで申し訳ない。事態が落ち着きましたら、いずれご挨拶に伺わせてください」

前田寿郎が、明朗な笑い声をあげた。

『いや、私たちも、古くからの伝承が、まさか現実になるとは思いませんでした。母も私もびっくりしましたが、実際、こんなに嬉しいことはありません。母など、子どものころからの夢が叶(かな)ったと喜んでますよ』

ほんのしばらく会っていないだけなのに、もう琴美が懐かしい。初対面の、神社の境内に隠れていた女の子に、どれだけ親切にしてくれたことだろう。

いつか、彼らの親切に報いることができるだろうか。〈里〉を失った今の自分に、何ができるのだろう。

諒一が身を乗り出した。

「そうだ、前田先生。前に東都スポーツの記者が、先生にオレたちのことを聞いたって言ってたよね。まだ連絡ある？」

『ああ、方喰さんな。たまに電話があるよ』

「もしまた何か聞かれたらさ、悪いけど、オレたちとは連絡取れないって言っといて。彼、うちの親父が入院してる病院にも押しかけてきたらしいんだ」

『それはいいけど、ことが落ち着いたら、諒一も容子君も、一度、方喰さんと話してみたらどうかな。真面目な人だし、君たちのウルトラマラソンの結果に強い興味を持ってる。ふたりとも、それだけの実力がありながら、国内の大会に一度も参加しないなんて、俺だって理解に苦しむよ』

「うん――まあ――。考えとくよ」

諒一が、どこか不満げにもごもごと呟いた。

『いいな、諒一。真面目に考えておけよ。アスリートが第一線で活躍できる時間は、長くないぞ』

――諒一は、ランナーとして表に出て活躍したいのだ。

史奈は彼の表情から、そう感じた。世界にも通用する天賦の才を、隠し続けなければいけないのが切ないのだ。諒一は、面白くなさそうな顔をして、スマホをポケットにしまいこんだ。

五日め　23：50　結川

「もう一杯だけ、いいでしょう」

方喰は、ほどよくできあがった赤い顔で、居酒屋の店員にビールをふたつ頼んでいる。

まさか、東京に捜査に来て、新聞記者と飲むはめになるとは思わなかった。方喰という記者が、長栖家の子どもたちについて詳しかったからだ。病院でいきなり名前を呼ばれた時には、何が起きたのかと青くなった。

「結川さん、私はね。とにかく、長栖諒一と長栖容子、この兄妹を取材したいんです。

驚異的な速さなんですよ。だけど、国内の大会には一度も出たことがない」

方喰は、さっきから壊れたレコードのように、同じ愚痴をこぼしている。

こまかい文字でびっしりと埋め尽くされた、ノートを見せてもらった。長栖兄妹が海外で出場したウルトラマラソンのレースと、その結果だ。ふたりとも、出ればほとんどのレースで優勝している。国内で話題にならなかったのは、ウルトラマラソンという競技そのものが、これまでマイナーだったからだ。

「ふたりのどこに、魅力があるのかな。方喰さんを、そこまで虜にするほどの」

酔いも手伝い、結川は気安く口にした。

長栖諒一・容子の兄妹は、国内トップクラスの長距離ランナーであるにもかかわらず、まるで自分の存在を隠そうとしているかのようだ。

「何か理由があるんですよ、きっと」

方喰が、ろれつの怪しくなった口で、食い下がるように言った。

「人目にさらされたくない理由があるんでしょう。彼らの両親の身に起きたことを聞いて、確信しました。ふたりに会って、じっくり聞いてみたいものです」

――目立ってはいけない理由か。

そう言えば、榊史奈と見られる少女は、ホテルの六階の窓から抜け出し、そのまま地上に降りてしまったようだ。驚くべき身体能力だ。

「忍者の末裔だと言ってたな」

結川は、集落の周辺で聞きこんだ噂を思い出し、ついうっかり口を滑らせた。

「何ですって？　それは、集落の話ですか」

案の定、方喰が食いついてくる。酔っているように見えて、それほど酔ってはいない。

「そういう伝説があるそうだ。甲賀忍びに、人材を供給していたとかで」

「面白い――面白いですよ、それ。書いてもいいですか？」

「まあ、集落の周辺の人たちは、みんな知ってるらしいからな」

方喰がいそいそと手帳を取り出し、ボールペンでメモを取り始める。よけいなことを話してしまったかもしれない。

「長栖家の父親は、子どもと連絡が取れないと言ってましたが、あれ本当ですかね。もう一度面会して、じっくり聞いてみようかな。忍者の末裔の件も含めて」

「おいおい、俺から聞いたとは言わないでくれよ」

結川は慌てて釘を刺した。被害者の家族の、プライベートな事情を新聞記者にうかつに話すなんて、どうかしていた。

方喰がにやりと笑う。

「もちろん、わかってますよ。それは胸に秘めておきます。ですがね、結川さん。夢のないこの現代社会に、忍者の末裔がひそかに命脈をつないでいるのだとしたら、ずいぶんロマンチックな話だと思いませんか。――会いたいなあ。会って、話してみたくてたまりませんよ、長栖兄妹と」

「まるで恋でもしてるようだな」

結川の冗談に、方喰がふっと真顔に戻る。

「ええ、自分でもそう思いますよ。もちろん、彼らの話を記事にしたいんですが、彼らがどうしてもいやだというなら、記事にしなくてもいいんです。本当に恋しているような気分です。会いたい。会って話を聞きたい。私の個人的な好奇心を満足させてもらえれば、それでいいんです」

――ずいぶん、入れ込んだものだ。

結川は、その言葉を口にするのは控え、小さく頷くにとどめた。方喰の恋情が自分にも乗り移ったように、榊史奈と会い、〈梟〉の集落について話を聞ける日が待ち遠しかった。

六日め　10：00　史奈

地下駐車場にSUVで乗りこんでいく間、運転席の篠田は無口だった。緊張しているわけでもなさそうだ。

『こっちはもう、ホテルのロビーに着いた。史奈を待って、一緒に部屋に行くよ』

携帯で、諒一が知らせてくる。史奈は自分の携帯に、「わかった」と短く答えた。教授が用意した、プリペイド式の端末だ。

「駐車場は異常なし」

乗り入れてすぐ、外の様子を見てくると言ってSUVを降りた容子が、車に戻ってきた。篠田は、徐行しながら駐車スペースを探している。四百台も停められる、ホテル地下の駐車場だ。

教授は、今朝がたすぐ郷原研究所に電話をかけ、郷原所長との面会を申し入れた。折り返し、所長から電話があった。

郷原は、新宿の都庁のそばにある高級ホテルのスイートルームを指定してきた。

『これで、こちらに害意はないとわかってもらえますか。お嬢さんも、ぜひ一緒に』

郷原がそう言うと、教授が気難しい表情になった。連れていくと言えば、史奈が教授と行動をともにしているのを認めることになる。

「行きます」

教授が迷っているのを見て、史奈が横から答えた。教授は怒ったような目をしたが、自分のことは自分で決める。

教授は、和也の運転する車で、諒一と一緒に先行している。こちらは篠田に連絡し、新宿駅で落ち合って、彼の車でホテルに送ってもらうことにした。これから起きることには、篠田と彼の車も必要だ。

篠田の立場が、今もよくわからない。

遥は、彼が西垣警備保障を辞めたと言った。郷原研究所の仕事をしていて、疑問を感じたのだろうか。本気で職をなげうってまで、〈梟〉に協力するつもりなのだろうか。

後部座席から、運転席にいる篠田の表情は読み取れない。必要な時しか口を開かないので、何を考えているのかもよくわからない。そのくせ、時々こちらを見つめる視線を感じる。史奈がよそに気を取られている時だ。

「では、後でね。史ちゃん」

「容子ちゃんも、気をつけて」

教授と諒一、史奈の三人で郷原に会う。

「――気をつけろよ」

史奈が後部座席から降りると、篠田が低く声をかけてきた。彼は、史奈が郷原と会うことに、反対していた。郷原には、あまりいい印象がないようだ。

「大丈夫」

史奈は戸惑いながら小声で応じ、ショルダーバッグを肩に揺すり上げた。あいかわらず、身体にぴったり添う黒のタートルネックに、ブラックジーンズだ。武器なしでは頼りない気分がするので、バッグに狩猟ナイフを忍ばせている。ウサギくらいなら楽に仕留められるが、警察に見つかると、まずいことになるかもしれない。

駐車場からエレベーターに乗り、一階ロビーに向かう。大理石の床や鏡を張った壁を見て、史奈は落ち着かない気分になった。質実剛健が〈梟〉のモットーだ。

「史奈」

ロビーで教授らを捜していると、向こうから見つけてくれた。濃紺のジャケットに、グレーのパンツ姿の教授と、赤に紺のラインが入ったスポーツウェアで、両手をポケットに突っ込んだ諒一だ。急ぎ足でそちらに向かうと、教授が眩しげに目を細めた。

「やはり、お母さんによく似てきた」

「行きましょう」

愛想のない態度に、教授が微苦笑する。

不用意な愛情表現は苦手だ。どう反応すればいいのかわからなくなるし、そもそも反応を求められているのかどうかもわからない。祖母の桐子は、常に冷静で感情より理屈が先に立つ人だ。桐子に育てられたせいか、史奈も彼女に似てきている。

「失礼ですが、榊教授でしょうか。郷原所長の指示で、お迎えに上がりました」

声をかけられた。黒に近い、濃紺のスーツを着た男性が案内してくれる。ここのエレベーターは、ルームキーを入れなければ宿泊階に止まらないのだ。

諒一は、じっと階数表示を見上げている。史奈は、スーツの男の存在を意識していた。さほど大柄ではないが、スーツの肩のあたりを見れば、鍛えた身体つきが透けるようだ。この男はおそらく、諒一と容子を拉致しようとした連中の同類だ。落ち着いているが、教授もそれはわかっているはずだ。

「こちらへどうぞ」

壁の間接照明や、歩くと足が沈み込む絨毯や、ちょっとした空間を埋める猫足のテーブルや置物などに視線を配りながら、進んでいく。いちばん奥のドアをノックし、スーツの男性がドアを開いた。

「榊教授。よく来てくれました」

ホテルのスイートルームになど、入るのは初めてだ。ほとんど高級マンションの一室のようだった。ワインレッドの革張りのソファから、黒いタートルネックに辛子色のジャケットを着た男が立ち上がった。遥の父親なら五十代半ばだと思うが、セルロイド縁のメガネをかけた顔は、こわばったように表情が乏しく、皮膚全体に小じわが多いせいで、教授よりずっと年上に見える。

「郷原です。そちらがお嬢さんの史奈さんですね」

郷原が、熱っぽい視線をこちらに向けた。初めて会う男だが、まるで昔からよく知っているかのように凝視され、戸惑う。

「どうぞ。どうぞ、座って」

ソファを手でぞんざいに示したが、ゆったりした動作で腰を下ろしたのは、教授ひとりだった。史奈は諒一とともに、教授の後ろに護衛のように立った。郷原は、薄い唇の端をひねり、蔑むような笑みを浮かべた。

「警戒心が強いですね」

「郷原さん。史奈が里で見たものを思えば、無理はないでしょう。私が面会を申し込んだ理由も、よくおわかりのはずだ」

教授が身を乗り出して非難する。

迎えに来たスーツの男は、部屋のドアを閉め、その前に佇立(ちょりつ)している。史奈はスイートルームの間取りと、人間の気配に神経を研ぎ澄ませた。このホテルのホームページでスイートルームの写真を何枚か見て、おおよその間取りはつかんでいる。彼らが今いるのは応接とダイニングが一緒になった部屋で、隣は寝室だ。その向こうにバスルームがある。

音と気配から、ここにいるのは、いま目に見えている五人だけだと史奈は断言できた。

「単刀直入に尋ねますが、長栖夫人と、里の者はどこにいるんですか」

「教授、まあそう慌てずに」

郷原は余裕たっぷりに手を振った。

応接のテーブルには紅茶のポットがあり、郷原が四つのカップにお茶を注いだ。香気がふわりと立ちのぼる。

史奈は、ふだん穏やかな教授が厳しい表情になるのを感じ取った。

「郷原さん。あなたは、事態の深刻さを理解していないようだ。里でひとり、撃ち殺されたことは知っていますか」

「知っています——冷めないうちにどうぞ」

郷原が、何の感情も表さずカップを教授の側に押し出したことに、驚いた。

双方とも警察に頼りたくないのは確かだが、違法行為を働いたのは郷原のほうだ。なぜこんなに平然としていられるのだろう。

教授がカップを無視すると、郷原は両手の指先を合わせ、カップから立ちのぼる湯気を観察するかのように視線を当てた。

「最初に説明しておきますが、あの事故はたいへん不幸な行き違いでした。私は、里の皆さんを手厚く施設に迎え入れるつもりだったのに、双方に誤解が起きたんです。撃ち合うなどとは、夢にも思わなかった。ここは日本ですからね」

「集落に、深夜、なんの前触れもなく押しかけてきたんですよ」

教授が、難詰する口調になっている。

「わかっています。しかし、まさかいきなり猟銃で撃たれるとは、こちらが頼んだ人たちも思わなかったわけですよ」

史奈は混乱した。郷原は、〈梟〉の側から攻撃したと主張しているのか。最初に撃たれたのは勢三だった。あの時、祖母が「勢三がやられた」と言ったので、史奈も驚いて風穴に逃げ込む意思を固めたのだ。

「一発めは猟銃じゃなかった」

史奈が断言すると、郷原が意外そうにこちらを見て首を振った。

「私はそう報告を受けましたよ」

「最初に撃たれたのは勢三さんです。勢三さんは、理由もないのに誰かを撃ったりするような人じゃない」

「──史奈」

もっと反論したかったが、教授の制止でひとまず沈黙する。

「そもそも、彼らは家の中に押し入ったわけではなかったんです。路上に車を停めて、端の家から一軒ずつ訪問しようとしていた。ところが、いらぬ恐怖心を与えてしまったのでしょうな。過剰防衛をされて、猟銃で撃たれたのでこちらも撃ち返した。そういう話です」

「郷原さん。そちらの言い分はわかりました。どちらが先に撃ったかは、史奈も含めて、生存者の証言によるしかない。だが、そちらが拳銃を持っていたのは、違法行為でしょう」

「それについては、返す言葉もありません」

「むろん、長栖家の件もあります」

「あれも長栖夫妻の過剰防衛が原因です。こちらは長栖夫人を施設に招聘するつもりでしたが、ご主人が断ったため、少々強引に夫人をお連れしようとした。ご主人がベランダから落ちて怪我をされたのはお気の毒でしたが、最初から穏便に交渉に応じてくれていれば、あんなことにはならなかった。〈梟〉の皆さんは血の気が多すぎるようですな」

史奈は、隣に立つ諒一を横目で見た。腕組みした諒一は、大仏のような半眼になり、微動だにせず聞いている。軽薄な雰囲気は消え、細身の鞭のような、厳しいしなやかさがあった。子どものころの諒一は、こういう雰囲気だった。ふだんの軽さは演技で、諒一の本質はむしろこちらなのかもしれない。

教授が身を乗り出した。怒りの波動が伝わり、室内の空気が、ぴりっと張り詰めた。腰かけた姿勢から、教授が跳躍して郷原を倒すのではないかと、一瞬、史奈は錯覚した。

「郷原さん。話になりません。この日本では、本人の意思に反して無理やり連れ去ることを、拉致というんです。過剰防衛などと言い訳したところで、通用しませんよ」

「まあ、お説ごもっとも」

砂糖壺から角砂糖をつまみ入れ、スプーンでくるくるかき混ぜている。さすがの教授も、むっとした様子でテーブルを叩いた。

「とにかく、みんなを解放してください。話はそれからです」

「だが、皆さんが果たして、外に出たいと言うかな」

郷原が紅茶をすすり、いま自分が口にした言葉の衝撃度を測るかのように、こちらの顔を順に見回した。

「どういう意味です」

教授と郷原が睨み合っている。

「私は、皆さんが聞けば驚くほど長い間、〈梟〉について研究を続けてきました。その結果、わかったことがあるんです」

――〈外〉の者が、〈梟〉について理解できるわけがない。

史奈は反抗心でいっぱいになり、いつでも応戦できるように身構えた。

ここには〈梟〉が三人いる。教授の能力は未知数だが、諒一の運動能力は、これまで目にした通りだ。郷原と背後のスーツなんかに、負ける気はしない。

郷原が、ふっと息を吐き出した。

「〈梟〉の能力は、ウイルス感染によるものです。皆さんは、特定地域に土着した、非常に珍しいウイルスに感染しているんです」

六日め　10:20　容子

昼の光で見る郷原感染症研究所は、病院にも似た、ごく一般的な施設だ。

窓はすべてブラインドカーテンで目隠しされているが、玄関からは職員らが大勢、出入りしている。

スマートフォンにメールが届いた。

SUVの助手席に身体を沈めていた容子は、画面をちらりと見て待った。運転席の男は、無言が苦にならない様子だ。

サイレンが遠方から聞こえだす。救急車が、研究所の玄関前に乗りつける。

彼女はすぐさま、かぶっていた黒い目出し帽を顎まで下げた。顔が隠れる。

運転席の男に頷きかける。

あとは、猫のようにしなやかに、車から滑り降りる。

六日め　10:20　史奈

「冗談じゃない！」

諒一が握りしめた拳を震わせ、郷原に向かって大きく足を踏み出した。

「ウイルスだって？　そいつは、あんたが西垣警備保障の連中を説得するのに使った手だろう。オレたちがそんな手に引っかかるとでも思うのかよ！」

「諒一君、いいから座りなさい」

教授が鋭く声をかけると、頭に血がのぼっている諒一は、真っ赤になってふてくされたまま、どさりとソファに尻を落とした。

郷原が椅子の上で身じろぎした。

「――君たちは、榊教授やご両親から何も聞いていないのか？　君たちの里で、今はともかくとして、昔はどんなことが行われていたか、本当に何も知らないのかね？」

教授は黙っている。

――どうして反論しないの。

史奈は教授の視線を捕らえようとしたが、教授はじっと郷原に視線を据えたままだ。何かがおかしい。教授も、何かを隠しているような気がする。

史奈の脳裏で、激しく警報が鳴り響いた。

「――待って」

史奈が身を乗り出すと、郷原がこちらを興味深そうに見つめた。

「君は、お母さんによく似ているね」

「――そんなことは、今はいいです」

この男は、こんな時に人の気持ちを乱そうとする。それがまた許しがたい。

「そちらの言い分なんか聞きたくもない。こちらの要求はただひとつ。みんなを無事に取り戻すこと。他の話はそれからです」

「そうだ。まずみんなを解放してから、話をするべきだ。みんなが無事かどうかすら、オレたちにはわからないんだぞ」

諒一が意気込み、生色を取り戻す。

郷原は小さなため息をついた。

「――しかたがないですね。無事だとわかれば、冷静に話をすると約束してくれますか」

「もちろん」

「研究所と、スカイプでつなぎます」

テーブルに置かれていたタブレットを、郷原が素早く操作し始めた。こちらに向けられた画面には、白い壁と椅子が映っている。この映像は、例の研究所の地下から送られているということだろうか。

椅子には誰も座っていない。向こうは妙に騒がしく、金属的な物音と、誰かが罵り叫ぶ声が聞こえてくる。

「何をやってるんだ、誰かいないのか！」

郷原が狼狽し、苛立ちを露わにして呼んだ。

『すみません、所長』

「野島君！　何が起きているんだ」

画面に飛び込んできたのは、黒々とした髪をボブにした、四十前後の女性だった。これが野島か、と史奈は画面に見入った。色を失った様子で、彼女は眉間にしわを寄せた。

『所長のお嬢さんが、救急車を呼んだんです。救急隊が来て、騒ぎが』

「なんだと」

『地下二階にも侵入者がいます』

郷原の動揺を見て、史奈は内心で快哉を叫んだ。遥と容子が、計画通りに救出作戦を決行したらしい。出入り自由な所長の娘である遥が、研究所から「地下二階で人が倒れた」と救急車を呼ぶ。救急隊が到着しても、研究所の職員や警備員らは、いたずら電話だと断るだろう。だが、そこに遥が現れ、地下二階で急病人だから来てくれと救急隊に声をかける。

警備員らは救急隊のいる玄関に集まる。騒ぎにまぎれて、容子が駐車場から内部に侵入する。エレベーターのメーカーや型番を諒一が調べておいたのは、カードキーを偽造するためだった。

「君たちの仲間か！」

血の気を失った顔で、郷原がこちらを睨みつけた。

「馬鹿な真似をしたものだ。うちの娘まで言いくるめたのか？　こんなことをしたところで、何も変わらんぞ」

誰かの叫び声と、制止しようとする声が混じって聞こえた。

野島が、ハッとした様子で横を向いた。彼女を押しのけて誰かが現れた時、史奈は最初それが誰だかわからなかった。

画面に現れたのは、白い病衣のようなものに身を包んだ人物だった。

「――ばあちゃん！」

祖母の桐子だった。無事を知り、史奈は喜びに満ちた声を上げた。祖母は黒いひじ掛け椅子に自分から腰を下ろし、思いもよらず険しい顔をこちらに向けた。

『史ちゃん、そこにいるのね？　篤郎（あつろう）さんも』

「ばあちゃん、早くそこから脱出して！　容子ちゃんが行ったでしょう」

祖母は、自分にも他人にも厳しい人だった。ほんの子どものころ、史奈は祖母に嫌われているのかと錯覚することもあった。その、厳しい表情を、彼女は今こちらに見せている。

『史ちゃん、この騒ぎをすぐにやめさせなさい。今すぐに！』

史奈は息を呑んだ。祖母は何を言っているのだ。みんなを助けるためなのに、何を誤解しているのだろう。

「ばあちゃん、それは――」

『おまえは〈梟〉を滅ぼす気なの？』

事情を説明しようとした史奈に、切りつけるような鋭さで祖母が尋ねる。

一瞬、頭の中が真っ白になり、教授と諒一を見た。彼らも驚愕しているが、先に平常心を取り戻したのは教授だった。

「お義母さん、そこに容子君がいるのなら、画面に映るところに来させてください。容子君とスタッフが争っているのなら、すぐにやめるよう言ってください」

祖母の反応も早かった。『容子！』と鋭い声で呼ぶと、しばらく間をおいて、画面の向こうがだんだん静かになり、やがて頬を紅潮させた容子が祖母の隣に現れた。容子の後ろに、やはり病衣に身を包み、悲しげな表情をした中年の女性も現れて、彼女の肩に手を置いた。容子と諒一の母だと、史奈は悟った。

郷原は誰かに電話をかけて、事態を収拾しようと努めているようだ。

『――これはいったい、どういうことですか。母さんも、ちゃんと説明してよ』

容子の目が怒っている。仲間を救出するため、遥の手引きで地下に飛び込んだと思えば、母や〈梟〉の仲間たちは、逃げるどころか争いをやめろと言う。

　ふっと、厳しかった祖母の表情が緩んだ。色の褪せた唇に、淡い笑みまで浮かんでいる。

『容子ちゃん。みんなも、私たちを助けに来てくれたことには、感謝するわ。だけど、何も聞かずにこのまま帰ってちょうだい』

　容子がこめかみをひきつらせ、何か言おうとしたが、彼女の母親が『やめなさい』と言うように引き止めて、首を横に振った。

『──私には理解できません。皆さんが嫌だというなら、母だけでも連れて帰ります』

『私も行けないわ、容子』

『どうして！』

　母親が容子を抱きしめて、頭を撫でた。

『ごめんなさい。だけど、今は説明している時間がない。早くここから撤収して。救急隊が、ここまで降りて来ようとしているらしいから』

　容子は呆然とし、怒りと混乱で身動きできないでいるようだ。

「仕切り直そう」

　教授がきびきびと指示した。

「容子君、ひとまずそちらの指示に従って、脱出してくれ。郷原さん、彼女の無事を約束してくれますね」

「いいでしょう」

郷原が肩をすくめて頷き、電話に向かって命令を出す。

『私は納得してないから！』

向こうで何か言われたらしく、容子が強い口調で宣言し、まるで飛ぶように画面から消え失せた。

「ばあちゃん、どうしてなの。どうして逃げないの」

祖母が画面をまっすぐ見つめた。

『史ちゃん――。聞き分けてちょうだい。私たちは出られない。史ちゃんは里に戻って、お堂を守って』

「家も里もみんな焼けてしまったよ。住むところなんて、もう何もないよ」

『篤郎さんに頼りなさい。篤郎さんなら、きちんとしてくれるから』

もどかしい。祖母が何を考えているのかわからない。里が襲撃され、捕らえられて、混乱しているのだろうか。あるいは、薬物を与えられているのかもしれない。病衣を着ているせいかもしれないが、祖母の様子は、いつもより十歳以上も老けて見え、疲れてもいるようだ。

「ばあちゃん、勢三さんが死んでしまったんだよ」

『勢三には、本当に気の毒なことをした』

そう言った時の祖母の声には、〈里〉のリーダーとして采配を振っていた頃の気迫がこもっていた。祖母は、画面越しにひたと史奈の目を見つめた。

『だけどね、史ちゃん。私の言う通りにしてちょうだい。納得できないかもしれない。だけど、なかったことにするんだ。あなたのお父さんに助けてもらって、事件のことも、私たちのことも忘れなさい』

「ばあちゃん、いったい何を言いだすの？」

驚愕して、史奈は鋭く叫んだ。祖母の視線が、隣にいる教授に注がれる。

『篤郎さん、史奈を頼みますよ。いつか史奈もわかってくれると思う。だから、絶対にここには来ないように説得して』

「お義母さん、申し訳ないですが、それは無理な相談です」

ためらいがちに教授が口を開く。

「里が全焼し、住民がひとり死んで残りはみんな消えたので、いま警察が捜査しています。日本の警察の捜査能力は高いですよ。我々が探し当てたくらいですから、警察もきっと郷原研究所を探し当てます。いくらなんでも、やり方が稚拙すぎた」

最後の言葉は、郷原への当てこすりだ。郷原が苦い表情になり、肩をすくめた。

「それはこちらの問題です。心配ご無用」

「ばあちゃん、みんなでまた一緒に、里の暮らしを続けたくないの？　他のみんなはどうしたの？」

　矢継ぎ早に繰り出す史奈に、祖母はどこか悲しげに頷いた。毎日、顔をつきあわせて生活していたのに、祖母の顔を正面からじっと見るのは初めてだ。表情の動きにあわせて、目じりや口の周りに細かい皺が寄ることにも気がついた。

『みんな元気だよ。心配いらない』

「だったら！」

『誰か来る。もう時間がない。聞き分けなさい、いいね』

　祖母が威厳を取り戻し、きっぱりと告げる。

「ばあちゃん！」

　悲鳴のように、史奈は叫んだ。祖母の姿が画面から消え、スカイプの接続が切れた。

　――こんな馬鹿なこと、起きるわけがない。

　史奈は両手を絞るように握り合わせた。

　せっかく捜し当てたのに。祖母の桐子も、長栖の母親も。〈里〉のみんなも無事で一緒にいるというのに、なぜ脱出しないのか。

　自分たちは、穏やかに〈里〉で暮らしていただけなのに。なぜ突然、こんなことになったのか。どうして戻れないのか。

「正直に言いますが、私は〈梟〉の皆さんの理解力に驚かされました」

　郷原が呟く。

「高齢の方が多いし、ずっと地方の集落に閉じこもって暮らしていて、科学的な知識があるようにも見えなかった。ところが皆さん、私の説明を、まるで聡明な十代の子どものように、吸収してくれた。しかも、自分の身体に関わるショッキングな話であるにもかかわらず、実に冷静に受け止めてくれた。これは本当に、驚くべきことです」

「知るかよ、そんなこと！」

　諒一が跳ねるように立ち上がった。

「教授、史奈、帰ろう！　こいつはみんなを帰す気なんかないんだ。榊のばあちゃんが、あんなこと言うなんておかしいよ！　こいつがみんなを騙してるんだ」

「——私もそう思う」

　史奈も立ち上がった。郷原が彼らを帰さないのなら、こちらは祖母がなんと言おうと力ずくで取り返すしかない。

「血の気が多いのは、誉められたものではありませんよ。失礼だが、君たちは〈梟〉の先達と比べて、ずいぶん愚かなようだ」

　郷原が顔をしかめて言い放った。ものも言わずに諒一が郷原に飛びかかる。

「よしなさい！」

　あっという間に教授が諒一の襟首をつかんで、引き離した。教授も〈梟〉のひとりだ。

諒一には負けていない。扉を背にして立つスーツの男は、展開の早さについていけず、慌てて郷原に駆け寄ろうとして、まごついている。

教授が諒一を捕まえたまま、郷原とじっと睨みあった。

「――郷原さん。こんなやりかたは、絶対に許さない。人間の尊厳を踏みにじるような、こんなやりかたは」

郷原が、一瞬、爆発的な憎しみをこめた目で、教授を睨んだ。何か言おうとした彼は、言葉にならず顔を歪め、発作的にのけぞって笑いだした。突然、人格が壊れたような、突発的な大笑いだった。全身を揺らし、足をばたばたと踏み鳴らし、とめどもなく笑い続けている。史奈も教授たちも、薄気味の悪いものを見るように、眺めているしかない。

「なんという偽善だ！　教授」

「なんだと」

顔を赤くし、笑みの残った顔から涙をぬぐいながら、郷原が教授をまた睨む。

「尊厳を踏みにじる？〈梟〉が人間の尊厳なんか尊重したことがあったか？」

「――君はいったい、〈梟〉の何を知っているというんだ」

教授の静かな怒りも、もっともだ。

ふいに、郷原が醒めた表情になり、立ち上がった。

「どうぞ。お帰りはあちらです」

教授と諒一が、しばらく郷原と睨み合っていた。

帰るぞ、と短く告げ、教授が出口に向かう。史奈は郷原に冷ややかな一瞥（いちべつ）を投げた。

「言っておきますが、皆さんも」

郷原の声が追ってくる。

「本当は、すぐ研究所に来るべきだ。手遅れにならないうちにね。榊教授は、ちゃんとわかっているはずだと確信していますがね」

――この男、何を言っている。

史奈は郷原をまじまじと見つめた。

冷たい怒りが、ひたひたと心臓を浸すような気がした。史奈は今、ひんやりと荒ぶる魂になりつつある。

その怒りをぶちまけてしまわないうちにと、史奈は足早に教授と諒一の後を追った。

八　妬むべからず

六日め　11：30　教授

――まずは、私の話を聞いてほしい。

里には、史奈たちが知らない、闇の歴史も隠されているんだ。

私が子どものころ、里の住人は百名を超えていた。集落に、二十軒以上の家々が、軒を連ねていただろうか。

〈梟〉の一族に、眠る赤ん坊が生まれた時、私たちはそれを〈カクレ〉と呼び、生まれてすぐ里子に出したり、間引いたりしてきたことは、もう知っているね。

だが、〈梟〉の闇はさらに深い。

私が五歳のころ、集落のはずれに、村雨（むらさめ）という一家が住んでいた。五十代の夫婦と二十代の息子、八十歳にはなろうかという老女の四人で暮らしていた。息子の範人（のりと）は快活な性格で、子どもの私を可愛がってくれて、時々遊んでくれたのだが、決して家には上げてくれなかった。

ある時、村雨家のそばを通りかかった私は、勝手口がうっかり開いたままになっているのを見かけてね。里の中で不用心ということはないのだが、好奇心も手伝って、扉を閉めるついでに中の様子を見てしまったのだ。

普通なら納戸でもありそうな奥まった位置に、木の格子で仕切られた小部屋があり、そこに誰かが蒲団を敷いて寝ているのが見えた。その当時は何だかわからなかったが、いわば座敷牢とでも呼ぶべきものだ。

寝ていたのは、里で見かけたことのない老人だった。石灰のように真っ白な髪で、痩せこけた人形かミイラのように仰向けになっていてね。それが、物音を聞きつけたのだろう。目玉だけ、ゆっくりと動かして、ぎろりと私を睨んだのだ。

私は悲鳴を上げて、逃げた。

後でさんざん親に叱られたのだが、彼は村雨の〈シラカミ〉だった。そう、君たちは聞いたこともないだろう。

すべての事情が呑み込めたのは、高校二年の春、村雨家から戸板に載せた何かがそっと運び出された時だった。それは、白いシーツできつく巻かれ、一族の墓地に運ばれていった。葬式も出さず、ひそかに村雨家の墓に葬られたのだ。

――〈シラカミ〉は家の恥。

そんな古い意識が、まだ残っている時代だったのだと思う。病人なのにね。

村雨の〈シラカミ〉は、一家の老女の父親だった。亡くなった時には百十歳を超えていたはずだ。というのも彼は、二十歳で日露戦争に従軍し、二百三高地の戦いで情報を収集するという活躍をしてのけた英雄だったからだ。

目覚ましい働きだったのだろうね。〈梟〉の存在を聞き覚えている元勲も、当時ならまだいたのかもしれない。陸軍に残るよう請われ、四十歳までの約二十年間、東京にいた。向こうで結婚もしたのだが、四十歳の時に奇病を患ってね。里に戻ったのだ。

外の者には奇病だったろうが、〈梟〉にとって、それはよく知る病だった。

ある日、突然、髪が真っ白になる。そして身体の動きがぎこちないと感じる。だんだん首が回らなくなり、身体中の関節が、まるで油をさし忘れた機械のように、ぎしぎしときしみ始める。表情も消えていき、立ち上がったり歩いたりするのも困難になり、ついには寝たきりになる。だが、〈梟〉の最大の特徴は変わらず、決して眠ることはない。

それが、〈シラカミ〉だ。急激に白くなる髪の印象があまりに強烈で、そんな名前がついたのだろう。

私の両親によれば、〈シラカミ〉になるのは、里から遣わされ遠方で長く忍びとして仕えた人間が多かったそうだ。ただし発病する人は稀だった。ずば抜けた身体機能を誇りにしている〈梟〉の感覚としては、身動きできなくなった仲間など〈梟〉ではないと言いたいところだろうが、里のために活躍した人士を、放り出して死なせるわけにもいかない。

だから、〈シラカミ〉を抱えた家族は、自宅に座敷牢をつくり、そこに隠した。身動きできないのだから座敷牢に押し込める必要はないのだが、なにがしかの不安がそこにはあったのだろうね。伝染病ではないのだが、昔のことだからそんな心配もしたかもしれない。

村雨家の〈シラカミ〉ほど長生きした人は、さすがに少ないようだけれども。

郷原の言っていた〈梟〉に対する中傷は、そのことではないかと思う。彼が、どうしてそんな昔話を知ったのかはわからないが。

〈カクレ〉も〈シラカミ〉も、〈梟〉の歴史が内包する闇の部分だ。己の闇を見つめることも、修行のうちだと私は思う。だから、こうして君たちにも話すことにしたのだ。

六日め　14：00　史奈

ビュン、と風を切り白樫（しらかし）の棒が唸る。

史奈は棒術の型を繰り返していた。時おり、郷原所長の人を食ったような表情が目に浮かび、棒先に殺気がこもる。

教授の隠れ家に、鍛錬に使えるような部屋はこの和室しかない。ごく一般的な住宅の天井なので、うかつに棒や木刀を振ると、天井に穴をあけてしまう。

だが、〈梟〉にとって、狭い場所で効果的に武器を使うのも鍛錬のうちだ。昔の忍びの屋敷には、外からは平屋にしか見えないが、中に入ると三階まである造りのものもある。三階はいわゆる屋根裏で、二階は極端に天井が低く、立つこともできない。大刀などもちろん振れない。そんな場所で戦うのだ。

〈梟〉は、制約を受け入れる。身体的、空間的な制限の範囲内で存分に働く。そのためにも鍛錬し、知恵をつけ技能を磨くのだ。

――どうして、ばあちゃんは帰らないの。

あれは祖母の本心ではない。郷原が言わせたのだ。そう思いたいが、あの口調から考えて、祖母は本気で出たくないと言っていた。

祖母だけではない。諒一と容子の母親も、行けないと言っていた。あれはいったい、どういう意味なのだろう。

気配を感じて廊下を見ると、容子が壁にもたれてこちらを見ていた。彼女も、戻ってからずっと鬱屈した表情を隠さない。ようやく母親の居所をつかみ、苦労して再会したというのに、拒絶されたのが納得できないのだ。

「――説明するから居間に集合って、教授が言ってる」

史奈が動きを止めると、容子は壁から背中を離し、親指を居間の方角に向けた。

「説明？」

帰りの車中で、既に〈シラカミ〉に関する説明は受けた。スマホを通じて、容子も聞いていたはずだ。

「郷原が、〈梟〉の力はウイルス感染によるものだと言った件。どういう意味か説明するって。諒一がしつこく質問していたから」

——ウイルス感染。

どうせ、郷原が適当な理由をでっちあげて、里のみんなを怖がらせているのに違いないと思っていた。

居間を改造した実験室には、教授と和也、諒一がそろっていた。篠田俊夫は、容子を合流場所に送り届けた後、車で去った。

「やあ、集まったね」

教授は、ついでに昼食も摂ることにしたようだ。中央のテーブルに、サンドイッチが山盛りになっていた。腹立ちのあまり食事など忘れていたが、急に空腹を意識する。郷原と面会してから、数時間しか経っていないのが信じられない。

「つまみながら話そう」

「お茶はペットボトルです、適当ですみません」

和也がひと走り、買ってきてくれたらしい。史奈は容子とともに、パイプ椅子をテーブルに近づけて腰を下ろした。諒一は難しい顔をして、椅子の上であぐらをかいている。

「食事なんて、いいよもう！　そんなことより、早く話してよ！　オレ、あの郷原って奴、絶対に許さないからな」

教授がちらりと苦笑し、頷いた。

「わかってる。私も許しがたいよ。――ただ、彼の言葉を聞いて、彼がなぜ里のみんなを拉致したのか、わかったと思う」

「どういうこと？」

史奈はサンドイッチに伸ばしかけた手を止めた。

「先日、睡眠について説明しただろう。あのとき私は、『なぜ〈梟〉だけが睡眠を必要としない体質を獲得したのか』を話さなかったね」

史奈もその点を疑問に感じていた。

「それを説明するには、まず、私たちヒトの持つすべての遺伝情報――ヒトゲノムの成り立ちから話さなくてはならない」

食事を始めながら、教授はゆっくり話しだした。

「ヒトのDNAには、何の役にも立っていない部分が九十七パーセントもあると言われている。ジャンクDNAなどと呼ばれて、ゴミのように扱われてきたんだが、近年この部分の少なくとも一部は、私たちのご先祖が、感染したウイルスから受け継いだ遺伝情報だとわかった。古いものでは、四千万年も昔に、ヒトが進化の過程でボルナウイルスから取り込んだと見られるものも見つかっている」

ウイルスから遺伝情報を受け継ぐという考えに、史奈は顔をしかめた。

「ちなみに、ウイルスが持つこの性質は、遺伝子治療にも利用されている。ウイルスの病原性を持つ遺伝情報を削除し、代わりに目的とする治療のための情報をセットするんだ。ウイルスという乗り物に、治療用の情報を乗せて、必要な場所に送り込むと言えばわかりやすいだろうか。これを、ウイルスベクターと呼んでいる」

「――郷原は、〈梟〉の能力はウイルス感染によるものだって」

史奈はぼそりと呟いた。郷原の嫌がらせだと思っていた。

「そう。〈梟〉の里にしかいない土着のウイルスが、我々の先祖のＤＮＡを書き換えたという仮説だね。なぜ〈梟〉だけが睡眠を必要としない、特殊な体質を受け継いでいるのか――という疑問に対する答えとして、私自身もそれは考えていたよ」

ふいに、容子がハッとした表情になった。

「教授も――ということは、教授の奥様もですか。ひょっとして、郷原がその仮説にたどりついたのは――」

「妻から聞いたのかもしれない」

教授の答えはため息のようだ。

「しかし、私たちの研究もまだ〈仮説〉の段階だからね。いくら閉鎖的な集団だとはいえ、〈梟〉だって他の集落と全く関わりを持たなかったはずはない。〈梟〉の民が土着ウイルスに感染したとして、それが〈梟〉以外に広まらなかったとは、信じがたい」

「郷原の目的が、そのウイルスを見つけて〈梟〉のような人間を増やすことなら、危険ではありませんか」

容子が腕を組み、考えこんでいる。

「たしかにそうだが、睡眠を制御するのが、ひとつの酵素やホルモンではなく、複数の要因が関係しているように、〈梟〉の特殊体質も、複数の要因が絶妙にからみあって生まれたものだと私は考えている。何百年もかけて、〈梟〉の体質が変化したんじゃないかな。単純に同じウイルスに感染させたところで、同じ結果が出るとは限らない。そういう意味では、〈梟〉は偶然が生んだ芸術と言ってもいいね」

なぜ、〈梟〉は眠らないのか。

一族の者なら、一度は自分に問いかけたことがあるだろう。すやすやと眠りをむさぼる〈外〉の者を見て、優越感と疎外感をほんのり覚え、自分たちの特殊さに思いを巡らせたはずだ。

教授は、その秘密に着実に迫りつつある。そしておそらく、郷原も。

史奈は、教授の言葉から変わりゆくＤＮＡ螺旋（らせん）の映像を夢想した。

ウイルスから得た遺伝子。

それが、〈梟〉の一族の細胞に取り込まれ、その能力に影響を及ぼしたというのか。

その能力は今や、〈梟〉の傑出した個性だ。

「ばあちゃんやみんなは、なぜ研究所から出たがらないの——？」

史奈の疑問に、教授が頷く。

「研究所に引き止めるために、郷原がウイルスの件を誇張して話したんだと思う」

だとすれば、ますます郷原は罪深い。

今朝、面会した時に、郷原は何のために〈梟〉を狩り集めたのか、理由を言わなかった。

——どうせ、欲のためだ。

そう切り捨てたいが、まだ何かある、と直感が囁く。郷原には何か、〈梟〉を集めようとする理由がある。

「——このままにはしない」

黙って話を聞いていた諒一が、真剣な表情で呟いた。

「なんとしてもみんなを連れ戻す。〈梟〉ってのは何なんだ？　高い能力があっても、それを使って目立っちゃいけない。陰にひそみ、闇の存在として生きなくちゃいけない。ハッ！　もう二十一世紀だよ？　もっと、自由に生きたっていいじゃないか。〈梟〉の血のせいで不幸になるなんて、おかしいよ！」

その通りだと史奈も頷きたかった。子どものころからの祖母の教えに背いてでも。

「だけど兄さん、母さんたちが逃げないと言うものを、どうやって連れ帰ればいいのか――。もう一度、侵入してじっくり説得する？」

長栖の母親以外は、みんな六十五歳以上の高齢者だ。とは言っても、いくつになっても〈梟〉は〈梟〉だった。力ずくで連れて行こうとすれば、激しい抵抗を覚悟しなければならないだろう。

「まさか、みんなが逃げないと言いだすとは思わなかったからね。わかっていれば、他の方法もあったかもしれないが――郷原所長との会見も、中途半端に終わってしまった。もう一度、彼と話すなら、取引の材料がいるな」

教授は物憂い様子で思案している。父親ながら、教授の態度は若干、腰が引けているようにも感じられる。

今朝の会見の模様を反芻し、史奈はふと顔を上げた。

「――遥が心配だ」

「冗談じゃない。敵の娘だぞ」

諒一が顔をしかめる。

「だけど、私たちを助けてくれた。あれから連絡がないけど、大丈夫かな」

郷原遥は、研究所に侵入する手助けをしてくれた。彼女がこちら側についたことは郷原も知ったのだから、あの後どうなったのか気になる。篠田俊夫が、今どうしているのかも気になるところだった。

「たしかに、あの後の研究所の様子も知りたいね。遥に電話してみたらどうかな」

容子の言葉に、教授も頷いている。史奈は教授が用意してくれたスマホから遥の番号にかけ、全員に聞こえるようスピーカーモードにした。

『はいはい、もしもしぃ？』

通話が始まったとたん、遥の大声と、それをかき消すほどの喧騒がスピーカーから漏れ、〈梟〉たちをぎょっとさせた。まだ午後二時すぎだが、どう聞いても酒場の喧騒だ。

──しかも、遥の声が酔っている。

「もしもし、遥？　あれからどうなったかと思って──」

甲高い、爆発的な笑い声が転がり出た。

『どうもこうもないわよう！　あいつが戻ってくる前に、あたし研究所を飛び出したもん。なんなの？　あんたの知り合いは、なんでみんな、あそこから逃げないの？』

今度は、途方に暮れたような声だった。遥の精神状態は、ジェットコースターのように上下変動が激しい。

電話の向こうで、誰かが遥に話しかけている。遥が、『史ちゃんよ』と呂律の回らない口で答えるのが聞こえた。

「ねえ、そばに誰かいるの？　どこにいるの」

『電話を代わった。篠田だ』

――篠田は遥と一緒にいたのか。

声は低く落ち着いているが、どこか苛立っているようでもある。

『六本木にいる。遥が飲みすぎているので、安全な場所に連れていくつもりだ』

――そうか、彼女は家に戻れないんだ。

当然、そうなるのだ。父親に公然と反旗を翻したのだから。

「安全な場所って――」

『とりあえず酔いを醒まさせる。それから本人に決めさせよう』

「待ちなさい」

教授が身を乗り出した。

「ここに連れて来るといい」

えっ、と和也や諒一たちが仰天している。

「先生、ここは――」

真っ先に和也が難色を示すなか、教授はきっぱり首を横に振った。

「彼らは私たちに味方してくれた。大丈夫だ。悪い人たちじゃない」

「私もそう思う。〈梟〉は恩知らずだと思われたくない」

史奈も頷き、教授の側についた。

「そういうことだ。篠田さん、落ち合う場所を決めてください。これから車で迎えにやります」

六本木ヒルズの毛利庭園で待ち合わせる約束をし、和也が迎えに行くことになった。

通話を切っても、和也がまだ不服そうなのは、篠田を完全には信用していないからだ。ここが郷原に知られれば、また襲撃を受ける恐れがある。

「そんな顔をするな、栗谷君。郷原の娘さんには、聞きたいこともある。彼女は希美と会って話したのだろう？　居場所を知っているのなら、教えてもらいたい」

それ以上は反駁できず、和也たちが黙り込む。なぜ教授の前から姿を消したのか。今でも郷原研究所にいるのか。行方不明を装っているのはなぜなのか。母の行動もまた、謎だらけだ。

「――教授。警察を利用することも、そろそろ考えたほうがいいと思います」

何やら考え込んでいた容子が進言した。

「昨夜、父の病室で話を聞いてきました。滋賀県警から、結川という刑事が東京に派遣されてきているそうです。連絡先もわかります。彼を味方につけておけば、いざという時に郷原を牽制できるかもしれない」

史奈は頷いた。集落が火災に遭い、ひとり死んで十二名が行方不明という大事件だ。警察も何らかの決着をつけるまで捜査をやめられない。〈梟〉の特殊能力には触れず、事件を別の角度から説明することができるなら――。

「そうだな。史奈の父として、話してみるべきかもしれない」

ふと、教授が表情を曇らせた。

「何より、今のままでは史奈は表の社会に顔を出すことができないからね」

たしかに、このままでは学校に戻ることも、普通に暮らすこともできない。

「僕はふたりを迎えに行ってきます」

和也が立ち上がる。

「私も行く」

自分でも理由がわからないまま、そう口にして史奈も立ち上がっていた。

「えっ、史奈さんが」

和也がなぜか動揺し、教授の助けを求めるように見た。引き止められるのかと思ったが、教授は頷いただけだった。

「気をつけて。栗谷君、よろしく頼む」

和也がぱっと顔を赤くし、逃げるように車庫に向かった。

六日め　14：30　結川

「本当か。それじゃ、榊史奈がホテルまで乗ってきた車は、そのＳＵＶに間違いないんだな」

結川は、ホテルの電話口で躍り上がった。わざわざ東京まで出てきた甲斐があった。

ホテルの駐車場に、防犯カメラがあった。榊史奈が男女ふたり連れと共に宿泊した日、ほぼ同じ時刻に白いＳＵＶが駐車場に入るところが映っていた。三十分後、ＳＵＶは駐車場を出ていき、ホテルの窓から誰かぶら下がっていると通報のあった時刻に、再び駐車場に戻ってきている。フロントも、三人はその車で来たと証言した。窓から見えたそうだ。

防犯カメラには、ＳＵＶのナンバーも映っていた。板橋区に住民票を置く、篠田俊夫という男性の名義で登録されている。この男性に、至急、連絡を取らねばならない。念のために、警視庁に依頼して、ＳＵＶに盗難届が出ていないことを確認してもらった。これで榊史奈の居場所がわかれば、東京に送り出してくれた捜査本部にも面目が立ちそうだ。

東京に来てから、何度となく、まだ成果はないのかと問い合わせがあり、正直、針の筵だった。世間の注目を浴びる大事件だけに、県警の上層部が早く結果を出そうと焦っているのかもしれない。

さっそく篠田俊夫の住所を訪問しようと立ち上がった時、スマホに着信があった。覚えのない電話番号だ。

「結川です」

『――突然、お電話してすみません。榊と申しますが、今よろしいですか』

榊という苗字を聞いて、背筋に電流が走る。行方不明になっている榊史奈の父親は大学の先生で、今は海外出張中らしいが、大学の事務局に、連絡を取りたいと伝えてもらうよう頼んでおいた。

「榊史奈さんのお父さんですね。もう、日本に戻られたのですか」

『ええ。事件のことは、だいたい聞いて知っています』

出身地の集落が全滅して娘が行方不明だというのに、落ち着いている。大学の先生とは、そういうものなんだろうか。

「ぜひ、お会いしてお話を伺いたいのですが。今どちらにおられますか」

『もしよろしければ、東京駅の周辺でお会いできませんか。一時間ほどで着くと思います』

教授は居場所を言いたくないのだろうか。それとも、成田に降りたばかりなのだろうか。落ち合う場所を約束し、電話を切った。どこか釈然としなかった。

六日め　16:00　史奈

「俺が助手席に乗るから、遥は後部座席で寝かせてやってくれ」

篠田がそう言って、遥を後部座席に押し込んだ。どれだけ飲んだのか知らないが、遥はひどく眠そうで、後部座席で史奈の膝を枕にすると、そのまま気絶するように眠りこんでしまった。

「あんな若い女の子に、泥酔するほど飲ませるものじゃないよ」

和也が不満そうに篠田に抗議する。彼は、篠田と合流してからずっと不満そうだった。

篠田は肩をすくめた。

「俺が飲ませたわけじゃない。呼び出されて、着いた時にはもうあんな状態だったんだ」

他人事(ひとごと)のように言っているが、篠田は史奈たちと落ち合うと、毛利庭園から駐車場まで遥に肩を貸して歩かせてきたのだ。言葉より行動のほうがずっと親切だ。

史奈は遥の頭を撫でた。呼吸が苦しげで、額に汗が滲んでいる。悪い夢でも見ているのだろうか。

「篠田さん、遥さんもだけど、スマホか携帯を持っている？」

和也が訊問口調で尋ねている。

「持ってるが、君らと会ってすぐ、電源を落としたよ。遥もだ」

期待した以上に、篠田は抜かりがない。もし郷原が携帯電話の位置を探知することができるなら、隠れ家の場所がばれてしまう。

「――ん」

遥が眉をひそめ、身じろぎした。

「大丈夫？　遥」

「ダメ。気持ち悪い――」

さっきまで酔いで顔が赤かったのに、今はむしろ頬が青白い。車の振動も手伝って、気分が悪くなったのかもしれない。和也と篠田が、こちらの様子を窺っている。

「和也さん、私たちどこかで降りられますか」

吐き気がするのなら、いったん車を降りて酔いを醒ましたほうがいいかもしれない。

「そうだな。もうじき渋谷の駅が見えるから、ヒカリエのトイレを借りる？」

「それなら俺も降りよう。ヒカリエって言われても、場所がわからないだろ？」

篠田の申し出に、和也が忌々しそうな表情になった。

「しばらく近くを走ってる。戻れそうになったら、僕に電話して」

史奈たち三人を車から降ろすと、和也は車で走り去った。

「遥、歩ける？」

歩くのも辛そうな彼女を連れ、篠田の誘導で明るいショッピングモールに向かった。

「女子トイレまでは入れないからな。前で待ってるよ」

篠田を外に残し、遥に肩を貸す。

「あたし、二日酔いの薬を持ってるんだ」

歩いているうちに少し気分がマシになったのか、遥が鞄の中を探って、薬を取り出した。

「何か買ってこようか？　冷たい飲み物とか」

「ううん、いい。もう、サイアク」

遥は水道の水とともに薬を飲みこんで、壁にもたれた。

「うちの父が何をやってるのか、絶対つきとめてやるって思ってた。協力してほしいって榊教授から言われた時には、これであの研究所の秘密がわかるんだって思ったのに」

「──ごめんね。まさか、ばあちゃんたちが逃げないって言いだすなんて」

「史ちゃんのせいじゃないけどさ」

「でも──おうち、戻れるの？」

「戻れるだろうけど、戻る気はないね。どうせお説教が待ってるだろうし。別にいいんだけど。そろそろ独立するつもりだったし、仕事だってあるし、事務所に言ってアパートでも見つけてもらえばいいから。気にしないで」

女優だと自己紹介していたのは、まんざら嘘でもないらしい。ショルダーバッグの中をしばらく探って、電子タバコらしきものを取り出し、くわえた。禁煙の表示があるのも、どこ吹く風だ。

ずっと遥に聞きたいことがあった。他に誰もいない、今がチャンスかもしれない。

「ねえ、遥は前に言ったよね。母から、私を助けるように頼まれたんだって。だけど、私の聞く準備ができていないから、まだ話せないんだって」

「――そうだね」

電子タバコの先が、小刻みに震えているように見える。

「母はどこにいるの？　どうして父の前から姿を消したの？　遥はどうして知り合ったの？　もし会えるなら、会わせて」

遥は眉間に深い皺を寄せた。

「――会わないほうがいいと思うよ。会うと辛いよ」

「どうして？　どういう意味？」

両親と別れたのは五歳の頃だ。記憶はあいまいで、母親の顔もぼんやりとしか思い出せない。史奈が今でも覚えているのは、珍しく風邪をひいて熱を出した時、寝床に横たわる史奈の額に当てられた、ひんやりと気持ちのいい手のひらの記憶だった。

「ねえ、遥。私の母なのよ。会ったほうがいいかどうか、私が決める」

遥の肩をつかんで揺すると、彼女は顔をしかめた。少し、力が強すぎたようだ。

「希美さん、病気なの」

「病気って、なんの」

初めて聞く話に驚く。遥はそれ以上、話したくない様子で、電子タバコをくわえたまま黙ってしまった。

「――連れていって」

「え？」

「居場所を知ってるんでしょう。連れていってよ！」

「史ちゃん――」

「子ども扱いしないでよ。傷つくかどうかなんて、私が判断することでしょう。母に会わせて。何が起きているのか、知りたい」

遥はしばらく、タバコを嚙んで黙っていた。

「――無理だよ。だって、研究所にいるんだから」

「研究所？」

驚いた。郷原所長は、里のみんなだけではなく、母も研究所の地下に隠しているのか。

祖母は知っているのだろうか。

　郷原に対する怒りが、再びふつふつと沸き上がる。

　教授は遥に母の居場所を聞くと言っていたが、研究所にいることがわかっても、すぐ行動には移さない恐れがある。教授は知的なのかもしれないが、リーダーとしては慎重すぎて、押しが弱い。

「――私が、研究所に行く」

「えっ――よしたほうがいいよ、史ちゃん」

　トイレのドアが開き、二十代くらいの女性が入ってきた。彼女が立ち去るまで、史奈たちは壁ぎわで黙りこくって待つしかなかった。異様な雰囲気を感じたのか、彼女は慌てて出て行った。

「私には会う権利があるはずでしょ。郷原所長が何を言おうと、私は自分のやりたいようにやる。中には入れないと所長が言うなら、私にだって考えがある」

「――うーん。賛成しにくいけど。確かにこのままだと、史ちゃんは気になってどうしようもないよね」

　遥がしぶしぶ頷いた。

　史奈は、ひとりで研究所に飛び込むつもりだった。教授に話せば確実に引き止められる。

「言っとくけど、私も一緒に行くからね」

遥が頑として言い張った。薬が効いてきたのか、酔いはかなり醒めたようだ。

「ボディガードがわりに、篠田さんも連れて行こう。どうせ外で頑張ってるだろうし。彼は行きたくないかもしれないけど」

篠田の名を聞いて躊躇した。篠田のことを考えると、気持ちが乱される。なぜだか、ついつい目で追ってしまう。

遥がちらりとこちらを見た。

「――顔が赤いよ、史ちゃん」

「えっ」

してやったりとばかり、笑っている。

「嘘。だけど、史ちゃんたら、ずっと篠田さんのこと見てるんだからさ。誰が見たって、まるわかりじゃん」

「――そんなんじゃないよ」

言い訳しながら、だんだん自信がなくなって、本当に顔が熱くなってきた。遥が楽しげに笑っている。

「さあ、篠田さんに事情を話して、そのへんでタクシーを捕まえよう。さっきの車の彼には気の毒だけど」

いったんこうすると決まれば、遥の決断も早い。勝手に研究所に向かったとわかれば、和也が仰天するだろうが、このままおとなしく帰るつもりもなかった。今朝、容子が研究所に侵入した時は、事情がよくわかっていなかった。今は違う。

真正面から、堂々と乗り込むつもりだった。

六日め　16：00　結川

東京駅のティールームは、凄惨な事件の関係者から事情を聞くには、あまり似合わない場所だ。

客は年配の夫婦や、女性の集まりが多い。近くのテーブルでは、カジュアルな服装の若いカップルが話しこんでいる。顔立ちが似通っているので、兄妹かもしれない。目の前にいる端整な中年男性は、結川よりこの場所の雰囲気に慣れている様子だった。

榊篤郎。行方不明になっている榊史奈の父親で、大学教授だ。

「教授は、東京に来られてもう長いと伺いましたが」

「ええ、十一年になります」

「その間、集落とはやり取りがあったんですか。お嬢さんがおられたんですよね」

「やり取りは、まったくありませんでした。娘は妻の母が面倒を見てくれていました」

何を話しても端正で、感情のほころびもない。結川は、長年の警察官生活で、海千山千の刑事になったつもりでいたが、この教授の前では、ふいに何を尋ねるべきかわからなくなり、途方に暮れる瞬間があった。

「単刀直入にお尋ねしますが、今回の事件について、心当たりはありませんか」

教授が微笑んだ。謎の微笑だ。

何か言いかけた時、テーブルの上に出していた、教授のスマホに着信があった。かすかに眉をひそめ、「出てもいいですか」と礼儀正しく尋ねた。もちろん、止める理由はない。

「――なんだって。連絡は？」

とたんに、教授の余裕に満ちた態度が、潮が引くように消え失せていった。声が大きかったせいか、近くのカップルがこちらを見た。

「スマホを持たせていただろう。居場所はわからないのか」

相手の回答が、期待したものではなかったらしく、教授の表情は驚きに満ちている。

「――わかった。後でかけ直す」

誰と話していたのかと尋ねたい。だが結川は、こんな時、沈黙のほうが相手の言葉を引き出せると経験から知っている。

教授はしばし、テーブルに載せたスマホを睨み、黙っていた。

「――結川さん。私は今日ここに、相談したいことがあって来たのです」

そら来たぞ、とほくそ笑みながら、結川はとぼけて頷いた。

「私たちは、極端な秘密主義の一族なんです。外の皆さんから見れば、なぜそんなことを秘密にするのかと不思議に思われるようなことでも、秘密にします」

「忍者の末裔だからですか」

結川が冗談めかして尋ねると、教授は困惑ぎみに微笑んだ。

「ええ、そう――よくご存じですね。その秘密主義のせいで誤解も生みますし、私のように里を下りた人間は、里の人間との通信を絶たれたりもします。困ったものです」

教授が何を示唆しようとしているのか読めず、結川は先を促すため黙った。教授は一瞬、視線を床に逸らした。

「史奈は、私が保護していました」

意味がわからなかった。

「――何ですって」

「里で事件が起きた時、史奈だけが脱出して山に隠れていたんです。朝まで待ち、知人の車で東京に逃げて来ました」

開いた口がふさがらないとは、このことだ。思わず身を乗り出していた。

「お嬢さんを、教授が保護しているんですか。どうして警察に連絡しないんです。あれだけニュースが流れていたのに」

「里で何が起きたのか、私たちにもよくわからなかったんです。状況が見えるまで、慎重に様子を見ていました」

秘密主義もいいかげんにしろと言いたかったが、榊史奈が無事なのは何よりの朗報だ。

「とにかく、無事で良かった。お嬢さんからお話を聞きたいのですが、今どちらですか」

それが、と言ったなり、教授は答えに窮するように見えた。

「つい先ほど、お目付け役の私の助手をまいて、どこかに消えたらしい」

「――消えた？」

あまりの答えに、結川は言葉を失い、椅子の背にどさりと深く倒れこんだ。警察が必死で行方を追っている事件の関係者を、家族がひそかにかくまい、あまつさえ逃げられたというのか。

「――教授。これまで我々は、お嬢さんを拉致の被害者と考えていました。しかし残念ですが、今のお話を伺う限り、お嬢さんも事件の最重要参考人だと言わざるをえません」

「――まさか。本気でおっしゃっているのではないでしょうね」

「では、なぜ逃げるんですか。いいですか、教授。集落で誰が何をしたのか、いっさい不明なんですよ。誰かが銃を撃ち、乾勢三さんを殺した。そして、集落の十数名の住人が行方不明になり、火災で集落が全滅した。拉致、および放火の疑いもある。重罪事件です」

教授が苛立ったように、頬を震わせる。灰色の目が、結川の心の底を観(み)ようとするように、こちらを覗き込んでくる。

「教授、私は本気です。違うと言われるのなら、榊史奈さんの情報を詳しく教えてください。携帯の番号、服装、一緒にいた人、車、姿を消した場所、何もかもすべてです。後は我々が行方を追いますから」

「——警察は信用できますか」

教授の言葉に、結川は驚くというより呆れるほかなかった。この先生は、おかしな陰謀論にでも取りつかれているのだろうか。

「信用してもらうしかありませんな。お嬢さんが無実だと言われるのなら」

睨みあったが、教授が折れるのは時間の問題だと感じた。

六日め　17：00　史奈

玄関の自動ドアをくぐる。

遥と篠田が後ろからついてくる。

「入館証を」

無視して通り過ぎようとすると、受付の中年の警備員が慌てて制止した。腕ずくで通るのは、まだ早い。

「榊史奈です。郷原所長に会いに来ました」

警備員は、背後の遥に気づいたようだ。相棒の警備員が、内線電話でどこかに知らせている。

「そこをのいてよ。私が案内するから」

遥がずいと史奈の腕を取り、エレベーターに向かおうとすると、警備員が立ちふさがった。

「申し訳ありませんが、お嬢さんを研究所に立ち入らせるなと所長から指示されていますので」

「なんですって？」

遥の腕を取ろうとした警備員の手は、篠田が無造作に割り込んで払いのけた。むっとした顔つきで警備員が彼を睨む。

彼らのような警備員が何人出てこようと、なぎ倒してでも侵入する自信はある。だが、今はまだその時期ではない。

――もう、こんな中途半端な状態は嫌だ。

里の者も母も、ここにいるとわかっているのに、どうしようもないだなんて。

必ず決着をつけるつもりだった。みんなを救出し、取り戻す。戻りたくないと言うのなら、その理由を突き止める。

「やあ、史奈さん！　やっぱり来たね」

エレベーターが開き、中から郷原所長が降りてきた。内線電話で呼ばれたようだ。ほのかに頬を紅潮させている。やっぱりという言葉に、史奈は顔をしかめた。

「母や祖母に会わせてください。でないと、郷原研究所は人さらいだと、大声で触れまわりますよ。警察やテレビが喜んで飛んで来ます。私は目撃者ですから」

史奈が語気を強めると、警備員が苦い表情になった。郷原が首をかしげた。

「本人たちが進んで来たのに、人さらいはないだろう。会いたいというのなら、止めはしないよ」

あんまり素直に首肯(しゅこう)されると、罠ではないかと疑いたくもなる。

「こちらにどうぞ――」

エレベーターに導きながら、郷原が何か言いたげに遥と篠田を見たが、遥が「ぜったい一緒に行くんだから」と言いたげに史奈の腕にしがみつくと、もはや諦めたのか、何も言わなかった。

全員がエレベーターに乗り込んで、郷原が地下二階のボタンを押すのを見守る。

——会うんだ。

史奈は、胃のあたりに重苦しい緊張を感じた。遥にさんざん脅かされたせいだと、自分を宥める。教授に会った時だって、平静を保っていられたじゃないか。

遥が、腕をぎゅっとつかんだ。

地下二階の廊下は、ごく普通の病院のような造りだった。照明は明るく、壁はクリーム色、床はモスグリーンで統一されている。

「さて——?」

意味ありげに郷原がこちらを見た。母から会うのか、祖母から会うのかと尋ねているのだ。祖母は、容子が侵入した際に、来るなと明言していた。

「母から」

郷原が頷くとともに歩きだす。遥がさらに強い力でしがみついてくる。まるで、彼女のほうが史奈より怯えているようだった。

「——史奈。お母さんに会うのが、本当にいいことかどうか、俺は今でも迷ってる」

篠田が背後からそっと囁いた。彼は渋谷ヒカリエで「これから研究所に行く」と打ち明けた時からずっと、反対し続けている。史奈は黙って首を横に振った。心配してくれるのはありがたいが、これは自分と家族の問題だ。

篠田が小さくため息をつき、後はもう何も言わなかった。

郷原は、両開きのドアの前で立ち止まり、脇に避けた。

「自分の目で見たほうがいい。この中に榊希美さんがいる」

史奈は郷原を睨み、ドアを開けるために遥の手を外させた。

呼吸を整え、そっとドアのノブを回す。鍵は開いている。室内にはほのかに薬品臭が漂っていた。ここは病室なのだ。

照明は廊下よりもやや薄暗い印象だった。病人の神経に障らないよう、暗めにしているのかもしれない。白い個室の中央に、透明なビニールのカーテンで仕切られたベッドが置かれている。後ろから郷原が言った。

「クリーンブースの中には入らないように。そこは滅菌してあるからね」

女性がひとり、寝ていた。顔を見て、「ああ」と呟きが漏れた。祖母の桐子とも史奈自身とも、共通点のある顔立ちだ。鼻筋が通り、はっきりした目鼻立ち。美しいというより、気性の勝った性格を思わせる、しっかりとした顎のライン。だが、問題はその髪だった。雪よりも白い、短い髪。

「――お母さん」

呼びかけると、女性がゆっくり目を開けた。表情は変わらなかったが、首を動かさずに、目だけをぐるりとこちらに向けて、史奈を見つめた。

「――」

唇は閉じたままだった。横たえた身体はぴくりとも動かず、ただ動くのは目だけだ。

――〈シラカミ〉。

史奈は、衝撃で一歩後ろに下がった。

まさか、と口ごもる。

これが、ようやく会えた母の希美なのか。

これは教授の話していた〈シラカミ〉ではないか。白髪になり、全身の筋肉がこわばり、ただ目だけがぎょろりと動く。教授が見たという〈シラカミ〉は、やせ衰えてミイラのような姿だったようだが、母は少しやせ気味ではあるが、四十代女性の頬のラインを保ち続けていた。点滴など、何本ものチューブが純白のシーツの下から様々な機械に伸びている。現代の医療技術が、彼女を生かし続けているのだ。

母の目が天井に向けられ、しばしせわしなく動き回った。

『――フミナ』

電子音声がどこからともなく響いてくる。

「お母さん」

史奈は天井を観察し、そこに視線で入力するキーボードのようなものが存在することに気がついた。母は視線の動きで文字を選択し、言葉を紡いでいるのだ。

――会話できるんだ。

そう知ると、息を吹き返すような気分になった。最初の衝撃から立ち直り、史奈はベッドにゆっくり近づいた。あまり驚かせたくない。母の潤んだ目が見えた。

〈シラカミ〉となった〈梟〉は、身体を動かすことができないようだ。しかし、陶器のように固まった身体の中で、思考力も感情もしっかりと息づいているのだ。

だから母は、教授の前から姿を消すことを選んだのか。

『アイタカッタ』

母が、ひとつひとつ文字を選び、言葉を続ける。長い文章を入力するのは疲れるのだろう。休み休みの言葉は短く、痛切だった。

史奈は、クリーンブースのカーテン越しに母を見つめた。どうして、こんな状態になる前に会えなかったのだろう。両親が史奈を里に残して東京に発ち、十一年も経った。懐かしいのかどうかすらよくわからなかったが、こうしてみるとやはり、自分はこの人たちと会いたかったのだ。教授や、この母のことを、淡く幸せな記憶の中で懐かしんできたのだ。

『カナシマナイデ』

涙ぐむ史奈に気づいたのか、母が言った。

『コレハ　フクロウノ　シュクメイ』

「――〈シラカミ〉のこと？」

『ジキ　カワル』

「変わる？　変わるとは、どういうこと」

疲れたのか、母は瞼を閉じ、沈黙した。

「榊さんは全身の筋肉が萎縮し、身動きもままならぬ状態だが、思考力に衰えはなくてね」

室内に入ってきた郷原が、モニターの数値を追いながら話している。

「母に何をしたの？」

史奈が睨むと、郷原は肩をすくめた。

「人聞きが悪いな。何がなんでも、私を悪人にしたいらしい。彼女は、自分を研究材料にして、〈シラカミ〉とは何なのか、なぜ一部の〈梟〉だけが〈シラカミ〉になるのか、調べてほしいと言ったのだ。私の見たところ、これは〈梟〉特有の病だ」

郷原は自信ありげだった。この男は、なぜこれほど〈梟〉に興味を持っているのだろう。母と接触したことだけが理由ではないはずだ。

「あなたは、この病の原因を特定できたというの？」

「君たち〈梟〉の遺伝子は、不安定なんだ」

さらりと郷原が言った。

遥がそばに来て、背中に手を当ててくれている。

「不安定な遺伝子を、里にいる間は何らかの方法で安定させている。おそらく、君たち自身も気づいていない、無意識の方法でね。だからこそ、長期間にわたり里を離れた一族の者の中から、〈シラカミ〉が現れる。榊希美さんも、そのひとりだ」

――〈梟〉の不安定な遺伝子。

伝承は言う。

〈シラカミ〉になるのは、里から遣わされ遠方で長く忍びとして仕えた人間が多かった。里を離れた人間が、〈シラカミ〉に――。

母も、そのひとり。

息が苦しくなってきた。

急に部屋の空気の密度が高くなり、自分の肺まで届かなくなったような気分がした。もちろん、気のせいだ。里を焼け出された後、緊張にさらされ続けて、疲れているのだ。

「あなたはいったい、どうして」

史奈は喘ぎ、郷原に鋭い視線を投げた。郷原が眉を上げ、一瞬、なぜか娘の遥を見つめて、迷うような表情を浮かべた。

「――私がどうしてそんなことを知っているか？　そう聞きたいのかね」

史奈は大きく頷いた。

郷原には、〈梟〉への暗い執着心を感じる。なぜだ。〈梟〉は闇にひそみ、決して表に立つことのない存在だ。一般的には、存在すら知られていない。

母と知り合ったからではない。他にも何か、郷原には〈梟〉に執着する事情がある。

郷原が、薄い唇を引き締め、頷いた。急に、彼の表情が生き生きとし、楽しそうにも見えるようになった。

「いいだろう。教えてあげよう」

彼はほのかに微笑み、歌うように言葉を続けた。

「私は君たちが予想もできないほど、〈梟〉について知っていると言った。〈梟〉の一族——闇にひそむ者。里の外には、一族の本当の性質を知る者はいない。君たちはそう考えてきた」

「違うの？」

郷原の軽い興奮状態を怪しみ、警戒しながら史奈は尋ねた。郷原がふいに、大声を上げて笑いだした。精神状態を疑うほどの、ヒステリックな笑い声だった。

「私も眠らないからだ！　私も、君たちと同じ、〈梟〉の末裔——私の祖母は、生まれてすぐ集落から里子に出された、〈カクレ〉だったのだよ」

九　怯懦恥ずべし

六日め　17：20　史奈

「なに言ってんの」

ふいに遥が、おかしな冗談を聞いたかのように、笑いを含んだ声で口を挟んだ。

「そんなわけないじゃん。父さんが〈梟〉なら、私だって――」

病室に沈黙が落ちる。

史奈は、郷原所長が娘の前で真実を話すことをためらった理由に納得した。

『ハルカサン』

母の電子音声が、再び言葉を紡ぎはじめる。

『カレハアナタニ、シラレタクナカッタノ。ダマッテイテ、ゴメンナサイ』

史奈は、呆然としている遥の手を握った。子どものころに別れたきりの母親がこんな姿になっていて、自分もショックを受けたが、今もっとも助けが必要なのは遥だと感じた。

「生まれた時から、私は一睡もしない赤ん坊だった」

郷原所長が、陰鬱な声で話しだした。

「母親は、気味の悪い子どもだと思ったそうだ。寝るのが仕事の赤ん坊が、二十四時間起きているんだからね。病院に連れていこうとする母親を止めたのは、父方の祖母だ。里子に出された〈カクレ〉だった人だ。里について何も知らされていなかったが、特殊な体質を受け継ぐ村で生まれたことだけは、里親から聞いていたらしい。私が眠らないというのを聞いて、何か感づいたのだろう。奇妙な赤子のせいで母親が育児ノイローゼぎみだったので、私は祖母に引き取られ、高校を卒業するまで彼女に育てられた」

――奇妙な赤子か。

史奈は唇を噛んだ。

里では、「眠る赤ん坊」が生まれると、忌避して里子に出したという。

郷原所長が〈梟〉の里で育てられていれば、奇異な目で見られることもなかっただろうし、疎外感を感じることもなかったはずだ。

「だが私は、自分のこの体質をありがたく思っているよ。おかげで、受験勉強でも研究生活でも、ライバルより時間を有効に使うことができたからね。そして、ひとより睡眠に強い興味を抱き、その研究者になった」

史奈の両親と同じだった。彼らは里と〈外〉で生まれ、同じ興味を持つことで出会ったのだ。

「榊さんを知ったきっかけは、睡眠に関する論文だった」

郷原所長は、クリーンブースの透明なカーテン越しに、史奈の母親を見つめた。

「彼女を研究所に招聘し、その研究態度を見ていて、常人ではないと気づいたんだ。そして彼女も、私と身近に接するうちに、私の体質に気づいた」

「それであなたは、〈梟〉の里の存在に気づいて――」

ふいに、風穴を出て集落に駆け戻ったときに嗅いだ、あの焦げ臭さがよみがえった。里人の家がみんな焼け落ちてしまって、祖母の行方も知れないとわかったときの衝撃と恐怖をまざまざと思い出し、史奈は手を握りしめた。

「里を破壊するつもりはなかった。あれは事故だった」

ねっとりとした視線をこちらに流し、郷原が首を振る。

――事故だなんて。勢三さんが亡くなったというのに。

だが、史奈が追及しなかったのは、まだ郷原から聞きたいことがあるからだった。

「いったいあなたは、〈梟〉を研究してどうしたいんですか」

振り向いた郷原は、当惑しているように見えた。

「どうしたいって――。興味深いじゃないか。睡眠という、生物の弱点を克服したなんて」

「興味深い？」

「そうだとも。自分の身体のことならなおさら、好奇心を持つだろう。なぜ自分は、睡眠を取らなくても生きていられるのか。君は興味を持たなかったのか？」

ふいに、遥が史奈の腕をつかんだ。

「聞いても無駄だよ。父さんは昔っからああなの。面白いとか興味深いとか、自分が関心をそそられるものにのめりこむの。私には、何がそんなに面白いのかわかんないけど」

「なぜわからないんだ？」

腹立たしげに顔をしかめ、郷原が腕を大きく広げた。

「〈梟〉の特殊な体質は、複数の遺伝情報の複雑な組み合わせによって現れる。どれかひとつが欠けても〈梟〉は生まれない。面白いじゃないか！　探究心があれば、もっと知りたいと思うはずだ」

「そうかしら？　そのために私と母さんを放ったらかしてまで、研究する値打ちある？」

遥がヒステリックに尋ねると、「またか」と言いたげに郷原は眉間に皺を寄せた。

「おまえはいつもそれだ。私の仕事を邪魔してばかりいる。知的好奇心もなければ、粘り強い探究心もない」

顔をしかめた遥が何か叫びかけるのを、史奈は間に入って遮った。遥の手をぎゅっと背後で握りしめる。

「だとしても、遥は何も悪くない。遥の個性よ。あなたとは違う人間なんだから」

「個性か。うまい逃げ方だな」

郷原の皮肉に、史奈は首を横に振った。

「いいえ。〈梟〉の能力も、私たちの個性だから。研究対象などと言われて、見世物のように扱われるのは我慢できない」

「見世物になどしていない」

「モルモットみたいに、ここに閉じ込めてるじゃない。母も、祖母も、里のみんなも！」

史奈の目に怒りがひらめくと、郷原は眉宇を曇らせ、渋い表情で腕組みした。

「──そうじゃない」

「どうして、私たちをそっとしておいてくれなかったの！　眠らないのも、運動能力が高いのも、私たちの個性でしょ。本当は、能力を隠したりもしたくない。自分らしく、堂々と生きたいだけ。どうして放っておいてくれないの！」

いったん火がついた怒りは、止めようがなかった。怒り始めると、この憤懣は子どものころから自分の心の奥底で、泥団子を育てるようにゆっくり育まれたものだと気がついた。

ひとと違う性質を、隠して生きなければいけない。それがどれほど重荷になっていたか。なぜ自分の能力を明かしてはいけないのか。正体を知られると、なぜ好奇の視線や忌まわしい者を見るような目で見られなければならないのか。

――私は私なのに！

『フミナ』

電子音声が呼びかけてきた。

「――お母さん」

『ハナシヲキイテ。オネガイ』

まだ、腹立たしさはくすぶっている。だが、史奈が口をつぐんだ隙に、郷原が話しだした。

「モルモットになどしていない。本当だ。私がここで、君のお母さんやお祖母さんたちを診ているのは、治療するためだ」

「〈梟〉は病気じゃない――」

「君が言いたいことはわかっている。聞いてくれ。君も見た通り、お母さんは〈シラカミ〉を発症してしまった。〈梟〉は病じゃなくても、〈シラカミ〉は病ではないかね？

さっきも言った通り、〈梟〉の遺伝子は複雑すぎて、不安定なのだ。おそろしく芸術的なバランスを取ることで、存在を保っていると言ってもいい。だから、いったんバランスが崩れると、急激に身体機能が失われてしまう」

史奈は、横たわる母親の姿を見つめた。雪のように白い髪が、不安をかきたてる。

「私が言いたいのは、〈梟〉の遺伝子を持つ人間なら、誰でも〈シラカミ〉になりうるということだ。私だって例外じゃない」

史奈は、郷原の言葉をじっくり考えてみなければならなかった。〈シラカミ〉の存在を知ったのすら、ほんの数時間前なのだ。

──私もお母さんみたいになるの？

実感はまだ湧かない。

ふと、誰かの熱い手が、背中を支えてくれていることに気がついた。遥の小さい手ではない。篠田の、大きな力強い手だった。

──君は大丈夫。

まるで、篠田にそう励まされているようだ。史奈は気を取り直し、郷原の言葉を何度も嚙みしめて考えた。

「──だけど、〈シラカミ〉になるのは、長いあいだ里を離れた人だけだと聞いた」

「誰から？　君のお父さんかね？」

史奈は頷いた。村雨家の〈シラカミ〉は、何年も里を離れていたせいで、発症したのだ。

「君のお母さんもそう言っていたな。その情報が正しければ、〈梟〉は里にいる間、なんらかの手段で遺伝子を安定させているのだろう」

「だけど、その里をあなたたちが破壊したのよ！」

なぜ母は、この男を止めてくれなかったのだろう。本来なら祖母の桐子の後継者で、里の長になるはずだった母が、たとえ身動きできない身体だとしても、里を焼き払う所業を黙って見ていたなんて。

「何度でも言うが、私は〈梟〉の住民を説得して、穏便に研究所に来てもらうつもりだった。そのために榊さんの言葉を手紙にして、彼女の写真とともに、持っていってもらったんだ。まさか、〈梟〉が猟銃を持って抵抗するとは思わなかった」

「だって――それが〈梟〉でしょ。許可なく里に入る余所者は、徹底的に排除する。そうでしょ、お母さん！」

恨みをこめて史奈は尋ねた。

『シラナカッタノ』

母の電子音声がたどたどしい口調で言う。

『ケイカクヲシッテ、ハルカサンタチニ、アナタノホゴヲタノンダ』

あの朝、篠田と遥が車で自分を捜しに来たことを思い出す。彼らは風穴のことまで知っていた。だから、長栖の兄妹だと言われて信じてしまったことも。

『フクロウハ、コドモタチヲフウケツニニガス。ソノハナシヲ、ショチョウニハシテイナカッタカラ』

母は、里に何かが起きたとき、祖母が必ず史奈を風穴に逃がすと知っていた。だから、他の住民が研究所に連れてこられても、史奈だけは里に残っていると考えたのだ。

「俺たちは、榊さんに頼まれて里に行き、君を救出してかくまうつもりだった。とりあえず、俺の友達の家にでも。そこなら〈梟〉と何の関わりもないし、誰にも気づかれないからな」

篠田が説明を補足する。

「なんだ、誰かと思えば」

郷原が、ようやく気がついたように篠田の顔を見直した。

「君はここの警備員じゃないか。どこかで見た顔だと思ったが、まさか自分の飼い犬に手を噛まれていたとはな。研究所をスパイしていたのか? 西垣はこのことを知ってるのか?」

郷原は、放っておくといくらでも辛辣なセリフを篠田に投げつけそうだった。

『フタリヲセメナイデ』

即座に母が郷原を制止した。

『シンセツナヒトタチ。ウゴケナイワタシヲ、キノドクニオモッタノ』

「榊さんは、そんな身体になっても他人を惹きつけるわけだな」

郷原が恨めしげな目つきを母の希美に向けたとき、病室の扉が開き、史奈の視線を釘づけにした。

「――ばあちゃん！」

祖母の榊桐子が、白い病衣に身を包み、看護師と警備員を後ろに従えるように立っていた。史奈は思わず駆け寄り、祖母の身体に腕を回した。

「心配したんよ――」

「ここへは来るなと言うたのに」

祖母は悲しげに眉を寄せ、それでも史奈の背中を温かい手で撫でた。その視線は、クリーンブースの中に横たわるひとり娘に向けられている。

「――史ちゃんに見せたくなかった。お母さんの今の姿を」

「ばあちゃんは知ってたの？　お母さんが〈シラカミ〉になってしまったこと」

「ここに連れてこられて、初めて知ったんだ。目を疑ったよ。これまで、榊の家に〈シラカミ〉が出たことはなかった。そしてここで、郷原所長の話を聞いた。〈梟〉が長い時間を里の〈外〉で過ごすと、誰でも〈シラカミ〉になるかもしれないと」

祖母の目が潤んでいる。

「私があの子に、里を下りるなら二度と里に足を踏み入れるなと言ったんだ。私があの子を〈シラカミ〉にしたようなものだ」

「ばあちゃん――」

ゆっくり、祖母が涙を払うように首を横に振った。

「だけどね、史ちゃん。今度のことがなくとも、〈梟〉の里は、いずれ消える宿命だった。私ら年寄りがあの世に行って、もうじき史ちゃんひとりが残る。そうなった時、史ちゃんがひとりぼっちで里に住み続けることはできないし、そうするメリットもない。史ちゃんはいつか、ひとりで里を出なくちゃならなかったの」

――ひとりで、里を出る。

初めて聞く祖母の言葉に、史奈は呆然となった。考えたこともなかった。いつまでも、祖母や勢三さんや集落のみんなと一緒に、暮らしていくのだと思っていた。

「里を離れても、〈梟〉が〈シラカミ〉とならず、生きていける方法を見つけなくてはいけない。でないと、近い将来、〈梟〉の血が絶えてしまう。里から強引に連れてこられた時には腹を立てていたが、郷原所長の話を聞いて、私はそう悟ったんだ。〈梟〉には、郷原所長の研究が必要だ」

だから、祖母は研究所から出ないと言ったのだ。史奈には、里に戻って今までどおり暮らしてほしいとも言っていた。なにもかも知って、腹を据えていたからだ。

「まさか、ばあちゃん――自分を研究材料にして、私を生かそうとしていたの？」

喉がつかえるようで、苦しい。史奈は深く呼吸をし、どうにか自分の感情を整理しようとしたが、無駄だった。

郷原の研究につきあうと、里から離れた祖母たちも〈シラカミ〉に転じる恐れがある。そのリスクも彼らは承知の上なのだ。

「――嫌だよ。ばあちゃんやみんなを犠牲にしてまで私が生き延びて、どうなるの。そこまでして〈梟〉の血を守る意味はある？　どのみち、里の若い〈梟〉は、もう私しかいないのに」

祖母が史奈の手を握った。

「長栖の息子と娘がいるじゃないか。里を下りたときはふたりともまだ子どもで、自分の意思ではなかった。あれはまだ〈梟〉だよ」

祖母の言葉に、史奈は驚いた。そう言えば、諒一たちは祖母と連絡を取り合っていると言っていた。あれは、そういう意味だったのか。

ふいに、祖母が気弱に視線を落とした。

「おかしいと思うだろうね。この二十一世紀の世の中に、血だのなんだのと。だけどね、史ちゃん。私たちの一族は、もう何百年もこの血を守ってきた。〈梟〉の血は私たちだけのものじゃない。この国の陰の歴史、そのものなんだ」

いまだに多賀神社のネットワークが、かろうじて機能していたことを思い出し、史奈はむしろ慄然となった。

どれだけ多くの人々が、〈梟〉の存在に縛られているのだろう。知らないうちに関わりを持ち、好むと好まざるとにかかわらず、いつの間にか深く巻き込まれていく。

そして、その中心に自分がいる。

自分の存在が、〈梟〉とその関係者を揺さぶり動かしている。

「だから、この研究は急ぐんだ」

それまで祖母に自由に喋らせていた郷原が、黙っていられなくなったように口を挟んだ。

「君と長栖兄妹。それに、遥だ。君たち若い世代の〈梟〉が、〈シラカミ〉を発症することのないように、食い止める方法を探さなくてはならない。〈カクレ〉が〈シラカミ〉を発症した記録はないようだが、〈梟〉は〈カクレ〉を里子に出して、その後は連絡を絶っていたそうだから、実際のところはわからない」

史奈は遥と顔を見合わせた。自分の身体に、中世から綿々と続く驚異の一族の血が流れていると知ったばかりの遥は、自分も希美のようになる可能性があると聞かされて、青い顔をしている。不安にもなるだろう。

「無駄な研究をする必要はないぞ」

ふいに、野太い声がかかった。

史奈は驚いて振り向いた。筋肉質で背の高い、姿勢のまっすぐな男がひとり立っていた。よく日に焼けて赤ら顔で、年齢は六十近いように見える。「なんだ」と、すぐさま安堵のため息をついたのは郷原所長だった。

「西垣さんか。来るなら連絡をくれと言ったのに」

――この男が、西垣警備保障の社長なのか。

史奈も驚き、まじまじと男を観察した。篠田も長身だが、男は篠田よりも頭ひとつぶん飛び抜けていて、その高さからみんなを睥睨している。

里を襲撃した男たちは、拳銃を持っていた。彼らも西垣警備保障の社員だとすれば、まともな会社ではない。勢三さんが殺されたことについても、郷原はそんな指示をしていないと言った。ということは、西垣こそが勢三さんの仇（かたき）なのだろうか。

西垣はひとりひとりを見渡し、篠田に気づいて頷きかけた。

「よくやったな、篠田」

史奈のすぐ後ろで、背中を支えてくれていた篠田の身体が、ハッとこわばる。

「どういうことよ、篠田さん？」

遥が尖った声を出す。何が起きているのか理解できず、史奈も振り返って篠田から少し距離をおいた。

「あなた、西垣警備保障を辞めたんじゃなかったの」

「いや――」

篠田が口ごもると、西垣が鼻に皺を寄せて笑い飛ばした。

「辞めただと？　違うよ、お嬢さん。こいつは、お嬢さんや榊の希美さんに気に入られたようだから、通常業務から外して俺の直属につけたんだ。研究所で何が起きているのか、逐一、俺に報告を入れさせた」

「なによそれ！」

遥の叫びに、史奈は耳をふさぎたくなった。

――聞きたくない。

里が焼け落ちた後、真っ先に助けてくれたのは、遥と篠田だった。長栖兄妹になりすましていたが、それは自分の信頼を手短に得るためだったと説明を受け、自分も納得した。

もう、嘘も隠し事もないと思っていた。口数は少ないが、いざというときには助けてくれる頼もしい男だと思っていた。

――それなのに。

「違うんだ、史奈」

篠田が眉を寄せる。

「俺が西垣社長から聞いていたのは、まったく別の話だった。君を見たとき、俺は驚いた。聞いていたのとは全然違う、普通の女の子じゃないか──って」

史奈はまた一歩、篠田から離れた。彼は必死だ。自分の好意をつなぎとめようとしている。だが、裏切られたという思いが、どうしようもなく心のなかに満ちていく。

「──史奈、頼む。聞いてくれ」

篠田が唸った。西垣が笑っている。

「なんだ、ひょっとして気があったのか、このお嬢ちゃんに？　そいつは気の毒だったが、お前の手に負える相手じゃないぞ」

「〈梟〉は化け物だと言ったじゃないか！」

篠田が西垣社長に食ってかかるのを、史奈は見つめた。「化け物」という、細身のナイフのような言葉に、怒りのあまり震えが止まらなかった。

「彼女としばらく一緒にいて、話が違うとわかった。だから、携帯の電源も切って、あんたに連絡を入れるのもやめていたんだ！」

「それは残念だったが、電源を切っただけで、携帯をまだ持っているだろう。そいつは、電源を切っていても位置がわかるんだ。ＳＩＭカードを抜いて捨てない限りな」

西垣はにやにや笑っている。この男の皮膚は、長年の日焼けのせいか、象の皮膚のようにゴツゴツしていた。笑うと、細かい皺が顔を埋めつくす。

「待て、西垣さん。無駄な研究をする必要はないとは、どういう意味だ」

郷原所長が、自分をよそに進む会話に顔をしかめている。

「所長、言った通りだ。里にいれば、〈梟〉は〈シラカミ〉にならない。つまり、土地に秘密があるはずだ。水か、植物か、動物か、細菌か――。何かが〈梟〉の遺伝子を安定させる働きをしている。それなら、ここにいる榊の三人が、その秘密を知らないはずがない。榊の家は、〈ツキ〉――里の長だからな」

どうしてそんなに断定的に言えるのかと、不思議に感じた。まるで〈梟〉の里を熟知しているかのようだ。

「村雨だね」

そのとき祖母が、西垣の日焼けした肌を透かして、隠された素顔を見ようとでもいうように、じっと目を細めて呟いた。

「どこかで聞いた声だと思った。あんたは村雨の息子じゃないか」

史奈が物心ついた頃には、集落にそんな名前の家は一軒もなかった。

――そうだ。

榊教授が語った、〈シラカミ〉の老人がいた家が、たしか村雨と言ったはずだ。子どものころの榊教授を可愛がってくれた、範人という青年がいたと言っていた。

「榊のばあさまが、覚えていてくれたとはね」

西垣が薄い唇を引き結び、にやりとした。

「俺が里を飛び出したのは、三十年も昔のことだ。みんな、村雨のせがれのことなんか、忘れちまっただろうと思ってたよ」

「おまえは、そうやって会社を興すために〈外〉に下りたのかい？」

「いや、たまたまだ。腕っぷしが強かったから、警備会社に入ったんだ。そこで社長に気に入られて、娘の婿になってね」

それで、村雨が西垣と名前を変えたのだ。史奈は目を瞠り、彼を見つめた。

「警備を依頼された研究所の所長が、まったく眠らないらしいと気づいた時には驚いたがね。もっとも、ご本人は表向き、睡眠三時間なんて言って、ごまかしていたが」

西垣は、面白い話でもしているように、しわがれた声で笑っている。

「まさか、おまえまで研究所とつるんでいたとは――。〈シラカミ〉にならない方法なんか、私らは知らないよ。もし知っていたら、里の者に予防させた」

祖母が眉間に縦皺を寄せ、首を振る。当然だ。榊の一族にそんな方法が伝わっていたら、母がこんな状態になるはずがない。

「はっきり〈シラカミ〉を防ぐ方法だと知っていたかどうかは別として、思い当たることがあるんじゃないか。よく考えてみろ。あんたたちが、里についていちばん詳しいんだ」

しばらく考えていた祖母が、小さく吐息を漏らし、肩をすくめた。西垣と祖母に視線を行ったり来たりさせながら、やりとりを聞いていた郷原所長が、腕を組む。

「やはり、現地調査しかないな」

「里に行くのか」

「〈シラカミ〉は、遺伝子変異によるものだ。たとえば、活性酸素にさらされてストレスを受けた細胞は、細胞分裂の際に染色体異常を起こす確率が上がって、さまざまな病気の原因になるんだ。もし、〈梟〉の里に、遺伝子を安定化させる物質が存在するのなら、それは〈梟〉だけでなく、全人類に有用だ」

史奈の目にも、郷原がその考えにのめりこむように夢中になっているのがよくわかった。西垣が「ふん」と呟き、目を輝かせた。

「いいんじゃないか。里に行くなら、すぐ準備できる。あれから一週間近くになるから、もう警察も現場に貼りついてはいない。うちのものに確認させた」

「警察か」

郷原は、事件のことを思い出したのか、急に不安そうになった。

「私たちが行くと、まずいだろうか」

西垣が微笑んだ。

「そんなことはない。真昼間に大勢でうろうろしていると目立つから、これから車で行って、夜から早朝にかけて調査すればいいんだ。うちの車を出そう」

つかつかとクリーンブースに近づいた西垣が、いきなりカーテンを勢いよく開けた。

「何するの！」

史奈が飛びかかるより早く、そばにいた郷原が西垣の腕をつかんだ。

「そこに入っちゃいかん。榊さんは、免疫が弱ってるんだ」

「――なに、大丈夫だ」

西垣は、微笑しながら自分の腕にかかる郷原の手をじろりと見下ろし、ゆっくりと外した。郷原が目に見えてたじろいだ。

「心配いらんよ、所長。〈梟〉はそう簡単に死にはせん。〈シラカミ〉は特に図太いんだ。二十年以上も間近で見ていた俺が言うんだから、信用しろ」

ベッドに近づいた西垣が、希美の腕から点滴の針を抜いた。史奈は、ものも言わずに西垣の首筋に手刀を打ちこんだ。

「おっと」

西垣が腕で受けてほくそ笑む。西垣は、おそろしく背が高い。史奈の背丈では、首筋まで届くのもやっとのことだ。

「やっぱり荒っぽいな。〈梟〉の女は」

「お母さんに近づくな」

——この男は敵だ。

史奈は瞬時にそう決めた。

「心配するな。里に連れていくだけだ」

飛び上がってシャツの胸をつかもうとした手を、西垣がつかんだ。史奈はとっさに、背中のベルトに差した狩猟ナイフを抜こうとした。

「——よせ、西垣さん。離してやれ」

鋭く郷原が制止する。唇を歪め、西垣の手が離れた。

史奈はすぐ後ろに篠田が立ち、巨漢の西垣をまっすぐ睨んでいるのに気づいた。史奈に手を出そうとすれば、自分が割って入るつもりのようだ。まだ、守っているつもりなのだ。

だが、史奈は篠田からもさりげなく一歩離れた。篠田が傷ついたような顔をした。何か言いたげだが、その隙も与えなかった。

「喧嘩するな、ここは病室だぞ。榊さんを里に連れていくとは、どういう意味だ」

「そのままだよ。榊の三人には、俺たちと一緒に里に行ってもらう。里の祭祀も、風穴の内部も、いちばんよく知っているのは彼らだからな。それに万が一、里に〈シラカミ〉の進行を止める物質があるなら、希美を連れていけば状態が改善されるかもしれない。だろ？」

最後の言葉は、史奈の同意を求めるように、薄笑いとともに吐かれた。

——この男、気味が悪い。

史奈は嫌悪感を覚え、西垣から後じさった。西垣の目は、薄赤く、奇妙に熱っぽい。熟しすぎて、腐る一歩手前のマンゴーのような臭いもする。それに、この粗暴さ。

「騙されるんじゃない、史ちゃん」

祖母が厳しく言い放った。

「村雨の。いったん発症した〈シラカミ〉は、元には戻らない。里にいれば治るのなら、あんたのひいおじいさんはとっくの昔に治っていたはずじゃないか」

西垣は、不敵に唇を歪めている。郷原は、このやりとりで迷ったようだ。

「——だが確かに、榊さんは里の人間で、かつ研究者だ。研究者の目で、情報をもらえるかもしれないな」

「うちの社には救急車もある。俺が責任を持って、安全に連れていこう」

『ココヲデタラ、ワタシハハナセナイ』

抑揚のない電子音声が抵抗する。

「榊さん、それは大丈夫だ。視線の読み取り機は、ポータブルにも対応してる」

郷原のそのひと言で、希美も連れて行くと決まったようなものだった。

「ちょっと待ってくれ」

口を挟んだのは篠田だった。

「史奈と榊桐子さんは、公式には行方不明とされている。もしも、不審に思った誰かに見られたら、言い訳できないぞ」

「見られないようにするさ。篠田はよけいな口出しをするな」

邪険な西垣にも、篠田はひるむ気配もない。

ふと、西垣が肩をすくめた。

「希美だってその目で見たいはずだがな。十一年も帰っていない里を」

『――ワタシモイキマス』

電子音声が応じた。ほら見ろと言いたげに、西垣が得意げな表情になる。

史奈はベッドの上の母を見た。身動きせず、表情もほとんど変わらない母が何を考えているのかわからない。ふと気づくと、祖母の桐子が、母の表情をじっと見つめていた。

――十一年。

思えば、祖母もその長い年月、母と――自分の娘と会っていなかったのだ。

「――さあ、みんなで帰ろうじゃないか。〈梟〉の里へ」

西垣が、低く呟いた。

＊

千回生まれ、万回滅ぶ。

死よりも恐ろしいものは、〈シラカミ〉だ。

眠りなき〈梟〉が、〈シラカミ〉になる。その長い一日を、誰が想像できるだろう。

耐えがたい苦痛。じっと天井を見つめ、いっそ死んでしまいたいと思う。しかし、自分で死ぬことすらできない、この身なのだ。

いま、私の願いはひとつ。史奈が、この病に侵されませんように――

六日め　18：00　結川

「滋賀県警の結川ですが、所長さんにお会いできませんか」

郷原感染症研究所のロビーは、吹き抜けの前面がガラス張りで、眩しいほど赤い西日が差し込んでいる。現代的で開放的な、明るい雰囲気の建物だ。

結川の警察手帳に視線をやり、受付の女性が内線電話をかけ始める。しばらく話していた彼女は、電話の受話器を握ったまま、こちらを見つめた。

「恐れ入りますが、ただいま所長の郷原は外出しております。担当者が下りてまいりますので、お話し願えますか」

そちらへと彼女が指さしたのは、ロビーの隅にいくつか設置された、打ち合わせ用らしい黒革とステンレスのテーブルセットだった。

「そうですか。それじゃ」

結川は、背後にいた榊教授に合図し、ふたりで打ち合わせテーブルに向かった。

――史奈がいるとすれば、ここだ。

教授がそう主張するので、やってきたのだった。外の車には、彼の助手と長栖諒一と容子の兄妹が待機している。結川らが研究所に行けば、所長らが逃げようとするかもしれない。そうさせないために監視しているのだ。

東京駅のティールームで、すぐそばの席に普通の客のように座っていた男女が、長栖の兄妹だとわかった時には驚いた。

――彼らが、方喰記者がずっと捜しているウルトラマラソンの選手か。

兄と妹の、役割が逆転しているかのようなふたり組だ。どちらかと言えば、妹のほうがアスリートらしい雰囲気を持っている。

榊史奈が消えたという話を聞いて、彼らも正体を現し合流したのだった。

「捜索令状がないから、本当に話を聞くだけですよ」

結川は、隣に座った教授に念を押した。

「わかっています。だが、郷原所長が本当にいないのなら、なんだかおかしいな――」

娘は必ずここにいると断言していた教授が、自信をなくしたように表情を曇らせた。

榊史奈にはプリペイドタイプの携帯電話を持たせていたそうだが、電話しても電源が切れているという。ずっと忙しくしていたというから、充電がもたなかったのかもしれない。

「お待たせしました」

エレベーターを降りてきたのは、四十前後の、きびきびした白衣の女性だった。野島と名乗り名刺を出した彼女は、結川の正面に腰を下ろすと、挨拶もそこそこに、教授を見て驚いてみせた。

「榊教授ですね」

はあ、と教授が困惑ぎみに頷く。

「先ほどお嬢さんが来られていましたが、所長と一緒に出ていかれましたよ」

――何だって。

絶句した教授だが、立ち直るのも早かった。

「ふたりだけですか。どこに行ったかご存じありませんか。連絡を取りたいのですが」

「それは私も聞いておりません」

野島がメガネを押し上げる。

「所長のお嬢さんもご一緒でした。所長に電話してみますが、携帯嫌いで、あまり電話に出ない方なんです」

結川らの目の前で、彼女はスマホから郷原所長に電話したが、やがて首を振った。

「出ないようですね」

結川はテーブルの上に身を乗り出した。

「滋賀の事件をご存じですか。人口十数名の集落が火災になり、ひとり殺され、残った住人が全員行方不明になっている事件ですが」

「申し訳ありませんが、テレビも新聞も見ない主義で。そんな事件は知りませんでした」

生真面目そうな野島の口からそんな言葉を聞くと、反応に困る。研究者というのは、それほど浮世離れしているのだろうか。

「今おっしゃった榊教授の娘さんは、その集落の行方不明者のひとりなんです。私は滋賀県警の者で、彼女を捜しています」

こう言えば、少しは事態の重みを感じてもらえるだろうかと思ったのだが、野島は「はあ、そうですか」という気の抜けたような返事をしただけだった。

榊教授が熱っぽく野島に語りかける。

「野島さん。研究所の地下二階に、立ち入らせてもらいたい。ここに、行方不明の人たちがいると信じる理由がある」

「――関係者以外の研究所内への立ち入りは、所定の手続きを踏んでいただきませんと。

教授もご存じの通り、当研究所はバイオセーフティレベル3に対応しておりますので、研究施設への部外者の立ち入りは、原則禁止なんです」

「研究所の地下に侵入者がいたそうだね。噂では、地下はBSL3の研究設備というより、病院のようだったそうだが」

「――何のお話かわかりかねます。警察の捜査が必要ということでしたら、やはりそれも手続きを取っていただきませんと」

――家宅捜索の令状を取れということか。

だが、榊教授らの話を聞いただけでは、裁判所に令状を請求できるような確証がない。せめて、現場にいた榊史奈本人をこの目で見て、彼女の証言を取りたいし、彼女以外の住人がここにいる可能性が高いと、証明できるものがほしい。このままでは、捜査本部への報告もためらわれるほどだ。

野島は、それがわかっていて、こんな無理を言っているのだ。

しかたなく、結川は頷き、じっくりと野島を観察した。表情はポーカーフェースだし声もしっかりしているが、かなり緊張しているのが、こわばった指から見て取れる。

「野島さん、ニュースは見たほうがいいですよ」

ニュースを見ていないというのは嘘だと思ったが、結川はあえて彼女に語りかけた。

「事件が発生してから、テレビで事件の報道がされない日はない。そのくらい、日本中が注目している奇怪な事件です。特に、高校生の榊史奈さんが消えた件については、日本中の関心が高まっています。もしこちらの研究所が事件と関わっているのなら、すぐ本当のことを話していただかないと、研究所の存続自体が危ぶまれますよ」

「そんな、事件との関係だなんて」

初めて、野島の表情が揺らいだ。

「私どもは、感染症研究を中心とした科学者の集団です。そんな、言いがかりをつけるようなことはやめてください」

「野島さん。研究所のためにも、なんとか郷原所長と連絡を取れるようにしてくれませんか。あるいは、居場所を教えてください」

「所長と連絡がつけば、そちらに知らせます。そういうことで、お引き取り願えますか」

おそらく彼女には、こちらと取り引きする権限がないのだ。結川らが研究所を出れば、すぐ郷原所長と本気で連絡を取り、指示を仰ぐのかもしれない。

そう感じたので、結川は神妙に頷いた。

「――わかりました。なるべく早いうちにお願いします。これ以上、事件がおおごとにならないうちにね」

榊教授をうながし、研究所を出る。西垣警備保障と縫い取りのついた制服姿の警備員らも無表情だが、どこか緊張した雰囲気がある。

少し離れて停めてある白い乗用車に戻ると、車に残っていた三人がいっせいにこちらを見つめた。教授の助手の栗谷和也という実直そうな青年と、長栖の兄妹だ。

「いましたか」

長栖容子が真っ先に尋ねた。「いや」と、教授が首を振りながら助手席に乗り込む。運転席には栗谷が座っている。結川は、後部座席に乗り込んだ。三人掛けで少々窮屈だが、ほっそりした長栖のふたりが奥に詰めてくれる。

「向こうが言うには、史奈はもう研究所にいないが、今日、訪問して郷原所長と遥さんと一緒に出て行ったそうだ。行き先はわからない。今のところ連絡もつかない」

「篠田はどうしたんですか」

栗谷和也が、ライバル意識をむき出しにして尋ねた。どうやら、史奈を篠田という男と取り合っているようだ。

――やれやれ、若いということは。

結川は微笑ましいような、くすぐったいような気分で、彼らのやりとりを聞いていた。

「篠田君のことは、何も言わなかったな。とにかく、しばらく様子を見よう」

「様子見？」

それまで無言だった長栖諒一が、憤りに満ちた目で尋ねた。

「教授、このまま放っとくのかよ？」

そこらのアイドルタレント顔負けの容貌だが、諒一青年の口の悪さには、会ってすぐ結川も辟易した。顔は少女のように可愛いが、直情径行を絵に描いたような青年だ。

教授は真剣な表情で首を横に振った。

「いいや。もちろん、このままにはしておかない。――だが、私は史奈を信じている。あの子は強いし、やがては一族のまとめ役を務めなければいけない子だ。何が起きているとしても、史奈は自分の身を守れる」

結川は、思わずバックミラーに映る教授の顔を見つめてしまった。

――十一年も子どもと別れて暮らしていた父親にしては、ずいぶん彼女を理解しているようなことを言うものだ。

だが、教授らの話が本当なら、榊史奈は事件の夜、ひとりで集落を脱出して山中に隠れ、襲撃者らが姿を消すのを待って、また集落の様子を窺いに戻ったという。とても十六歳の少女とは思えぬ胆力だ。

榊史奈という少女に、ますます興味が湧いた。

六日め　22：00　史奈

右隣で眠っている遥が、車が揺れた勢いで、がくりと頭を肩に載せてきた。

「——あ、ごめん」

半ば目を覚まして謝る遥に、「もたれてもいいよ」と史奈は肩を貸した。遥が気を許してくれているようで、ちょっと嬉しい。

西垣警備保障のワゴン車と救急車は、混雑する高速道路をもう何時間も、ひたすら西に向かっている。すっかり夜になり、周囲の車のヘッドライトが眩しい。滋賀に着くまで、まだ少しかかりそうだ。ワゴン車を運転しているのは西垣自身で、助手席には郷原所長が座っている。何度か研究所から電話がかかってきていたようだが、そのたびに郷原は邪険な態度で「後にしてくれ」と電話を切っていた。

九人乗りのワゴン車の車内には、西垣が用意した機材が大量に積み込まれている。ワゴン車の後部座席に、史奈と遥、篠田の三人が座り、祖母の桐子は、身動きならない希美と一緒に救急車に乗ると言ってきかなかった。救急車には西垣警備保障のスタッフが乗っているが、彼らだけに任せておくのが心配なのだろう。

遥と篠田は、昨夜もほとんど眠っていなかったらしく、車に乗り込むとすぐ、うとうとし始めた。

史奈は、左の一人席に腰かけ、腕組みして頭を垂れている篠田を横目で見た。目覚めている時は常に生き生きとし、何が起きてもすぐさま対応できる精悍（せいかん）な男だが、眠っていると、子どものように無邪気に見える。いつもきちんと上げている前髪がひと房、ぱらりと額に落ちているだけで、なんだかあどけない雰囲気になっていた。

――違う世界のひとなんだ。

ふと感じた。〈梟〉に比べて、なんと無防備な人間たち。

額に垂れた前髪を、かき上げてやりたい衝動にかられた。いま、篠田を守ってやれるのは自分のほうだと思って微笑したが、その温かい気分はすぐに消えた。

この男は、西垣の命令で、真意を隠して自分たちに近づいたのだ。最初から自分を騙していた。

視線を感じた。郷原所長が、ルームミラーでこちらを見つめていた。

「――考えてみれば、彼だけがこの車内で〈梟〉の遺伝子を持たないんだね」

史奈は郷原の視線を撥ね返すように、黙って見つめ返した。

「子どものころ、自分のような人間は、世の中にふたりといないと私は考えていた」

郷原が語り続ける。

「君も、そう考えていたんじゃないかね。〈梟〉は里の人間だけだと」

「――――」

実際、そう考えてきた史奈は黙っていた。かまわず郷原は続ける。

「結婚して娘が生まれても、やっぱり私はひとりぼっちだった。ひょっとしたらと期待した遥も、私の体質は受け継がなかったからな。だがあるとき、榊さんと会って初めて、自分と同じ人間が他にもいることを知った。彼女と話してやっと、長年にわたる疑問を解き明かすことができた。〈梟〉と呼ばれる一族が現存すること、自分のルーツがその集落にあることもわかった。考え方がすっかり変わったよ。榊さんに聞いた話では、何百年も昔から、里子に出された〈カクレ〉がいたそうじゃないか。〈梟〉の血を引く人間は、私たちが気づかないだけで、大勢いるんじゃないだろうか。中には私のように、〈カクレ〉の血筋から、〈梟〉の性質を取り戻した子孫もいたんじゃないか。そして、みんなそれを隠して生活しているんじゃないだろうか」

史奈は無言で、郷原の語るイメージを脳裏に描いていた。

日本中に拡散する、〈梟〉の末裔たち。

里に残された十三人だけが、最後の〈梟〉だと思っていた。

——だが。

考えてみれば、史奈が幼いころにもたびたび、長栖、堂森、砧といった家族が、里の暮らしに耐えかねて〈外〉に下りていったではないか。長栖家の兄妹や栗谷家の和也は、〈外〉の世界で健在だった。他の家のものたちも、〈シラカミ〉にさえならなければ、きっと〈外〉の世界で生き抜いているのだ。

——まだまだ、いるんだ。〈梟〉が。

それは、目の前がぱあっと明るくひらけるような感覚だった。

自分は、最後の〈梟〉にはならない。諒一と容子、それに和也もいる。遥だってそうだ。他のみんなも捜せばいいのだ。火災で里は消滅した。もはや、里を出るかどうかは問題ではない。

西垣は無言で運転を続け、名神（めいしん）高速道路の彦根インターチェンジで高速を下りた。ここからは、もうじきだ。

夜目のきく史奈には、国道三〇六号線の両脇に、まばらな民家とのどかな田園風景が広がり、その向こうには鈴鹿（すずか）のなだらかな山並みが遠く望めるのが見える。

——帰ってきた。

史奈は、右肩に遥の頭のあたたかさを感じながら、窓を覗いた。住み慣れた場所に帰ってきたのだと思うと、ホッとした。東京ではやはり、どこか肩ひじを張っていたのだろうか。

里を出たのは、わずか四日前のことなのに、何年も昔のことのように感慨深い。

だが、戻っても、もうあの里は跡形もないのだ。燃えてしまった。テレビのニュースで見たところによれば、史奈らが立ち去った後で、行方不明の住人を捜索するため、重機を入れて家屋の残骸を除けたようだから、さらに里の様子は変化しているだろう。それを目の当たりにするのが怖くもある。

ワゴン車が、後ろに救急車を従えて、里に向かう山道に入った。山道といっても、途中までは舗装された道路を通っていくことができる。両脇に杉林の影を見ながらいくと、道の半ばに、里に向かう脇道が現れるのだ。

西垣は道をよく知っていて、迷わずその脇道に入っていった。考えてみれば当然だ。三十年前まで、里に住んでいたのだから。

舌を嚙みそうな車の振動で、遥が目を覚ました。

「——もう着いたの？」

「うん。もうすぐ」

時計を見ると、午後十時を過ぎている。

ワゴン車は、集落の手前にある広い空き地に停まった。救急車がそれに続く。

降りるしたくを始めると、遥が「大丈夫？」と尋ねて、ぎゅっと史奈の手を握った。

「——うん。大丈夫」

それでも気づかいが嬉しい。

西垣と郷原所長が、懐中電灯を手に車を降りる。修練を積んだ〈梟〉たちは闇夜にも慣れているが、郷原と篠田は、暗さに戸惑っているようだった。

火災ですべての家が焼け落ち、集落の道路を照らす街灯もなければ、窓から洩れる明かりもない。冴え冴えとした月の輝きと、ふたりの懐中電灯だけが頼りだ。

「全焼だな。これではサンプルの採りようがないじゃないか」

郷原が苦い表情で呟く。彼は、医師が持つような、大きな革の鞄を提げていた。部下の暴走を許した西垣を責めているのは明らかだったが、西垣は素知らぬ顔をしている。

「里の飲み水はどうしていた？」

「水道だった」

史奈は周囲を見回しながら答えた。あのあたりで、勢三さんが亡くなっていた。そう気づいて手を合わせる。あのあたりは、榊の家があったところだ。あそこは砧のおじいちゃんの家。今までの暮らしも思い出も、何もかもが消えてしまった。

救急車の扉が開き、祖母の桐子がかくしゃくとした足取りで降りてくる。その背後から、ストレッチャーに担架を載せて、〈シラカミ〉の希美も降ろされた。祖母が呆然と里を見回すのを、史奈は胸に針を刺されるような気持ちで見つめた。

「水道はまず関係ないな。家の周辺の土のサンプルを採ろう。家庭菜園のようなこともしていたんだろう？　畑とか」

「畑は家のすぐ裏」

祖母が黙っているので、史奈が代表して答える。そちらを覗き、菜園も火災ですっかりやられているのを確認し、郷原がスプーンで土のサンプルを採りながらぶつぶつ言った。

「おそらく、そのあたりは無関係だ」

西垣の声に顔を上げる。

「なぜわかる？」

「風穴だよ。俺はずっと、あの風穴の存在が〈梟〉の能力に関係しているんじゃないかと思っていたんだ」

「河内の風穴か――」

エチガ谷の岸壁に口を開けた、総延長一万メートル以上と言われる、関西屈指の鍾乳洞だ。観光用に開放されているエリアはごく一部だが、調査が行われるたびに新たな横穴、竪穴（たてあな）が見つかり、地図が書き加えられていくと言われるほど広大で、今もなおその全貌は明らかになっていない。

だが、〈梟〉は昔から、風穴を修行の場にしている。

「たしかに、私も少し調べてみたことがある。風穴の内部や周辺には、ヨコエビの固有種なども生息しているらしいな。秘密があるとすれば、そこか――。榊さんはどう思う」

郷原所長が、ストレッチャーに横たわる母に尋ねた。

『〈フクロウ〉ノDNAガ、ウイルスユライナラ。イキモノノタイナイニイルハズ』

電子音声の答えに郷原が頷く。

「そうだな。ウイルスも見つかるかもしれん」

郷原の声が生き生きとし、目が輝いている。彼が、本当はいったい何に関心を抱いているのか、だんだんわからなくなってくる。〈シラカミ〉の根絶というのは、ただの言い訳ではないのだろうか。他に目的があるんじゃないだろうか。

「風穴の下層には、地下水流や池もあるんだ。サンプルを採取するなら風穴だ」

西垣が自信ありげに目を光らせた。

「風穴に入るための装備も持ってきた。ばあさんや〈シラカミ〉は無理だが、嬢ちゃんは道案内に必要だ。俺がいたころとは、鍾乳洞の内部が変わっている可能性があるからな」

「——私も行くの？」

遥が不安そうに尋ねる。

「遥には無理。風穴の中は足場が悪い」

史奈がきっぱり答えると、しばらく考えていた西垣が「いいだろう」と頷いた。

「俺と郷原さん、それに榊の嬢ちゃん。篠田も一緒に来い。機材を運ぶからな。あとの者はここに残れ」

救急車には、西垣の部下の屈強な男性がふたりも乗っていた。なぜ彼らを一緒に連れて行かないのかと尋ねようとして、史奈はやっと理解した。

――祖母と母は、人質なのだ。

身体の不自由な〈シラカミ〉や、高齢の祖母まで無理に連れてきたのは、史奈を信用していないからだ。風穴のなかで、史奈が彼らを裏切ることのないように、人質に取ったつもりでいるのだ。

――汚いことを。

西垣がヘッドランプを差し出した。

「――いらない」

史奈は首を振った。いつも、照明なしで駆け回っている風穴だ。内部の様子はコウモリと同じように熟知している。

「言う通りに着けておけ。あんたには必要ないだろうが、郷原さんや篠田は、照明なしでは動けんからな」

しぶしぶ、頭にかぶる。サンプルを持ち帰るためのバッグや、風穴に入ったことのない郷原たちの安全を確保するためのロープなどを、手分けして肩に掛ける。

――これは実戦だ。

風穴で修行を続けてきた自分の、これが初めての戦（いくさ）だ。

「――史ちゃん」

母のそばに立つ祖母が、鋭い視線をこちらに向けて、表情を引き締めた。

「気をつけて。私たちは、お前が無事ならそれでいいんだ」

祖母も、自分たちが人質に取られたことに気づいたようだ。史奈は小さく顎を引いた。

「大丈夫」

自分がなんとかしなくてはならない。

母と祖母、〈梟〉の未来。なにもかもが、自分の行動にかかっている。

西垣に見えないように、スマホの電源を入れた。今ごろ、教授が自分の行方を探っていると信じて。

「さあ、行くぞ。〈梟〉の入り口は別にあるが、今夜は観光洞から入ろう」

足手まといがいるから、とは言わなかったが、西垣の言いたいことはみんなにも伝わった。彼らは、湿った斜面を登り始めた。

十　名誉を尊ぶべし

六日め　23：00　史奈

風穴に足を踏み入れ、ひんやりとした空気に触れると、里に戻った実感が湧いた。内部は、年間を通して気温が十二度前後。風穴というだけあり、洞の中を微風が渡る。外部に通じる抜け穴があちこちにあるためだ。

観光洞から内部に入るのは久しぶりだった。夜中で、管理小屋にも人がいない。観光客が風穴の奥に迷い込まないよう、鉄の扉がつけられている。針金で鍵をこじ開け、史奈は立ち入り禁止の洞窟内に侵入した。

「こっち」

郷原所長と西垣、篠田が追ってくる。史奈も含め、全員がヘッドランプをつけ、オレンジ色のヤッケを身に着けていた。西垣は昔の風穴を知っているが、長い年月の間に、鍾乳洞は少しずつ形を変えている可能性がある。

風穴の内壁は、しっとりと濡れて、ランプの光に輝いている。歩くと滑りやすい。一般的な鍾乳洞と異なり、観光洞の周辺に鍾乳石や石筍は見られない。

「どこまで潜る？」

西垣が尋ねた。

「水のある場所。微生物やヨコエビがいる」

西垣が東京から運んできた装備には、ポンプで空気を入れてふくらませるカヤックも入っていた。最初から、水路に下りるつもりだったのだ。装備品にはロープやランタン、非常食まで含まれ、念のためとは言うが、まるで数日かけて風穴を探検するつもりのようだ。

「水辺の生物は、ぜひともサンプルを採取したいな」

郷原の足元は革靴で、意気込んで言ったとたんに、足をすべらせて転びそうになり、篠田に腕をつかまれていた。一族の血を引いていても、子どものころから鍛錬していなければ、身体能力は磨かれないようだ。むしろ篠田のほうが、危なげなく行動している。

「ここを登る」

観光洞を出てすぐ、上方に伸びた狭い竪穴の下で史奈が立ち止まると、郷原が困惑の表情で見上げた。高さ五メートルはある。

「下りるんじゃないのかね」

「洞穴の中は迷路のように入り組んでいて、ここは一度上がらないと、先に進めない」

「こんなところを上がるのか――」

先を思いやって意気阻喪している郷原に、西垣が失笑した。

「所長、これは序の口だ。この先には、もっと難所が待ってるぞ」

「私が先に上がる。ひとりで無理な人はロープで引き上げるから」

史奈は、渋い顔をしている郷原に声をかけた。こんな入り口で立ち止まられては困る。

「史奈、肩に乗れ」

篠田が自然に膝をついて言った。ひとりでも大丈夫だが、それがいちばん早い。篠田の肩車で竪穴に取りつき、両手と両足を壁に突っ張って、少しずつ登っていく。

登りきって、ひとつ上の層から見下ろすと、ヘッドランプに照らされた三人の男たちが、眩しそうに手でひさしを作った。百メートル先まで明るく照らす、強いランプだ。

「篠田さんから上がってきて」

ロープの端を自分の身体に巻きつけ、もう片方の端を下に投げる。西垣と篠田は自力でも上がれるだろうが、郷原はこちらが引き上げてやらねば無理だろう。まずは、体重の軽い篠田からだ。

篠田はロープを身体に巻いたものの、史奈と同じように、ひとりでクライミングの要領で上がってきた。西垣も続いた。あとは、西垣と篠田で郷原を引き上げる。

自分で登ったわけでもないのに、ひどく疲れた様子で、肩で息をしながら恐る恐る這い上がった郷原は、目の前にいきなり開けた空間を見て目を瞠った。

風穴はほぼ三層構造になっており、これがいちばん上層だ。

シアターホールと呼ばれる天井の高い空間に、史奈は足を踏み出した。のんびりしていては、水流にたどりつくまで何時間もかかってしまう。

「こんなものが自然の力でできるとは」

郷原が、畏怖に打たれたように呟く。彼の声がホールの空間に反射し、うわんうわんと響いた。

石灰岩を地下水が浸食してできた鍾乳洞だという知識はあっても、山の胎内にひそむ巨大な風穴を目の当たりにすれば、自然な反応だった。

史奈は無言で歩き続ける。高低差の激しい地面で、足を取られてぶつぶつ言っていた郷原が、ふと横壁の下部に目を留めた。

「なんだこれは。鑿(のみ)か何かで削ったような痕じゃないか？」

「そこには、江戸時代に〈梟〉が彫った石仏があったの。調査隊が入ることになった時、祖母たちが持ち出して、台座を削ったと聞いた」

光の入らない洞窟内に、江戸期の仏像が安置されていたりすれば、ミステリーとして騒がれるかもしれない。よけいな注目を集めないように手を打つのは、〈梟〉の習性だ。

「なるほどね。その仏像はどうなったんだ」

郷原が台座を削りだした痕跡を指でなぞり、尋ねた。

「今は、お堂に安置されてるはず」

「君はこの風穴を、照明なしで歩けるって？」

篠田が隣を歩いていた。史奈は黙って頷いた。篠田もしばらく黙っていたが、やがてためらいがちに口を開いた。

「――謝りたくて。事情もよく知らず、とんでもないことをしてしまった」

「今はその話、したくないから」

史奈はそっけなく遮った。西垣と郷原の耳があるし、今はとにかく、彼らの用をすませて地上に戻り、祖母や母らと合流して無事を確認したい。できれば西垣らと、早く手を切って別れたいのだ。

篠田が吐息を漏らし、「そうだな」と呟いた。

シアターホール、ドリームホールと、天井の高い空間ふたつを通り過ぎると、勾配のきつい上り坂になる。そこからしばらく、ひとりずつ這って進むしかない隘路（あいろ）が続く。

史奈が先に行き、郷原を二番手にした。まだ一キロも歩いていないはずだが、寒さのせいか、すでに疲労の色が濃い。

「同じ〈梟〉のはずなのに、どうしてこんなに体力が違うんだ」

ひんやり冷たい岩の通路を這いながら、郷原が自嘲気味にぼやいている。話すたび、吐く息が白く曇る。郷原は、天井からコウモリが飛びたつたびに神経質に驚いていた。かすかに臭うのは、コウモリの糞だ。洞穴の奥から吹きつける風が、体温を奪っていく。

「どんな能力でも、使いこなすには鍛錬が必要だから」

史奈が真面目に応じると、郷原のかわりに西垣が大声で笑った。

「久しぶりに、榊の者らしい台詞を聞いたな。あんたのばあさんも、それが口癖だった」

西垣が榊家について語る言葉には、皮肉まじりの棘がある。彼は、フンと鼻で笑って続けた。

「生まれもった能力を生かすも殺すも鍛錬しだいだと聞けば、さぞかし〈梟〉の血を持たない凡人どもが喜ぶだろう」

「〈梟〉の最大の特徴は、眠らないこと。身体能力の高さは、一族が何百年もかけて代々磨きをかけてきたおかげ。鍛錬を怠ればただの人」

「結局、遺伝子だけではどうにもならないわけだ」

「遺伝子だけで超人になりたかった？」

史奈が尋ねると、しんがりを務める西垣が黙りこんだ。

〈梟〉の血を引いて生まれただけで、超人になれるわけではない。もしそうなら、

〈梟〉の一族は努力することを知らず、鼻持ちならない集団になったことだろう。

〈梟〉は己の身の丈を知っている。自分にできること、できないことを知り、人間の幅を広げ己を強化するために、日々の修行を欠かさない。特殊な能力を授かっているからこそ、それを活用して自らを鍛えあげていく。

「――〈梟〉の闇の歴史か」

沈黙が続くと不安を感じるのか、郷原が息苦しそうに口を開く。

「だが、大げさに言っていたが、要するに忍者として各時代の為政者に仕えたということなんだろう？」

史奈は無言で這い進んだ。一族の歴史は、公にはできない秘史とされている。史奈自身もほとんど聞かされておらず、榊や栗谷など主だった家の代が替わる際に、他の当代から教えられ、秘伝の書を読むのだと聞いた。

昔は五つの家が、〈ツキ〉と呼ばれる一族の指導者として認定されており、代々、情報が受け継がれてきたのだが、家が絶えたり里を離れたりして、今も残るのは祖母と勢三だけだったはずだ。

――つまり、今も秘史を知るのは、祖母の桐子のみ。

「誰かに仕えたとか、そんな生易しいものじゃない」

西垣がそう言いだしたので、史奈はぎょっとした。

「どういうことだ？」

事情を知らない郷原は、のんきに続きを催促している。

「知ると驚愕するぞ。日本の歴史は、陰で〈梟〉が操っていたと言っても、過言ではない」

「なんだ、陰謀論か」

「そうじゃない。ちゃんと記録がある」

驚きのあまり史奈の前進が止まっていることに気づいたのか、西垣が意地悪そうに笑った。狭い洞窟に笑い声が反響する。

「驚くだろうな。〈梟〉の秘中の秘のはずが、俺なんかが知ってたら」

「どうして──」

とにかく先に進め、と西垣が手を振った。史奈はそうした。

「俺の実家、村雨家も〈ツキ〉だったからだ。ひいじいさんが〈シラカミ〉になって里に戻った後、代替わりして親父が当主になった。ひいじいさんが死んだ時、俺は無理やり親父から聞きだしたんだ。秘伝書を読んだわけじゃないから、詳しいことまでは知らんが」

無理やり、という言葉に、暴力的な響きを嗅ぎ取る。史奈は眉根を寄せた。

「──でも、火災で秘伝書も焼けたかもしれない」

今まで、その事実にはあえて目をつぶってきた。祖母や里のみんなの無事のほうが大事だし、万が一、燃えてしまったのなら、今さらどうしようもない。

「むしろ、燃えてればいいな。〈梟〉が歴史を動かしていようがいまいが、俺たちにはどうでもいいことだ。徳川が天下を取るよう画策したのが〈梟〉だったとして、現代の俺たちに何の意味がある？」

西垣が追い打ちをかけるように吐き捨てる。

「そういう説があるのか」

興味深そうに郷原が尋ねた。篠田は黙って耳を澄ましているようだ。ふたりの声だけが、前方を這う史奈に届く。

「〈梟〉の伝説だ。藤堂高虎という戦国武将がいるだろう。主君を七回替えたというので評判が良くないが、足軽から最後は徳川家康に仕えて三十二万石以上の大名になった」

「ああ。私でも名前くらいは知ってる」

「伝説ではそれが、一族の者だったとされている。近江の犬上郡甲良町の生まれで、母親は多賀大社の神官の娘だとする説がある」

史奈は無意識に奥歯を嚙みしめていた。驚きの声が漏れそうだった。それはまさに、自分も恩恵をこうむった、多賀神社ネットワークの発端ではないか。

　――そうだったのか。

　目を瞠るほどの、〈梟〉の歴史だ。

「話を聞いて、俺もいろいろ調べてみたよ。藤堂高虎は浅井長政の足軽に始まり、豊臣秀吉の弟、秀長など主君を転々と替えながら、出世していく。身長が百九十センチ、体重が百十キロを超えるという巨漢で、槍の名手。築城技術にも秀でていた。痛みに強く、戦では常に先陣を切るタイプで、身体に百近い傷痕を抱えていたという。石田三成の配下、島左近が徳川家康を討とうとした時には、家康を女物の駕籠に乗せて逃がしている。いかにも〈梟〉らしい話じゃないか」

　西垣は楽しげに話し続ける。

「徳川家康の信任厚く、やがて高虎が封ぜられたのは伊賀、伊勢などあわせて三十二万石余だ。伊賀者を自在に使いこなし、九州各地の外様大名を監視する役目も引き受けている。ふつうの武将に、そんな真似ができたと思うかね」

「〈梟〉の一族から出た大名がいたというのか」

　郷原が、あっけにとられたような声を出す。

「そうだ。上野の東照宮には、家康の両脇に天海僧正と藤堂高虎の像が祀られている。それほどの男だよ。高虎が主君を次々に替えたのも、戦国の世を平定し、安定と調和をもたらす武将を探し求めていたからじゃないか」

「なんだ。まさか、わが国の平和を守ってきたのが、〈梟〉の一族だったなんていうんじゃなかろうな」

郷原が茶々を入れる。

「仕える相手を選び抜いて、一族の繁栄を盤石にしようとしたんだろう。そのためには手段を問わず、これと見込んだ主君に尽くすのだ。そして、一族のために里人が忍びとして全国の大名家に雇われていった。彼らはひそかに横の連絡を取り合い、やがて幕末になると、幕府に見切りをつけて官軍を支援した。明治以降も、その働きは続いたわけだ」

西垣は自分の曽祖父の話をしているのだ。明治政府のために陸軍に入り、日露戦争で活躍したという。そして、そのために〈シラカミ〉になった。

「忍びは日陰の生き物だからな」

自嘲的に西垣が呟く。

「藤堂高虎のように、名を残した一族の者は珍しい。多くは名もなき〈草〉として、闇にうごめき、闇に葬られてきた」

這って進まねばならない箇所は通り過ぎ、ここからは急勾配の下り坂だ。史奈はあとの三人が追いつくのを待った。

「ここを下りるのか？」

郷原が、坂を瞥見して顔をひきつらせた。彼の場合、ここから足を踏み出すのは、転がり落ちるのとほとんど変わらないだろう。史奈はロープを彼の腰に巻きつけた。

「郷原さんはこれで下ろす」

西垣が坂の勾配を確認し、頷いた。

「このへんは昔と変わってないな。俺は先に下りて、待つよ」

言い放つと、西垣ははずむような足取りで坂を駆け下り、最後はほとんど飛ぶように底まで行きついた。

「いいぞ。下ろせ」

こちらに手を振っている。

「俺が重しになろう」

篠田が進んでロープを自分の身体に巻きつけ、史奈がロープを少しずつ繰り出す。郷原はごくりと喉を鳴らし、腰の命綱を握りしめて後ろ向きに坂道を下り始めた。踏みしめられ、小石がコロコロと転がっていく。

「気をつけて」

湿って滑りやすくなっている。ずるりと足を滑らせかけた郷原を、史奈と篠田ががっちりロープで受け止める。だが、それで郷原の足が止まってしまった。蒼白な顔で、凍りついたように固まってしまっている。

「郷原さん、大丈夫だから。ちゃんとこっちで支えてるから、そのまま下りて」

「所長、こっちに来い！　あんたも〈梟〉だろ。勇気を出せ！」

史奈と西垣がこもごも声をかけたが、滑落の恐怖が、郷原を完全に怖気づかせていた。

西垣がここまで聞こえるように舌打ちする。

「私があそこまで行って、郷原さんを歩かせる」

史奈は篠田にロープの繰り出しを任せ、身軽に坂を下りて郷原に近づいた。急で滑りやすい坂道だが、歩き慣れればどうということはない。

「郷原さん、つかまって。ゆっくり一緒に下りるから」

差し伸べた手を見た郷原が、性急につかまろうと姿勢を変えた時だった。

「あっ！」

ずるりと足を滑らせた郷原が、無我夢中で史奈の腕につかまろうとしてつかみそこね、転倒した。彼の手が、とっさに史奈の足首をつかんだ。

足を引っ張られた史奈は、郷原の体重に引きずられて仰向けに転んだ。背中を打って、息が詰まる。反射的に右手でロープをつかんで転落を食い止め、左手でしゃにむに郷原の上着をつかんだ。

ずるずると数十センチ尻が滑ったが、どうにかもちこたえた。

史奈は上を振り返った。ロープだけで、篠田の姿が見えない。

「篠田さん？」

唸るような声がした。

「大丈夫だ！」

篠田は後ろに倒れこんで、とっさに自分も転落に巻き込まれるのを防いだらしい。機転を利かせてくれたおかげで助かった。

史奈はロープの助けを借りながら立ち上がり、体勢を整えた。坂道に倒れてへばりついている郷原は、もはや自力で立つこともできない。顔に擦り傷をつくり、青ざめている。

「座ったままで、お尻と足のかかとを使って、少しずつ下りて」

郷原を落ち着かせ、下を見ないようにさせながら、少しずつ尻で這って下ろした。底に到着すると、西垣がため息をついて救急キットから消毒薬を出し、郷原の傷を調べ始めた。郷原は力なく座り込んでいる。

——最初からこうすれば良かった。

時間を短縮しようと、体力のない郷原に無理をさせたばかりに。

「篠田さん、もう大丈夫」

機材を背負った篠田が、ひとりで下りてくる。巻き取ったロープを彼の手から受け取ろうとして、愕然とした。

「その手、どうしたの」

左手は手袋をはめたままだが、むき出しの右手の指から血が滴っている。ランプで照らすと、人差し指から薬指までの三本の爪が半ば割れてはがれ、指先の皮膚がぼろぼろに裂けている。生易しい痛みではないだろう。

「体重負けして引きずられた」

恥ずかしげに篠田がぼそぼそと囁く。

とっさに後ろに倒れこんでも、郷原と史奈のふたり分の体重で、篠田が引きずられたのだ。そのまま一緒に転落するのを防ごうと、手足をフルに使って地面にしがみついた結果が、これだ。

史奈は篠田の顔を見た。この男は泣き言を言わない。〈梟〉の世界で、沈黙と忍耐は美徳だ。

「やれやれ。そっちも怪我人か。先が思いやられるな。ロープにつかまって下りられるのか、この先」

西垣が顔をしかめ、包帯や脱脂綿を出した。

「大丈夫です。なんとかなります」

手当てを受けるため、背中に負った重い荷物を下ろし、篠田は強情に言い張っている。それでも、疲れを感じたのか、地面に腰を下ろした。史奈も身体を休めるために座った。

——元のルートは使えない。

最初の案では、この先の竪穴をハーネスとロープを使って、ひとりずつ吊り下げるつもりでいたが、篠田の手がこの状態だし、郷原も予想以上に身体が動かない。遠回りにはなるが、全員が歩いて行ける、なだらかなスロープ状の坂道を選んだほうが無難だった。

「手当てがすんだら、急ぎましょう。先は長いから」

「そうだな」

意外にも、西垣が素直に応じた。彼も、まんざら風穴の内部を知らないわけじゃない。怪我人を出し、史奈と同じ結論にたどりついたのかもしれなかった。

「急いでサンプルを採取して、風穴を出よう。この寒さじゃ、所長の体力がもたない」

荷物を背負い直し、彼らは再び立ち上がった。長い道のりが待っている。

七日め　03：30　結川

「和也さん、この車、もっとスピード出せないのかよ！」

長栖諒一が、後ろの座席から結川の席の背もたれをガシガシと蹴っている。まったく、足癖の悪い若者だ。

結川が顔をしかめて口を開く前に、助手席の榊教授がミラー越しに諒一を睨んだ。

「諒一君。緊急時ほど、焦りは禁物だ」

「ちぇっ。教授まで、榊のばあちゃんと同じようなこと言ってら」

諒一はふてくされて、後列の座席にふんぞりかえっている。その隣で、妹の容子は野球帽を深くかぶり、目を閉じている。眠っているのだろうと思った。まだ高校生だそうだが、豪胆な妹だ。

彼らは借りもののミニバンで、東京から滋賀に高速を飛ばしていた。

あれから郷原研究所を出てしばらくすると、野島という女性研究者から電話がかかってきた。郷原所長とは連絡がつかないが、車で滋賀に向かったようだという。

彼女は、だんだん怖くなってきたのかもしれない。結川にじんわり脅され、事件の報道も見直しただろう。殺人がからみ、研究所に警察官が現れるという、超のつく緊急事態だ。

彼らはすぐ、滋賀に向かうと決めた。

ふだん、教授の助手が使っているのは五人乗りのコンパクトな乗用車で、大人が五人乗って何時間も高速を飛ばすのは少々辛い。諒一が頼みこみ、前田先生という知人の高校教師に、車を貸してもらったのだ。

(とにかく、気をつけろよ。諒一は無茶をしそうだが、自分を大事にしろよ)

（んもう、わかってるって、おっさん！）

前田は体育教師で陸上競技のコーチだというから、よほど長栖兄妹のことが気がかりらしい。くどくどと何度も繰り返し、諒一にうるさがられていた。教師をおっさん呼ばわりはないだろうと思ったが、諒一という青年には、そんな無作法でやんちゃな態度を取っていても、どこか憎めない無邪気さがある。

「すみません、慣れない車だし、夜間の高速で事故を起こすと怖いので、安全運転で行きます」

日付が変わる前からハンドルを握り続けるのは、教授の助手の栗谷和也という青年だ。実直そうな面差しだが、実際、行動も実直そのもので、諒一とは対照的だった。

中央の列に座った結川は、窓の外を眺めた。まだ夜は明けない。

先ほど小牧（こまき）を通り過ぎ、車は名神高速道路に入った。取引先の始業時刻までに現地に到着しようと疾走する大型トラックが、轟音（ごうおん）を立てていく。

「栗谷君。羽島（はしま）か養老（ようろう）で、ひと息入れよう。いくらなんでも疲れただろう」

教授が言った。

掛川（かけがわ）のパーキングエリアでトイレ休憩を取った以外、栗谷は休みも取らず車を走らせ続けている。結川が交代を申し出たが断られた。

栗谷は今度も頑固に首を振った。

「いえ、養老のサービスエリアでトイレ休憩を取りますが、僕は疲れてなんかいません。むしろ、いちど休んでしまうと、もう走れない気がするんです。史奈さんが心配だし」

極度のストレスで、興奮状態にあるのかもしれない。ストレスと無縁そうな諒一とは正反対だ。

車はサービスエリアに入っていく。

「飲み物を買ってきます」

ぐっすり眠っていると思っていた容子が、車が停まると同時に機敏に動きだした。

「オレも行く！」

子どものように諒一がついていく。結川は彼らを出すために自分も車を降り、両手を上げて、思いきり身体を伸ばした。教授と栗谷も降りて、軽く屈伸運動をしている。

「史奈さんの携帯は、〈梟〉の里から動いてないんですね」

結川が尋ねると、栗谷が車から端末を出し、確認した。史奈は、何があったのか、深夜になって端末の電源を入れたらしい。電話には出ないし、現在は電波の届かない場所にいるようだ。

「ええ、動いてません。数時間前から、ずっと里にいます」

「そろそろ、教えてくれてもいいんじゃないですか、教授。事件の黒幕は、郷原所長なんですか」

結川が水を向けると、教授は困ったようにしばし沈黙した。

「私にもよくわからないんですよ、結川さん。郷原所長が犯人だとわかっていたら、とっくに警察に突き出しているでしょう。私の実家が燃やされたんですからね」

もっともらしい言い分だが、それは教授の方便のように感じた。彼はおそらく、集落の事件について、誰かを警察に突き出したりはしない。

――それより、自分の手で決着をつけそうだな。

そう考え、まさかと苦笑いして首を振る。紳士的な榊教授を前にして、どこからそんな発想が飛び出したのかと、自分でもおかしい。

「私もちょっと、洗面所に行ってきます」

結川はトイレに行くふりをして、滋賀県警の捜査本部に電話をかけた。実は、榊史奈が滋賀に向かったという情報を、東京を発つ前に上司の課長に報告しておいた。彼は驚き、すぐに捜査員を回して、調べさせると言っていたのだ。それから、どうなったのだろう。

『結川さん、それがな、榊史奈は東京で警視庁に出頭したらしい』

「なんですって?」

意外すぎる言葉だ。

新宿の交番に現れた少女が、自分は滋賀の事件で騒がれている榊史奈で、事件が起きた時には別の場所にいたため、友達の助けを得て東京に出て隠れていたと説明したそうだ。報道の大きさに驚き、出るに出られなくて困っていたと話したという。

「間違いなく本人なんですか」

『榊史奈の写真と似ているが、身元確認のため、彼女の父親と連絡を取ろうとしているところだ』

――父親は、自分と一緒に滋賀に向かっている。

その言葉を、結川は呑み込んだ。

自分は榊教授らの説明を信じている。本物の榊史奈は、きっと〈梟〉の里にいる。ならば、東京に現れた少女は何者か。

榊史奈の居場所を捜査本部に連絡したとたん、身代わりが交番に現れたというのか。

(警察は信用できますか)

榊教授の言葉が、脳裏によみがえる。

誰かが、警察の目を逸らすために、身代わりを表舞台に投入した――そう推理して、背筋が寒くなった。

「それじゃ、集落のほうは未確認なんですね」

『駐在に行かせたが、誰もいなかったそうだ』

だが、あの集落はほぼ山の中で、周囲に何もない真っ暗闇だ。駐在の目から隠れるくらいは難しくないだろう。

「――わかりました。私もあと一時間ほどで滋賀に着きますが、とにかく朝一番の新幹線で東京に戻るようにします」

本心とは違うことを約束した。自分の行動を捜査本部に逐一伝えるのは、危険かもしれないと初めて感じた。

『とんぼ返りですまんが、そうしてくれ。こちらからも、応援をやるから』

課長の言葉をしおに、通話を終える。教授にどう説明したものかと迷いながら、車に戻った。教授と栗谷は、まだ運動を続けていた。

軽やかな足音とともに長柄の兄妹が帰ってきた。結川は振り返り、ハッとした。彼らの後ろに、大柄な影が幾人も佇（たたず）んでいる。

「君たちは――」

教授が驚きをあらわにし、絶句した。

七日め　03：30　史奈

水流の音が、洞窟内部に反響して聞こえてくると、郷原がそわそわし始めた。

「――近いんだな」

「もうじき。そこを曲がればすぐ」

史奈の説明も待ちきれなかったようで、いきなり足早に先を急ぎ始めた。歩きやすいルートを選んだので、ゆうに三十分は遠回りになったが、ようやく風穴の最下層にたどりついたようだ。ここからは、地下水の流れに乗って、ボートで進む。

先に駆けだした郷原の姿が消え、代わりに歓声が聞こえた。

「なんと美しい！　これが地下の水流か」

先ほどからの、ぐったりとした様子とはうって変わって興奮している。現金なものだった。西垣が肩をすくめ、苦笑いしている。史奈は篠田の様子も窺った。ひとことも愚痴をこぼさないが、手の怪我はそうとう痛むようで、顔色が悪い。こんなに涼しいのに、額に大量の汗をかいている。熱が出たのかもしれない。

――まさか、傷から悪い黴菌(ばいきん)でも入ったんじゃ。

篠田には薬が必要だ。早く地上に送りださなければいけない。

「ボートはどこだ？　採取を始めよう」

子どものようにはしゃぐ郷原の声を聞いて、史奈は我にかえった。篠田と西垣が背負っている荷物を下ろし、インフレータブルのカヤックを取り出す。

「私がやる」

疲れた様子の篠田を見かねて、史奈がカヤックに手動ポンプで空気を入れてふくらませた。西垣も黙々とポンプを押している。

ふくらませたカヤックを抱えて郷原を追った。彼はさっそく、バックパックを開け、スポイトで地下水を吸い上げて、プラスティックのボトルに詰めたりしている。

「こんなところに水流があるのか」

篠田が驚いたように周囲を見回している。驚くのも無理はない、ちょっとした川だ。光源がヘッドランプなので全体をとらえるのは難しいが、青みを帯びたゆるやかな流れは息を呑むほど美しい。

今でこそ、風穴は洞窟探検家たちの調査対象となり、彼らの手で測量も行われているが、昔は一般に存在こそ知られていたものの、〈梟〉の一族だけが、自由に出入りできる謎の洞窟だった。

「さっさとヨコエビのサンプルを採ってしまおう」

西垣が、自身のカヤックを荒っぽく水流に投げ入れた。水に手をつけると、涼しい気温の中でもさらに冷たい。史奈は篠田を手伝い、もう一艘のカヤックを水に入れた。西垣のカヤックに郷原が乗り込み、先に流れに乗って進む。後から、史奈たちが続いた。オールは一本で、史奈が握った。ふだんの訓練で船を使うことはないが、子どものころから一応は操船技術も習っている。

「こんな場所で、子どものころから訓練を？」

篠田の驚嘆は尽きない。

「〈梟〉の子どもには、いい遊び場だった」

いつもはヘッドランプも使わなかった。いくら〈梟〉の夜目がきくと言っても、真っ暗闇で見えるわけではない。暗闇の中を、洞窟の割れ目などからかすかに差し込む光を感じ、反響する音を聞く。全身をセンサーのように鋭く感覚を研ぎ澄まし、動き回る。そのうち、洞穴内部のちょっとした凹凸までも記憶して、目をつぶっても歩けるようになる。コウモリと同じだ。

「そこにクモがいた」

前方を行く郷原が指さす先に、逃げようとするクモが映る。

「採取すべきものはヨコエビや貝類だけとは限らないな。コウモリもいたしね」

史奈はオールを水底の岩に当てないよう、慎重に漕ぎながら、郷原の質問に応じた。

「光のない環境に適応した、カワチメクラチビゴミムシとか、コバヤシミジンツボという固有種もいる。他にもまだ見つかっていない固有種がいるかもしれない」

「だが、コウモリは関係ないんじゃないか。連中は毎晩、外を自由に飛び回ってる。山に入る人間となら接触しているだろう」

西垣が口を挟み、郷原も頷いた。

「〈梟〉の一族だけに影響を与えるなら、洞穴から外に出ない生物のほうが、可能性が高いか。西垣さんの言う通りだな」

　数キロある水流をカヤックで進みながら、郷原が網で小さな生き物をすくい、水とともにボトルに詰める。途中、天井に竪穴がいくつか見えた。登っていけば、ひとつ上の階層に出る。水かさが増した時にあふれた水が上の階層に溜まり、池のようになっているのだ。こんなふうに、いくつもの横穴、竪穴が入り組み、層をまたがっているのがこの風穴の特徴だ。

　行き止まりが見えてきた。渦を巻いて水が底に吸い込まれていく。さらに進みたければ、潜水の用意をするしかない。

「ここで行き止まりか」

　郷原が名残り惜しそうに呟き、周囲を見渡した。ヘッドランプの明かりが、濡れた石灰岩の壁を照らす。

「今回の調査はここまでだな。所長、とりあえず手に入れたサンプルを調べてくれ」

「そうだな。風穴は逃げるわけじゃない。必要があればまた来よう」

「よし。撤退だ」

　史奈は安堵し、カヤックを水流に逆らって漕ぎ始めた。こんな形で、照明まで当てて風穴に入るのは、冒瀆（ぼうとく）のような気がしていた。暗闇は暗闇のまま残すのも、大切なことだと祖母に教えられた。今にして思えば、あれは〈梟〉の歴史についても語っていたのかもしれない。

ゆるやかな流れに逆らって漕ぐのは、さほど難しいことではなかった。一時間あまりかけて、もと来た場所まで戻り、篠田とふたりがかりでカヤックを水から引き上げる。

篠田はもともと口数の少ない男だが、風穴の中ではさらに口が重くなった。顔色はあいかわらずだが、汗は引いたようだ。

「篠田は、所長と一緒に先に行け。俺たちはカヤックを片づけて、後を追う」

先ほど郷原が滑った急坂までは、ゆるやかな坂を上っていくだけだ。怪我人の篠田と、体力のない郷原のふたりだけでも、充分行けるだろう。カヤックの空気を抜いて畳むには、しばらく時間がかかるだろうし、郷原は足が遅いので、先に行ってもらえるならありがたい。

「しかし」

篠田が眉をひそめ、ちらりと史奈を見た。行きたくなさそうだ。史奈は頷いた。

「先に行って。すぐに追いかけるから」

それ見ろと、犬でも追い払うように、西垣が手を振る。この男は〈梟〉の一族だというが、今ではむしろ、〈外〉の俗なやり方が身に沁(し)みついているようだ。

篠田がしぶしぶ西垣の指示通り、郷原を連れて元来た道を戻っていく。それを見送り、史奈はカヤックの空気を抜く作業に取り掛かった。

「あんたは本当に、母親にそっくりだな」

西垣が、カヤックを踏んで空気を出しながら、まじまじとこちらを見つめているのに気づく。史奈は答えず、作業に専念した。〈シラカミ〉になる前の母親の記憶は、自分が五歳の時のものだ。似ていると言われても、正直よくわからない。

「まあ、そう急ぐなよ。のんびりやろうぜ。どうせ、俺たちが道を戻るのはすぐだが、連中はよたよた歩いてるんだ。〈梟〉の血を引いているくせに、郷原ときたら。やっぱり〈カクレ〉の血じゃだめなのかね」

西垣は、にやにやと馬鹿にしたような笑みを浮かべ、オレンジ色のヤッケのポケットから、煙草とライターを出した。

「こんなところで煙草なんかやめて」

史奈は鋭く制止した。風穴の環境に、どんな影響があるかわからない。

「いいじゃないか、煙草くらい。まったく、榊のやつらときたら」

ぼやきつつ、それでも一応は煙草のパックをポケットにしまう。

「あんたには言っとくが、俺は今日、〈梟〉の秘密が見つかれば、こいつで焼き捨てるつもりだったんだ」

ライターを見せびらかすように、こちらに振った。聞き捨てならない。史奈は手を止め、西垣に向き直った。

「〈梟〉の秘密？」

「〈シラカミ〉化を防ぐ物質さ。風穴に火を放って、みんな焼いてやればいいと妄想してた。だが、実際に来てみて、あらためて風穴をこの目で見ると、この広さじゃとても無理だな。こんなに広かったのか、この洞穴は」

西垣は岩に腰を下ろし、すっかり落ち着いた様子で、洞穴の内部を見回している。いきなり何を言いだしたのか、史奈には理解できなかった。

「あなたは郷原所長に協力して、〈シラカミ〉化を抑制する物質を見つけようとしてたんじゃなかったの」

「所長にはそう言ったが、実はそんなつもりはまったくない」

――この男、本気か。

史奈は沈黙し、西垣を睨んだ。

「そう睨むなよ。あんた、里でもうじき、最後の〈梟〉になるところだったんだぞ。爺や婆に囲まれて、十六歳の小娘が、一族のために人生を無駄にするところだったんだ。それを、救ってやった。ありがたいと思えよ」

「人生を無駄になんかしていない」

「正気か？　あのまま、里でむなしく朽ち果てるつもりだったのか？」

史奈を嘲弄しつつ、西垣は視線を洞内にさまよわせる。

「俺は、〈梟〉は絶滅すべきだと思うね」

「絶滅？」

「どうせ、放っておいても消えてなくなる〈種〉さ。だろ？　里を出た一族の者は、〈シラカミ〉になったり〈外〉の人間と結婚したりして、〈梟〉の血は絶えていく。郷原所長もよけいなことをせずに、このまま〈梟〉が消えてなくなるのを待てばいいんだ」

「〈外〉の者と結婚して子どもを産んだって、〈梟〉の血が絶えるわけじゃない」

　今までだって、集落の規模が小さくなるにしたがって、〈外〉の血を入れてきた。入れざるをえなかったのだ。だからと言って、〈梟〉の性質が変わるわけじゃない。長栖の父親も〈外〉の者だが、諒一と容子の兄妹は、誰よりも〈梟〉らしいではないか。

「いいや、無理だね。確率の問題だ。〈梟〉の特殊な遺伝子を受け継ぐ子どももいるだろうが、時代が下ればいずれ消える定めだ。どうして所長があんたを血眼で捜していたか、まだわからんのか」

「私を捜していた？」

「そうだとも。あいつは、うちの連中が里から連れてきたのが、年寄りの〈梟〉ばかりだと知って、ショックを受けていたんだ。いちばんの獲物が網にかからなかったんだからな」

「私は獲物なんかじゃない」

くく、と西垣が喉を鳴らして笑う。

「そういう気の強さが、母親にそっくりなんだ。まじりっけなし、——いいか。あんたは、子どもを産むことのできる、最後の本物の〈梟〉だ。家系図を延々と遡っても、どこまで行っても榊家の先祖は〈梟〉、とされている。一族の始祖に限りなく近い家系なのさ。そして、あんたの身体に収まっている若い卵巣には、〈梟〉の遺伝子がたっぷり詰まっている」

西垣が腰のあたりに指を向けたので、ぞっとした。

——この男、私をモノ扱いしている。

直感でそう思った。西垣は、榊史奈というひとりの人間ではなく、卵巣だけを見ている。まるで、遺伝子の容器のように。

「俺は、そいつを潰しにきたんだ」

いきなりライターが顔に飛んできた。

避けた時には、西垣の拳が腹部を狙っていた。とっさにバク転で逃げ、風穴の壁に駆け上がった。天井近くのごつごつした岩壁に、トカゲのように貼りつく。子どものころ、諒一や容子とこんな修練ばかりしていた。

西垣が耳ざわりな声で笑った。

「やっぱり、〈梟〉の連中とやりあうと、手ごたえが違うな」

「なぜそんなに〈梟〉を目の敵にする？」

「滅びゆく種族に、引導を渡してやるだけだ。俺が憎むのは〈梟〉じゃない。お前ら、榊だよ」

「恨みでもあるの」

「大ありだ！」

西垣がバッタのように飛び上がり、史奈の足をつかもうとした。壁を蹴って西垣の手を逃れ、着地した。

――やっぱり、この男は何か隠していた。

自らの研究にしか興味のない、郷原とは違う。史奈が西垣に強い悪意を嗅ぎ取ったのは、間違いではなかった。

睨み合う。史奈は、里を出てからずっと隠し持っていた狩猟ナイフを抜いた。ウエイトは西垣に分があるが、こちらは身軽に動ける。実力は互角、だが相手を倒すには武器がいる。

ナイフを見て、西垣が薄笑いを浮かべた。

「丸腰の俺を相手に、得物を出すのか？　もちろんかまわんよ、ハンデをやろう。なにしろあんたは、十六歳のお嬢ちゃんだからな」

史奈は冷静に聞き流した。西垣が丸腰だというのは、大嘘だ。里に部下を送り込むのに、拳銃を持たせるような男が、手ぶらで来るはずがない。史奈を小娘扱いして、感情を乱そうとしているだけだ。

「可愛くねえな」

　反応を測り、西垣が笑った。

「榊の奴らは、みんなそうだ。可愛げがないんだ」

「〈梟〉に、可愛い小娘はいらない」

　ぴしりと言い放つ。〈梟〉は、生まれた瞬間から全員が戦士だ。弱さは死に直結する。

「あなた、〈外〉の世界に染まりすぎたね」

「くそったれが！」

　西垣の双眸（そうぼう）に怒りが閃（ひらめ）いた。単純で短気な男だ。いったん背中に回した手が握ったのは、筒の短い拳銃だった。

「ハンデはいらないんだろ」

　西垣が笑いながら安全装置を解除した時、後ろから大柄な影が西垣に飛びかかった。

「逃げろ！　史奈」

　篠田だった。ヘッドランプを消して、忍び寄っていた。様子がおかしいと察して、戻ってきたのだろうか。後ろから羽交い絞めにする篠田と、逃れようと暴れる西垣の必死の形相を見た。迷っている余裕はない。狩猟ナイフの柄を横向きにくわえ、水流に飛び込んだ。深さはさほどないが、なるべく底まで潜る。流れが自然にふたりから遠ざけてくれる。

発砲音を二度聞いた。

――篠田は大丈夫か。

とっさに水に飛び込んだが、逃げずにふたりで西垣を倒すべきだったのではないか。だが、祖母と母も心配だ。史奈が逃げたとなると、彼の攻撃がふたりに向かうのは間違いない。

――必ず阻止する。

風穴の内部は知り尽くしている。

ここでは、携帯電話は使えない。西垣より早く地上に出て、ふたりを助けにいく。西垣が郷原所長を連れ出すのに手間取って、遅れてくれればいいが。それとも、足手まといの郷原所長も殺すのだろうか。

――篠田はなぜ戻ってきたのだろう。

あの男は西垣の部下だ。そ知らぬ態(てい)で、西垣に情報を流していた。そんな男を心配してやる義理はない。

だが、最初に会った時、サービスエリアでさりげなく史奈のために日陰をつくる姿を見て、ぶっきらぼうで口数は少ないが、強くて気持ちの優しい男だと思った。まるで、話に聞く〈梟〉の若い男を見るようだとも。

史奈が物心ついてから、里には若い男がひとりもいなかった。榊の者が、〈外〉の人間と結婚したことは一度もない。だがそれは、今となっては難しい。

――さっきの場所に戻ろうか。

不安のあまり、一瞬、そうも考えた。篠田は撃たれたかもしれない。自分を助けるために――。

考えにふけっていて、水流が行き止まりに近づいているのに気づかなかった。底の速い流れに引きずりこまれそうになり、ハッと気づいて水をかき、岸に上がる。水が滴り落ちる髪を、手でぎゅっと絞った。ここで泳ぐのは、ずっと子どものころ、容子とふたりで水流に飛び込んで以来だ。西垣が追ってきていないかと耳を澄ましたが、水の中にも外にも、彼の姿はなかった。

――篠田のことは、後で考えよう。

彼が、生きていれば。

風穴の最下層から、竪穴をよじ登って、上の層に這い上がる。黒のシャツもジーンズもずぶ濡れで、スニーカーは歩くたびに中で水がびちゃびちゃと気持ちの悪い音をたてた。それでも、岩の上を裸足（はだし）で歩くよりはマシだ。

先ほど来た道を使うと、西垣と鉢合わせする恐れがある。逆方向を目指すことにした。

森の間と呼ばれるホール状の鍾乳洞があり、そこから流れ込む水の流れを越えれば、外に出られる。

走りだした。今は何も考えずに、先を急ぐだけだ。

岩の隙間から外に這い出た時には、朝の光が木々の間からこぼれ落ちていた。風穴に入ってから、九時間と少し経過している。そろそろ午前八時半ごろだろうか。

西垣がワゴン車を停めたのは、集落の広場あたりだった。まだそこにいるかと駆けつけたが、車は影も形もなかった。

――どこに行ったんだろう。

あれだけの事件の後だけに、朝になれば駐在が見回ったり、記者が来たりする恐れもある。車を移動させたのかもしれない。

――まさか。

移動先に、思い当たる節がある。

西垣は、史奈の欺瞞（ぎまん）に気がついたのかもしれない。風穴の中で、古い仏像をお堂に移動させたことを話してしまった。あれが、西垣にヒントを与えた恐れがある。

――〈シラカミ〉を防ぐものがあるとすれば、それは風穴じゃない。

郷原の話を聞いた時から、そう気づいていた。西垣が風穴に注目していたのをいいことに、あえて自分の意見は封印し、西垣の真意を探るつもりだった。たとえ一族の者であっても、西垣のような男に、榊の自分が、おいそれと里の秘密を明かすつもりもなかった。

史奈は、林の木々に隠れながら、先を急いだ。びちゃびちゃと音を立てるスニーカーが邪魔になり、途中で脱ぎ捨て靴下でやわらかい土の上を駆けた。

〈梟〉の一族を〈シラカミ〉化から守ってきたもの。それはきっと、鎮守の森にある井戸だ。他には考えられない。

科学が発達する前から、〈梟〉は自分の健康を守るものが、その井戸の水だと気づいていたのだ。だからこそ、井戸を中心に森を守り、鳥居とお堂を建て、夜には〈讃〉を上げて井戸の水を口に含む儀式を確立させた――。

悠久の時の流れ。

何百年もの間、大切に儀式を守り抜いた榊の家は、そうとは知らずに一族を〈シラカミ〉化から守っていたのだ。

木々の向こうに、オレンジ色のヤッケがちらりと覗き、史奈は急いで木陰に隠れた。

――いた。

西垣と警備会社のふたりのスタッフだ。救急車から祖母を引きずり降ろし、ストレッチャーも引っ張り出そうとしている。母の真っ白な髪が見えた。

「何してるの！　よしなさいよ！」

祖母の桐子をかばい、遥が気丈にスタッフに食ってかかっている。郷原所長の姿が見えなかった。

――風穴に置き去りにしたのか。

足手まといの郷原を連れていたら、西垣はこんなに早く戻れなかったはずだ。

彼らは鎮守の森の、鳥居のすぐ前に救急車とワゴン車を停めていた。

「すっかり騙されたよ、お前らの演技に！」

西垣が興奮した様子で喚いている。

「この井戸だな！　この井戸さえ壊せば、〈梟〉の命綱は消滅する。簡単だったんだ。〈梟〉のくだらんプライドも、能力も、それで消えてなくなるんだ！」

祖母は無言だった。ここからは見えないが、きっと西垣を睨み殺すような目で見ているはずだ。あの歳でも、〈梟〉の長だ。隙を見て警備会社のスタッフを倒すつもりかもしれない。

『ムラサメサン。ナゼソンナニ、フクロウヲニクムノ』

母の電子音声が単調に尋ねた。西垣がそちらを振り返った。

「お前だって、知ってたはずだ。俺はお前と結婚したかった。一族の数は減り、年ごろの男女はさらに少ない。俺は、年齢的につり合いが取れ、一族の誇りだったお前に惚れこんでいた。いいなずけがいるのは知っていたが、それが何だ。だが、そこにいるばあさんは、榊の者は〈シラカミ〉の家から婿は取れんと断りやがった。たとえ、一族のために粉骨砕身して、異郷で病に倒れた英雄の曽孫でも」

『――ソレハ、ハハノセイジャナイ。イチゾクノオキテダカラ』

「そう、血も涙もない掟さ。だから俺は、里を出奔したのだ！」

史奈は足音を忍ばせ、身体を低くして移動した。西垣は興奮して、過去の憤懣をぶちまけている。今のうちに近づくのだ。

「だから俺は――」

西垣がなぜか言葉を切り、雷の直撃でも受けたように身体をこわばらせた。

異様な気配が伝わってきた。西垣警備のスタッフらも、息を呑んでいる。

「――あなたの、その髪」

ふるえる声で呟いたのは、遥だった。史奈は遠目に西垣を見つめた。短く刈り上げた髪が、いつの間にか真っ白になっている。

『ハッショウシタノネ』

母の声に、西垣が震えながら振り向いた。鏡を見たわけでもないが、西垣には自分の身体の変化が感じ取れたようだ。

「――いつかは、こうなると思っていたが」

『マダジカンハアル。ジンセイノ、セイリヲスルダケノジカンハ』

「そんなものはいらん」

西垣の手に、拳銃が握られているのを史奈は認めた。この位置では、まだ遠すぎる。こちらの手持ちの武器は、狩猟ナイフしかない。今ここに、弓矢があれば——。

「研究所でお前と再会してから、この瞬間を夢見ていた。お前は今ここで死ぬが、それは俺の慈悲だ。霊仙の山野を駆け回っていた誇り高いお前が、そんな姿になってまで生きるのは辛かろう」

西垣が、銃口を母に向けた。

——ここから届くだろうか!

自分の腕を信じるのだ。史奈は木陰から飛び出し、ナイフの柄をつかんで振りかぶった。太い樫の柄が、指先を離れた。

銃声が、しんと静まりかえる鎮守の森に、大砲のように響きわたった。

十一　賢将は勝って慎む

七日め　08:50　史奈

銃声を聞いて、史奈は駆けだした。

「ばあちゃん！」

西垣が引き金を引く瞬間、祖母が飛び出して母の希美に覆いかぶさるのが見えた。

「ばあちゃん――ばあちゃん！」

西垣は銃を落とし、よろめいた。その肩に、史奈の狩猟ナイフが深々と刺さっている。届いた。たしかにここまで届いたのだ。迷う暇があれば、さっさと投げれば良かった。そうすれば――。

西垣がこちらを見た。真っ白に変化した、短い髪。目が赤いのは、〈シラカミ〉化のせいではないようだ。

史奈はジャンプし、西垣に体当たりして地面に押し倒した。彼は抵抗しなかった。もはやその気力がない。無抵抗の人間を殴る気は失せ、銃を奪うと西垣を打ち捨てて、祖母と母のもとに駆け寄った。

「ばあちゃん！」

祖母の背中に、小さな赤い花が咲いたようだ。血だ。出血はひどくない。史奈はとっさに止血点を押さえ、呼びかけた。

「しっかり！　大丈夫、すぐ医者を」

「──史ちゃん」

祖母の声はささやくように小さかったが、ゆるぎなかった。常に気丈な人で、それは撃たれたぐらいでは変わらなかった。

「希美は大丈夫だね」

今の動きと衝撃で、視線を読み取る装置が外れたのか、電子音声は聞こえず、代わりにもの言えぬ母が、かすかに表情を歪ませた。母に怪我がないことを確かめ、祖母を抱き起こした。震える唇に耳を近寄せる。

「史ちゃん、ええか。お堂にすべてある。〈梟〉のすべてが」

祖母が、自分にすべてを預けて去ろうとしている。史奈はゾッとした。

「──ばあちゃん、傷は浅いから。しっかり」

「身体の中に、出血してるんだ。肺をやられたわ」

祖母のささやきに、史奈は目を瞠った。出血量が少なくとも安心できない。身体の中に血液が溜まっているのか。肺を撃たれ、呼吸すら苦しいに違いない。

「ちょっと！　これ救急車でしょ？　なにぼんやりしてんの、早く近くの病院に送ってよ！」

衝撃で車のそばに立ち尽くしていた遥が、我に返り、救急車を運転してきたスタッフに叫ぶ。だが、彼らは顔を見合わせるばかりで動こうとしない。銃創を負った女性を病院へ運び、なんと説明すればいいのかわからないのだろう。

「まったく、うちの父さんはどこにいるのよ！　さっさと車を出して！」

遥が苛立っている。史奈も救急車のスタッフに頼もうとして、祖母の痩せた手がぎゅっと腕をつかんだことに気づき、ハッとした。

「──史ちゃん、忘れたらあかん」

「ばあちゃん」

「〈梟〉は境界──力は使い方しだい」

「ばあちゃん、いいから」

もどかしかった。

今はそんなことを言ってる場合じゃない。まず病院に行って、傷の手当てを受けるのだ。今は医学も進歩している。処置が早ければ、きっと助かる。

腕をつかむ手に、ますます力がこもる。まるで、残された生命力をすべて史奈に注ぎこもうとしているようだった。

「ええな。おまえが最後の〈ツキ〉だ。〈梟〉を導くのはおまえしかいない」

「もう、何も言わないでいいから。息するの辛いでしょ。黙って」

「最後におまえに会えて、良かった。ずっとおまえが誇りやった。おまえも、〈梟〉の未来のために里を下りた希美も――里の誉れ」

唇が、にっと微笑の形に吊り上がったかと思うと、次の瞬間、小さな吐息をつくのと同時に、祖母の命は流れ出た。

色白だった祖母の肌が、みるみるうちに死者のくすんだ土気色に変わっていく。

腕をがっちりとつかむ指は、祖母の執念のように皮膚に食い込んでいた。

史奈は呆然と祖母を見つめた。

幼いころから自分を鍛え、里を導いた榊の〈ツキ〉が、逝った。他の〈ツキ〉たちとともに、自分ひとりを残して。

――そんな。

「――史ちゃん」

遥がそばに来て、肩を抱いてくれる。祖母の指を、一本、また一本とやさしく史奈の腕からはがし、そっと胸の上に戻した。

――嘘だよね。

嘘だと言ってほしい。

こんな形で祖母と別れるなんて、思いもよらなかった。里が襲撃を受けた時にも、きっと祖母はどこかで生きていると信じていた。

「――残念だったな」

太い声がして振り返ると、西垣がよろめきながら立ち上がるところだった。

「俺が道連れにしようとしたのは、希美だ。ばあさんなんか、どうでも良かったのに」

「あんたは黙ってなさいよ！」

遥が、毛を逆立てた猫のように唸る。

自分はひとりきりなのだと、史奈は悟った。父や母がいても、頼ることはできない。自分は自分の足で立ち、最後の〈梟〉として生きなければいけないのだ。

いつかこんなふうに自分を世界に送り出す日が来ると、祖母は予感していたのだろうか。

史奈は、祖母の身体をそっと地面に横たえた。こんなに小さくて、軽かっただろうか。まるで、すべての重責から解放されて、重しを取り去ったみたいだ。それに、指も手も、史奈の記憶にある祖母よりずっと、痩せて折れそうだった。記憶の中で、強い祖母の像を作り上げていたのか。

「郷原所長はどうしたの」

史奈の問いに、遥が顔色を変えて西垣を睨む。西垣がかすかに鼻で笑う。

「足手まといだから、風穴に置いてきた」

「篠田さんは」

「――さあな」

西垣が、自分の肩から狩猟ナイフを力まかせに引き抜いた。血の滴る切っ先を指先に当て、希美を見つめる。

「いいナイフだ」

――この男。

まだ諦めていないのか。

史奈はとっさに遥を背後にかばい、西垣から奪った銃を握ったが、撃ち方は知らない。この銃は、すでに一度、使われている。このまま引き金を引くだけで、次の弾が出るのかどうかもわからない。

「よすんだな。触ったこともないだろう。思いもよらない奴を撃つかもしれんぞ」

にやにやする西垣に憎しみを覚える。この男は祖母の仇だ。それだけじゃない。勢三さんと、里の仇でもあった。

「動くな！」

「おまえに俺を止める力はないさ、お嬢ちゃん」

「試してみればいい」

絶対止める、と史奈は肚を決めた。銃でだめなら、腕ずくで止める。

西垣が一歩、踏み出した。

史奈が引き金に指をかけた時だ。

風を切る音がした。地面に鋭い苦無が突き立ち、西垣の行く手をふさぐ。鬼面の形相で彼が顔を上げた時、史奈は引き金を引いた。

「――――！」

狙いは外れたが、弾は西垣の頰すれすれに飛び、赤い血の筋を残した。

「そこまで！」

よく通る女性の声が、朗々とお堂の森に響きわたる。なにごとかと、救急車のスタッフも周囲を見回している。

森の木々が揺れる。小さな嵐が到来したかのように、何かが近づいてくる。

いくつもの鋭い黒い影が、木々の枝から舞い降り、すっくと地面に立った。

黒ずくめの服装。スニーカー。ぴっちりとまとめた髪。

史奈は彼らに見覚えがあった。昔、遊んでもらったおじさんや、おばさんもいる。中には懐かしい顔もあった。

「――堂森のおばさん！」

「大きなったなあ、史ちゃん」

すらりと背の高い女性が、こちらを見てにっこり笑う。身体の線にぴたりと添うタートルネックにスパッツ姿で、腕を組んでいる。そのほっそりした腕がどれほど強靭ですばしこいか、史奈はよく知っている。

堂森明乃(あきの)は、堂森家の主だった盲目の老人が亡くなるまで、里で暮らしていた。老人が亡くなると、明乃と婿養子の夫が子どもたちを連れて里を下りたのだ。里にしがみついていては暮らしが成り立たず、子どもに教育を受けさせる機会を奪うことになるからだ。

「遅くなったね。私らは、長栖の息子から知らせをもらって、ここに集まったんだ。里の事件が起きてから、隠れて情勢を探っていた。後から他のみんなも来るよ」

堂森は、横たわる祖母をちらりと見て、かすかに顎を引いた。「後は任せて」と死んだ祖母に伝えたようにも見えた。

影のように集まった〈梟〉たちが、次々に祖母に目礼し、手を合わせる。

史奈が小学生の頃に里を下りた砧の夫婦もいれば、史奈が初めて会う若者もいた。姿を見せた者だけで、七名。だが、史奈の鋭敏な感覚は、樹上に潜んで様子を窺う、べつの〈梟〉の存在もとらえている。

史奈は高揚感に震えた。

いったい、みんなで何人いるのだろう――この世に残った〈梟〉は。

「数さえいればなんとかなるってか？」

西垣が憎々しげに堂森を睨んだ。堂森が腕を組み、堂々と胸を張る。

「あんたの話は、榊の〈ツキ〉から聞いてる。あんたが希美の婿に選ばれなかったのは、〈シラカミ〉の曽孫だからじゃない。そのキレやすい性格が、〈ツキ〉の長の伴侶には向かないと判断されたからだ。逆恨みするんじゃないよ」

「――何を小癪な」

西垣の身体に力がみなぎる。社長に忠義立てする気か、部下らが彼に駆け寄った。逃がすまじと、堂森の側には〈梟〉の末裔らが素早く寄り添い、西垣らを取り囲む。

「諦めな、村雨の。この人数を相手に、あんたひとりじゃ勝ち目はない」

「――そうかな」

西垣が、そばにいた救急車のスタッフの身体を突き飛ばした。スタッフはつんのめるように砧の夫にぶつかり、人の輪が崩れた隙に、西垣が駆けだした。

堂森が飛ぶように後を追い、史奈も続く。西垣の目的はわかる。車だ。彼が運転してきたワゴン車。

いけすかない奴だが、西垣は同じ年代の男たちよりずっと頑健だった。あのすばしこい堂森を置き去りにして、ワゴン車に飛び込む。堂森がドアに飛びつくが、開かない。

ロックされた。

史奈は運転席に駆け寄り、握った拳銃の銃把をサイドウィンドウに叩きつけた。傷ができたが、割れない。西垣がエンジンをかけた。もう一度、ガラスを割ろうと試みたが、その前に車が動きだした。

――絶対、逃がさない。

お堂の前の道は舗装されておらず、轍の跡が残るだけの山道だ。ガタガタと車が揺れながら進んでいくが、スピードは出ない。史奈は堂森とふたりで追った。この先は行き止まりだが、西垣はもちろん、知っているはずだ。

木々が途切れたあたりで、ぐるりと車を転回させて、こちらに引き返してきた。

史奈は立ち止まり、銃をかまえた。さっきは弾が出た。きっと、まだ撃てる。

堂森が、マキビシを車の通り道にさっと撒く。史奈は近づいてくる運転席の西垣と睨みあった。西垣は眉間に深い皺を刻み、大声で何か喚いている。

待つ。引きつける。

両手で銃を握り、引き金を引いた。反動で銃口がぶれる。フロントガラスを割ったが、西垣は顔を歪めただけで突っ込んでくる。もう一度撃ち、横に飛びのいた。

弾は車の天井に当たったようだ。

だが、タイヤが堂森のマキビシを踏んだ。ズバンという破裂音がして車が弾んだが、西垣は止まらない。前輪がぐらぐらと揺れ、山道を鉄の爪で引っかくような、ひどい騒音を立てながら走り続けている。

——西垣の目的が読めた。

「逃げて！」

史奈は絶叫した。

車はまっすぐ、母の担架に向かっている。西垣は、自分の命などどうでもいいのだ。自分自身も〈シラカミ〉になったからには、命も名誉も捨てる覚悟なのか。

砧夫妻と遥が担架を抱えて逃げる間に、他の〈梟〉たちが車に駆け寄った。割れたフロントガラスから運転席に石を投げる。史奈が初めて会う若者が、助手席側のサイドミラーを使って屋根によじ登ろうとしている。

それでも西垣の目には、逃げる担架しか映らないらしい。車は蛇行し、担架とそれを取り巻く人々を追いかける。

史奈も走った。あの男を止めなくては。なんとしても——。

ふいに、エンジン音がもうひとつ、背後から聞こえた。救急車が動きだしている。

「みんな、どけ！」

窓を開け、叫んでいるのは篠田だった。窓から腕を出し、〈梟〉たちに散れと言っている。史奈は救急車に道を譲った。ワゴン車によじ登っていた若者も、急いで逃げた。

救急車はスピードを上げ、ワゴン車の進路を遮るように、果敢に突っ込んだ。西垣のブレーキは間に合わなかった。エアバッグもなく、救急車の左横腹に突っ込んだ時、シートベルトを着けていない西垣の身体が、割れたフロントガラスから弾丸のように飛び出して、頭から救急車に激突するのが見えた。誰かが悲鳴を上げた。きっと遥だ。

煙を吐く車から半分飛び出した西垣の身体は、ぴくりとも動かない。

史奈は銃を下ろし、ゆっくり近づいていった。追いついてきた堂森が、背中をひとつ叩き、追い抜いていった。

「――悪党らしい最期だね」

堂森が、西垣の首筋に手を当て、脈を確かめて首を振る。即死だったろう。

「死んだのか、西垣さんは」

杖の代わりに、太い木の枝を突いて、足を引きずりながら歩いてきた男がいた。郷原だった。満身創痍（まんしんそうい）で、風穴の地下で最後に見た時より、傷が増えている。戻ってくるのに、そうとう苦労したようだ。事故の惨状を見て、眉をひそめている。

「こんな結果になるとはな――残念だ。なんとか、降ろしてやれないかな」

今までどこかに隠れていたらしい救急車のスタッフが現れ、〈梟〉の青年と協力して、西垣の身体を降ろそうと苦心している。

「父さん？」

「遥――良かった、無事だったか」

遥を見て、郷原は初めて父親らしい表情を見せた。

堂森が担架のそばにしゃがんだ。母の手を取り、ぎゅっと握りしめる。

「希美。――あんたが、〈シラカミ〉になっちゃうなんてね」

ふたりは幼馴染だったと聞いた。電子音声の装置は使えなくとも、視線で多くを語りあっているのだろう。会えなかった長い年月の代わりに。

史奈は、救急車の運転席に近づいた。衝撃でエアバッグが開き、意識のない篠田の身体をしっかり受け止めている。

「――篠田さん」

二度も、助けられた。

ドアを開き、エアバッグに顔を伏せて気を失っている篠田の肩に触れる。西垣の車は、まだ煙を噴き続けていた。ガソリンに引火すると危険だ。

「誰か手伝って。篠田さんを降ろしたいの」

シートベルトを外し、若い〈梟〉に手伝ってもらって、篠田の身体を救急車から降ろした。やっぱりずぶ濡れだ。左肩から胸にかけて、シャツが真っ赤に汚れている。事故のせいではない。風穴で、西垣に撃たれたのだ。史奈と同じように、水流に飛び込んだのか。

――よく生きて。

篠田の髪をそっと撫でる。

こんな男は初めて見た。〈外〉の人間のくせに、まるで〈梟〉のように強い。この男は、自分がついた嘘と不名誉に耐えられなかったのに違いない。命がけで、名誉を挽回した。

「西垣さんに置いてけぼりをくらってね。篠田くんが、風穴から連れ出してくれたんだ」

郷原が遥の肩に腕を回し、足を引きずりながら近づいてくる。

「せめて応急処置をさせてくれ。救急車の中に医療キットがあるだろう」

「取ってくる」

史奈が立ち上がった時、集落のほうから連なって上がって来る三台の車が見えた。先頭は、見覚えのあるミニバンだ。前田先生の車だった。一瞬、琴美のラブラドール・レトリーバーが窓から飛び出してくるのではないかと思った。二台め以降は、どこにでも走っていそうな白い乗用車が続いている。

ミニバンの助手席から、榊教授が手を振った。

「おーい！　みんな無事か！」

運転しているのは、栗谷和也だ。

この惨状に、さぞかし肝を冷やしているだろう。車が停まるのを待ちかねたように、バタバタといっせいに車から降りてくる。

「なんだよこれ、ひっでーな！」

真っ先に降りた諒一が、衝突した車に目を丸くした。落ち着いて四囲を見回す容子の後ろから、見知らぬ中年男性が降りる。後ろの二台から降りた五人にも見覚えはないが、体格と身のこなしから、全員が〈梟〉のようだ。里の危急に参集したのだ。

「史奈！　まったく君は、なんという無茶をするんだ。黙って里に来るなんて――」

駆けつけた教授が、胸が詰まって言葉にならないのか、濡れたままの史奈を抱きしめた。大きな手のぬくもりが伝わる。教授のジャケットからは、古い本の匂いがした。

「ごめん、お父さん」

史奈は教授の肩に額を載せた。ちゃんとお父さんと呼ぶのは初めてだ。今ここで呼ばなければ、永久にその機会を逃す気がした。

教授は一瞬、弾（はじ）かれたように身体を離し、まじまじと史奈を見つめ、感極まったように目を潤ませて、また抱きしめた。

「――ずぶ濡れだぞ」

「風穴で泳いだから」

「いったい何があったんだ」

ようやく身体を離し、自分のジャケットを脱いで、史奈の身体を包んでくれる。

「救急車から医療キットを取ってこなきゃ。それに、ばあちゃんが――」

ぽつんと草地に横たわる、祖母の遺体を指さした。既に容子がそちらに向かっている。

「――なんてことだ」

教授が首を振り、容子の後を追った。

史奈は唇を噛んだ。自分が一瞬ためらったせいで、母がここにいることを伝えられなかった。知ったら、どれだけショックだろう――行方不明の妻が、〈シラカミ〉になっていたなんて。

「史奈さん」

和也もすぐそばに来ていた。衝突した二台の車を見つめ、地面に横たわる篠田と、車から降ろされようとしている西垣を見やり、何かを悟ったように真剣な表情で頷いた。

「――良かった。無事だったんだ。本当に良かった――彼が助けてくれたんだね」

「ありがとう。ここまで父と来てくれて」

「当たり前だろ。僕は、里に来るのは初めてなんだ。なんだか、恐れ多いな」

和也の目が、かすかにおののいている。〈カクレ〉の和也。両親は、彼が生まれる前に里を下り、和也の存在を里の人間には知らせていなかった。そのために、里では存在すら気づいていなかったのだ。

「燃えてしまったけど、これが私たちの里だから。目に焼きつけておいてね」

優しく言うと、和也は畏怖すら感じたような表情で頷き、史奈の言葉通り、しっかりと周囲を見渡している。

救急車の後部ドアをこじ開け、〈梟〉たちが医療キットを見つけて、郷原に渡していた。篠田は彼に任せてよさそうだ。

「ありがとう。篠田さん」

意識を失ったままの篠田に呼びかける。

史奈は歩きだした。見知らぬ背広姿の中年男性が、まっすぐ史奈に向かってくるのが見えていた。衝突した車と、横たわる篠田や西垣に目を剝きながら、走ってくる。

「榊史奈さんですね！　いったい何が起きたんですか、これは！」

強い興奮と、好奇心があふれるような視線に、史奈はたじろいだ。ただ頷くにとどめると、男は目を輝かせた。

「無事で良かった。滋賀県警の結川です。いま、救急車と署の応援を呼びました。話を聞かせてもらいますよ」

――いよいよ、警察が介入するのだ。

史奈は気を引き締めた。自分がしっかりして、〈外〉の好奇心から里を守らねばならない。〈梟〉の特殊性を隠し、事件に納得のいく説明を与えるのだ。それこそが、祖母が自分に課した〈ツキ〉としての務めに違いない。

「わかりました」

史奈は頷いた。

「でも、少しだけ待ってもらえますか。父に話すことがあるんです」

祖母の遺体のそばに膝をついている、教授に近づいていく。結川は、後ろでじっと見守っているようだ。

「お父さん」

呼びかけると、目を赤くした教授が史奈を振り仰いだ。

「──お母さんも、ここにいるの。先に言っておくけど、お母さんは病気なの。驚かないで」

「史奈」

赤い目をしたまま、教授は静かに微笑んだ。

「覚悟はできてる。彼女がどこにどうしているのかわからないほうが、よっぽど辛いよ」

「あそこ」

史奈が指をさすと、教授は立ち上がり、ゆっくり担架に歩いていった。〈梟〉の者たちが、担架を取り巻いている。本来なら、祖母の跡を継ぎ、〈ツキ〉になるはずだった母――希美の周囲で。

「――希美」

　ささやくように教授が呼び、担架の脇に膝をついた。母の真っ白になった髪をひとすくい、指で触れ、優しく額を撫でている。低く話しかける声はもうこちらに届かなかった。彼らがお互いの長い不在を埋めるには、時間がたっぷりと必要だろう。

「史ちゃん」

　気づくと、容子が影のようにそばにいた。その隣には諒一の姿もある。彼らに頷きかけ、史奈は結川に向き直った。

〈梟〉の準備はできている。あとは飛び立つだけだ。

七日め　14：00　結川

　高校一年生か、と結川は吐息を漏らした。

　結川にも娘がいる。生意気盛りで勉強はろくにせず、学校ではバレー部に入り、家に帰ると結川には顔の区別がつかないアイドルに夢中の十七歳だ。それはそれで、もちろん可愛いが、榊史奈とは天と地ほども精神年齢に開きがある。

　ずぶ濡れだったので、警察署で急いで用意した、サイズの合わないスウェットの上下を着て、髪を濡らしていてもだ。

あれから救急車とパトカーが列をなして集落に駆けつけ、榊桐子と西垣という男性の遺体を収容し、怪我をした郷原所長と篠田という男性のふたりと、榊希美という病気の女性を病院に搬送することになった。

現場にいた他の人々は、その場で身元を確認したうえで、榊史奈をはじめとする主だった面子（メンツ）のみ、警察署まで同行してもらうことになった。

だが、結川の見たところ、当初、現場にいた何人かは、姿を消していたようだ。いつのまに、どうやってあの山から消えたのか知らないが、すぐ後から登ってきたパトカーの警察官らにも見られず、消えたらしい。やはり、不思議な連中だ。

「集落が火災に遭った日のことから、順番に話してもらえるかな」

泰然と構えている史奈に尋ねる。事情聴取の形を取り、取調室には結川のほか、書記役の女性警官と、捜査本部の若手刑事がもうひとり入って彼女の話を聞いている。普通の高校生なら緊張しそうな状況だが、彼女は落ち着いているように見える。

「私は山にいたので、何が起きたのかよくわからないんです」

「事件が起きたのは深夜だと思うけど、どうして女の子がひとりで山になんかいたの」

「祖母が、変な気配がするから朝まで風穴に隠れろと言ったので。夜の十時すぎくらいに、山に走りました」

結川は若手の刑事と顔を見合わせた。

「そういうことは、よくあるんですか。変な気配がしたり、風穴に隠れたりというのは」

「いいえ。初めてです」

「——具体的に、変な気配というのは何のことかわかりますか」

「よくわかりませんでしたが、うちでは祖母の命令は絶対なので」

今どき珍しい、という言葉を呑み込む。

「それで、言われた通りに朝まで隠れていたんですか」

「そうです。風穴に光が差し込んできたので、やっと朝になったと思って、集落に戻りました。そうしたら火災ですべての家が焼け落ちていて、乾勢三さんの家からは、誰かの足だけがはみ出していたんです。本当に、びっくりしました」

「そりゃ——驚くよね。どうしたの、それから」

「祖母がどうなったのか心配になって。捜し回ったんですけど、携帯も家の中に忘れてきて、焼けてしまったようで。困っていたら、ふたりが来たんです。郷原所長の娘さんの郷原遥さんと、篠田俊夫さんが」

ふたりとは初対面で、心配した史奈の母親に頼まれて、集落の様子を見に来てくれたのだと彼女は説明した。母親とは、榊希美という女性だ。まだ五十歳にもならないのに、真っ白になった彼女の髪にも驚かされた。

「それで、彼らの車で東京へ？」

「そうです。何が起きたのかわからなくて、途方に暮れて東京に脱出しました。周りがみんな敵のように思えて、怖くて」

怖くてというが、彼女はどう見ても途方に暮れたりするタイプではない。冷静沈着だ。現場にいた彼らに、口裏を合わせる時間は与えなかったが、郷原遥も同じ証言をしている。彼女は、研究所に入院中の榊希美に頼まれ、史奈を迎えに行ったのだ。病気で動けない希美に同情したと話していた。ただし、希美に頼まれたことは、史奈にはしばらく隠していた。希美自身が、まだ娘には黙っていてほしいと頼んだのだそうだ。

榊希美は、以前、郷原の研究所で働いていた。病気になったことを夫にも隠して、研究所に入院していたという。

「あれだけニュースになっていたのに、どうして警察に連絡をくれなかったのかな」

「すみません。ニュースを見ると、勢三さんは亡くなったというし、あの火災では全員が死んでしまったんじゃないかと思って。名乗り出れば、私が疑われるんじゃないかとも思って、それも怖くなって」

そう言われると納得できなくもない。たしかに、榊史奈が生きていると教授に聞かされ、真っ先に考えたのは彼女が集落の住人を虐殺したのだろうかということだった。

「東京に着いて、父や長栖の諒一さん、容子ちゃん兄妹に連絡を取り、かくまってもらいました。起きた事件が現実離れしていたので、警察に行くのは二の足を踏んだんです」

「なぜ集落に戻ってきたの？」

「だんだんわかってきたんです。集落のみんなは、郷原感染症研究所にいるらしいって」

「どうしてそれが――」

「遥さんの情報です。彼女は父親が事件に関わっていることを疑い、私たちに協力してくれたんです。実際には、事件と呼んでいいのかどうかわかりませんが」

結川は眉をひそめ、身を乗り出した。「事件と呼んでいいのか」とはどういう意味だ。

「後になって、郷原所長と西垣さんから聞いたんです。所長は、私の母の病気を調べるうちに、風土病の一種だと考えたそうです。調査と診断のために、里の住人を全員、研究所に招き、検査を受けさせようとしたんです。ところが、それがこちらに伝わってなくて、過剰に反応した勢三さんが散弾銃を撃ったので、彼らは反撃したのだと」

「待った。乾勢三さんが先に撃ったと？」

「そう聞きました」

「だけど、拳銃で撃ち返したんだよね。誰が？　そもそも、どうして拳銃なんか持ってたの」

「それは私にもわかりません。郷原所長が、研究所の警備を依頼している西垣警備保障の西垣社長に頼んで、集落からみんなをバスで東京まで運んでもらおうとしたそうですけど。誰が実際に集落に来たのかもわかりません」

西垣警備保障という名前に、隣で若手の刑事が軽く興奮した様子で頷いている。死んだ警備会社の社長は、若い頃に東京の指定暴力団に所属していたことがあるという噂だ。今も、暴力団を抜けた若者を雇っているという話も聞いた。大怪我をした篠田という青年も、西垣警備保障の社員だ。

「郷原所長は、ニュースを見て、どうして何も手を打たなかったのかな――」

「それは私にもわかりません」

彼女の話はそれだけで終わらなかった。

「私も初めて知ったことがあります。西垣警備保障の社長の西垣さんと郷原所長は、元をただせば私たちと同じ集落の出身者なんだそうです」

榊史奈の証言は、驚くべき話ばかりだった。

「ふたりが、あの集落の?」

「そうです。西垣さんは、もとは村雨という苗字だったそうです。結婚して婿養子に入ったと話していました。若い頃、うちの母と結婚するつもりだったのに、祖母に断られたので、逆恨みしたようです。榊家を憎んで里を下りたんだと言ってました」

結川は、あっけにとられて史奈を見つめた。彼女は協力的だし、話も筋道だっている。

だが、あまりにもよどみなく話をしていないか。

「郷原所長は、お祖母さんが里の出身者だそうです。里から養女に出されたのだと聞きました。それで、里の病気に強い関心を持っていたんです」

「郷原所長と西垣社長、それに篠田さん、郷原遥さん、榊桐子さん、希美さん、それからあなた。救急車のスタッフもいたかな。そういう、大勢で里に戻ったのはどうして？」

「病気の原因が、ここに来ればわかって、治療方法が見つかるかもしれないと所長が言ったからです。母の病気は、里を長く離れた時に、起きやすいんだそうです。だから、症状を抑える物質が、里にあるのかもしれないって。でも西垣さんは、本心ではうちの母を里で殺すつもりだったようですけど。結局、彼が母を撃ち殺そうとした時に、祖母が母をかばって犠牲になったんです」

結川は、榊史奈の頬を、涙がひと筋、すっと流れるのを見つめた。顔色ひとつ変えない彼女の顔を、涙だけがまるで絵にでも描いたように流れ落ちた。

――この子はいったい。

どういう子どもなのだろう。この涙が彼女の本心なのだろうか。本音では泣き崩れたいのに、状況が泣かせてくれないのか。それとも、これは彼女の「手管」なんだろうか。

この涙で大人が追及の手を緩めると読んで、泣いて見せたのだろうか。

十六歳の少女を相手に、馬鹿げた深読みだとは思う。だが、そんなことを疑って身構えてしまうほど、榊史奈には大人びた雰囲気がある。

「辛いことばかり聞くけど、篠田さんが撃たれた状況を教えてもらえるかな」

「治療方法を見つけるために、郷原所長、西垣社長、篠田さんと私の四人で、風穴に入ったんです。サンプルを採取して、戻ろうとした時、西垣社長が郷原所長と篠田さんを先に帰らせ、私を撃ち殺そうとしました。篠田さんは気になって戻ってきて、私を助けてくれたんです。それで、西垣社長を止めようとして撃たれたんだと思います。私は地下の水流に飛び込んで逃げたので、現場は見てません」

これだ、と結川は心の中で唸った。榊史奈は、肝心なシーンは見ていないのだ。乾勢三が撃たれた時も、篠田が撃たれた時もだった。

「それで、君は水流を下って別の出口から外へ出たと」

「そうです。西垣社長は、郷原所長と篠田さんを風穴に置き去りにして自分だけ脱出し、母を射殺しようとしました。そこに、私が追いついたんです」

「西垣社長は拳銃を持っていたんだね」

史奈が頷く。榊桐子を殺した銃と、乾勢三を殺した銃が同じものかどうかは、今後の鑑定結果を待たねばならない。

「西垣社長の肩に、刃物の傷があったんだけど――」

「私がナイフを投げました」

あんまり普通のことのように言われて、結川は息が詰まりそうになった。

「どうして」

「拳銃で母を撃とうとしていたから。離れていたので、当てる自信はありませんでしたが、とっさに投げました」

結川は、隣の若い刑事を見た。彼は目を輝かせ、史奈の話に聞き入っている。ほとんど、感動を覚えているかのようだ。こんな若い娘が、母親を救うために思い切った行動に出て、戦ったことに心を動かされたのだろう。

「それが当たったと」

「当たってしまいました」

「そのナイフは誰のものですか」

「私のです。今となっては祖母の形見です」

「史奈さんの」

「私、山の子ですから。山菜やキノコも自分で採ります。枝や下生えを払ったり、果物をもいだり、ナイフは必需品です」

史奈がにっこり笑う。

——狩猟ナイフを使いこなす十六歳か。

このあたりのことは、現場にいた多くの人から証言が取れている。現場にいたのは、集落の出身者たちだった。火災で集落が全滅したことを知り、集まって今後のことなど話し合おうとした矢先、車が停まっているのを見かけて、近づいたのだそうだ。

彼らは、西垣が榊家の老人を撃ち殺したのを見て、精一杯の抵抗をした。苦無という、手裏剣の一種を投げ、車で榊希美をひき殺そうとした西垣を止めるために、マキビシを撒いてタイヤをパンクさせた。

そのことを尋ねると、史奈は微笑み、「私たち、忍者の末裔だそうですから」と、その時だけ子どもらしい誇らしげな表情になった。

——忍者の末裔ったってな。

こんな話を発表すれば、マスコミが常軌を逸した大騒ぎをするだろう。

「それで、あの救急車で篠田さんが、西垣社長の車を停めたんだね」

「そうです。危ないところでした。篠田さんには本当に感謝しています」

「彼は風穴でも君を助けたんだよね。西垣社長の部下なのに、どうして彼は、君たちを助けたんだろう？」

——おや。

結川は興味を強めて、史奈を見た。

初めて、史奈が本気で戸惑うような表情を浮かべている。

「それは――。それはきっと彼が――」

言葉を濁した史奈の頬が、うっすらとピンク色に染まった。やっと、初々しい少女の顔が現れた。

――ああ、そういうことか。

「彼は君のことが好きなんだね」

パッと彼女の頬に朱が散る。どうやら、史奈のほうも、まんざらではないらしい。

結川は深いため息をついた。

まだ篠田の意識は戻らず、彼の証言は取れていないが、他の人たちの証言と、史奈の証言は矛盾がない。つまりこれが、真実なのだろう。

郷原所長は、病院での事情聴取に応じ、今回の事件は不幸な行き違いから起きたと言ったそうだ。自分は彼らの風土病を調査し、治療方法を研究しようとしただけだった。そのために住民を東京に招こうとして、人選を誤ったのだと。

西垣は、何十年も昔に結婚を断られたことで、いまだに榊家を恨んでいた。そうとは知らず、郷原所長が彼に集落の住民を東京に連れてくるように頼んだ。

それが、すべての発端だ。

事件が報道された時、なぜ警察にそれを話さなかったのかと尋ねられた郷原所長は、しばし考え込んでいたそうだ。

（私も、今から考えればおかしなことをしたと思います。ただ、同じ一族の出身者とはいえ、私は西垣さんを恐れていたのかもしれません。彼が拳銃を持っているなんて、そのとき初めて知ったわけで。警察に行けば、後で何をされるかわからないと感じたんです）

部下からその話を聞いた時には、郷原は死人にすべての責任を押しつけようとしているのではないかという、疑念も湧いたものだ。

「――君は、何もかも片づいたら、どうするのかな。里はもう、住めないようだし」

ふと気になって史奈に尋ねた。

「東京の、父の家に行くかもしれません。まだ何も決めてはいませんが」

今度も即答だった。榊史奈という少女は、自分の将来についても整然とデザインしているようだ。

「――そうか」

何がどうとは言えないが、自分とはかけ離れた生き物を前にしている気がして戸惑いつつ、結川は立ち上がった。それとも、女性とはいつでも、こうした摩訶不思議（まかふしぎ）な生き物だったろうか。

「たいへんだったね。いま、仮眠できる場所を用意させるから、ゆっくり休みなさい」

そうねぎらいの言葉をかけ、他のふたりと一緒に取調室を出る。

「すごいですね。ああいう女の子っているんだな。俺、感動しましたよ」

案の定、若い刑事が舞い上がっている。結川はそれを冷ややかに見た。

「アホウめ」

「えっ、何ですかそれ」

「尻に敷かれるぞ、将来」

「かまいませんよ。あんな子なら」

会議室に、榊教授と助手の栗谷と、長栖の兄妹を待たせている。彼らからも事情は聞いたが、彼らは直接、里の事件には関わっていないので、ほとんど聞くべきこともなかった。

もう、榊史奈を連れて、警察署を引き取らせてもいいかもしれない。連絡だけ取れるようにして——。

「結川さん！」

ふいに声を掛けられ、驚いた。

「方喰さんか」

東京で知り合ったスポーツ新聞の記者が、廊下で手を上げた。

「事件解決おめでとうございます。それで、折り入ってお願いがあるんですが」

「長栖の兄妹だろ。来てるよ」

方喰の目が、宝石でも飲みこんだように輝いた。結川は頭を掻いた。しかたがない。こんな目を見てしまったら、断れる人間はそうそういないだろう。

「いいか。俺も勝手なことはできない。向こうに確認して、いいと言ったら紹介するよ。ダメだと言われたら、すっぱり諦めてくれ」

釘をさす。

「きっと、いいって言いますよ」

方喰は自信たっぷりだ。

——そうかもしれないな。

結川にも、そんな気がした。長栖諒一の、乱暴だが憎めない口調を思い出す。

「ちょっと、失礼」

ポケットで携帯が振動している。入院中の篠田に張りつけた部下からだ。

「どうだった」

『篠田の意識が戻りました』

「そうか」

事情聴取の間に、一度だけ高校生らしい素顔を覗かせた、榊史奈の初々しい表情を思い出して、彼女のためにもホッとする。

『ですが、事件のことを覚えてないんです。ここひと月ほどの記憶を失っているようで、自分は東京のバーで酒を飲んでいたのに、どうしてこんなところにいるのかと不思議がっています』

「記憶がない？」

『ええ。医師は、交通事故で頭に強い衝撃を受けたために、一時的な記憶喪失に陥ることはありうると言ってます』

「記憶は戻るのかな」

『様子を見ないとわからないそうです』

結川は顎を掻いた。昨日からずっと寝てもいなければ、顔を洗うこともできなかった。無精ひげが伸びている。

篠田以外の当事者らから、充分に証言は取れている。篠田の記憶が戻れば、証言を取る必要はあるが、解決のためにどうしてもないと困るというほどでもないだろう。

刑事部屋から、「結川さん！」とさっきの若手刑事が手を振っている。そちらに手を振り返し、電話に戻る。

「――わかった。記憶が戻れば、もう一度事情聴取をしよう。医師にそう伝えてくれ」

『わかりました』

通話を終え、刑事部屋に急いだ。

「どうした」

若い刑事が興奮冷めやらぬ態でメモを振る。

「警視庁が、郷原感染症研究所の家宅捜索を行いました。行方不明になっていた里の住民が、全員見つかったそうです。マンションから拉致された、長栖という女性もです。全員無事です。自分たちは、医療検査を受けていたと言っているそうです」

「長栖というのは、あの兄妹の母親か」

何もかも、これまでに得られた証言と矛盾はない。何より、事件の後、行方不明になっていた大勢の住民が、榊桐子を除き無事で発見されたということに胸を撫でおろす。ずっしりと鉄球がのしかかるようだった肩の重みが、急に軽くなった。

――やっと終わった。

まだこれから、彼らの証言を報告書にまとめ、西垣を被疑者死亡で送検したり、入院中の郷原の取り扱いを考えたりと、仕事は山積している。だが、ようやく事情が明らかになり、行方不明者の安否も判明した。

「ゆっくり家に帰って眠れるな」

あくびを漏らした結川に、若い刑事が笑う。

「道場の畳で寝るのは、けっこうキツいですからね」

結川は、警視庁に「榊史奈」と名乗って現れた少女がいたことを思い出していた。彼女は、本物の榊史奈が見つかった後、有名になりたくて嘘をついたのだと白状したという。本当は十九歳で、高校生ですらなかった。結川も写真を見たが、髪型や顔の形が少し似ている程度の別人だ。

——あれは、本当にあの女の子が、名声欲にかられて自発的にやったことなんだろうか。

すぐばれるような嘘をついても、悪名が高くなるだけだ。警察には絞られ、現代ならSNSで晒し者にされるかもしれない。そこまでのリスクを冒して、まともな十九歳の女性がそんな真似をするだろうか。どうも、その点だけが結川には釈然としない。

しかも、彼女が警視庁に名乗り出たのは、結川が捜査本部に連絡を取り、榊史奈が滋賀に向かったようだと知らせた直後だった。まるで何者かが、警察の目を本当の榊史奈から逸らそうとしたようではないか。

——その女性、しばらく様子を見てみるとするか。

警視庁に知り合いもいる。結川は、自分の直感に重きを置いていた。彼女には、何か不審な気配を感じるのだ。

だが、今はまだそのタイミングではない。今は、事件の解決を祝い、少し休むべきだった。若い刑事の肩を叩き、結川は満足感に包まれた。

七日め　16：00　方喰

誰かの影が戸口に差すたび、方喰はそわそわと顔を上げ、水を飲んだ。

――落ち着け、自分。

いくら気持ちを宥めようとしても、期待と高揚が静まらない。それはそうだ。何年も追い続けた、長栖兄妹――長栖諒一と長栖容子が、ようやくインタビューに応じるというのだ。滋賀にいる間がいいと言うので、多賀大社前駅の近くにあるカフェを、面会場所に選んだ。本や雑貨も扱う、気のおけない近所のお姉さんの店といった雰囲気だ。

――いい歳をして、会う前から舞い上がってどうするんだよ。そんなんじゃ、いざ実物を前にしたら、がっかりするかもしれないぞ。

相手はまだ大学生と高校生なのだ。

ふっと、目の前に影が落ちた。顔を上げると、音もなく若い男性と女性が立っている。

「方喰さんですか」

若い女性のほうが、低い声で口火を切った。ぼんやりふたりを見上げていた方喰は、その声で我に返った。

「えっ、あっ、そ、そうです」

慌てて立ち上がり、前の席をふたりに勧める。戸口は常に開いたままではあるが、このふたりが入ってくる足音は聞かなかった。まるで幽霊のようにいつの間にかそばにいた。

「長栖諒一くんと、容子さんですね」

ふたりが黙って頷く。

――これはまた――……。

小柄で、アイドルタレントのように愛らしい顔立ちを持つ諒一と、すらりと背が高く、涼やかな目つきをした容子とは、結果的にまるで双子のように似ている。なるほど兄妹に違いない。

「あの、先に注文してしまいましょうか。何がいいですか」

容子がちらりと兄を見て、ホットコーヒーをふたつとすばやく言った。どうやら、彼女が主導権を握っているようだ。方喰は、店の女性にコーヒーを三つ頼んだ。頼みながら、ふたりをまじまじと見つめてしまった。

大学生と、高校生。そんな風情ではない。

着ているものは、ふたりともごく普通のトレーニング・ウェアだ。諒一は、身体より少し大きめのウェアを緩く着ていて、そのせいでよけいに痩せて小柄に見えた。木製の丸椅子に目を見て理解したが、容子のほうが、精神的に遥かに成熟している。

腰を下ろした彼女は、ぴんと背筋を伸ばし、まるで若きサムライのようだ。

「今日は、時間を割いてくれて本当にありがとう。私は、もう何年も前から、海外のウルトラマラソンの結果を見て、君たちふたりに注目していたんです」

方喰はおずおずと話しだした。なぜか、このふたりの前に出ると、気圧される気分だった。たぶん、容子の射すような視線のせいだ。彼女の目には、剣をかまえて向かい合った武士が、間合いを測り相手の力量を読むような光があった。

自分がどれだけふたりに憧れ期待したか、海外では立派な記録を残しているにもかかわらず、国内の競技大会には参加する気配がないのも不思議に感じたことなどを熱っぽく話し続ける。

「ぜひふたりのことを記事にできればと考えているけど、もし君たちが書くなというなら、話を聞くだけでもかまわない。本気です。今日は、じかに君たちに会えて、スターに会えたファンみたいに年甲斐もなくわくわくしています」

容子がふっと微笑み、自分のカップから、ブラックコーヒーをひと口飲んだ。隣の諒一は、砂糖とミルクをたっぷり入れて、カフェラテのような色になったコーヒーを飲み、顔をしかめた。

「――ねえ」

これまでひと言も口を開かなかった諒一の声を聞いて、いやが上にも緊張が高まり、方喰は椅子から飛び上がった。

「はい。何でしょう」

諒一が、情けない表情でこちらを上目遣いに見つめた。

「オレさあ、アイスクリーム頼んでいい？」

衝撃で心臓が止まりそうになっている方喰と兄を見比べ、容子が小さく咳払いした。

「兄さん、いいと思うよ」

「ホント？　ありがとう！」

子どものように大はしゃぎで、女性の従業員に明るく手を振る諒一に、方喰は顎が外れるほど口をあんぐりと開けた。

「――兄はこういう人ですが」

容子がにやりと笑う。

「それでもよろしければ、インタビューをお受けします。だけど、国内ではまだまだウルトラマラソンは一般に認知されていないと思いますし、記事になっても関心を持つ人は少ないんじゃないでしょうか」

「そんなことはないですよ。既に、国内でも大きな大会がいくつも開催されていますし、何よりいま、走ることがブームなんです。著名なマラソン大会なんて、抽選に当たるのも難しいくらいですよ。マラソンの最高峰とも言うべきウルトラマラソンは、きっとこれから注目を浴びます」

拳を握って力説する方喰に、容子が微笑む。

「なるべく、その期待を裏切らないようにしたいものですね」

隣で諒一が、口を尖らせた。

「なんだよう、容子。いいじゃんか。ウルトラマラソン、オレたちだってさ、そろそろ国内の大会にも出ようよ。史奈はきっと、かまわないって言うと思う」

「諒一！」

子どもを叱る母親のように、容子が「しっ」と目を怒らせる。榊史奈という少女も、ウルトラマラソンを走るのだろうか。

方喰は手帳を開いた。

「ええと、それじゃあ、まずはふたりの経歴から――」

諒一は話したいことが色々あるようで、目をキラキラさせている。長く楽しいインタビューになりそうだった。

*

人の姿は、つかの間の形にすぎない。

わかっている。

生まれて永い人の世を生き、いつしか土に還るけれど、それは不死の死。〈梟〉は、死を恐れない。

だから、私は母の死を悲しむ必要はないの。命はかりそめのもの。ひとつの命が終わっても、滅ぶわけではない。また新たな命が始まるだけ――。

なのに、どうしてこんなに寂しいのか、こんなに苦しいのか。

千回生まれ、万回滅ぶ。ただその流転の、ひとつの相に巡り合っただけだというのに。

そうでしょう、お母さん――。

七日め　23：40　史奈

三階のバルコニーによじ登るのは、史奈に子どものころの木登りを思い出させた。レンガの壁はあちこちに出っぱりがあって、指をかける場所にことかかない。敷地を見回る警備員に見つかることだけが心配だったが、それも特に問題はなかった。

病院の入院病棟に侵入する者なんて、そうそういるわけがない。

窓の鍵は古いクレセント錠だった。あまり知られていないが、この鍵は、ガラスを割らなくても外から開錠できるのだ。

史奈は音をたてないよう、鍵を開けた。そろそろと窓を開け、カーテンをめくって暗い病室にすべりこむ。とうに消灯時間を過ぎているから、患者は眠っているはずだ。

警察官が出入りするので個室だと聞いていた通り、ベッドはひとつだけだった。白いシーツの胸のあたりが、規則正しくふくらんだり萎(しぼ)んだりしている。もう、点滴のチューブや心電図のケーブルなどは身体から外されて、周囲はすっきりと片づいている。危険な領域は既に脱したのだ。

史奈は忍びやかにベッドのそばに立ち、男を見下ろした。

篠田が眠っている。

目を閉じ、健やかに呼吸をしている。その彫りの深い顔立ちを、史奈はしばし、見つめていた。いつ見ても、眠っている人間の姿は〈梟〉にとって興味深いものだ。

「――篠田さん」

ささやくように呼ぶと、篠田の瞼が震え、ぱっちりと目を開けた。暗すぎて自分の姿が見えないのではないかと思ったが、カーテンの隙間から洩れる月の光で、ちゃんと見えたようだ。

「――史奈。来たんだな」

「篠田さんが、記憶喪失になってると聞いて。きっと、話を合わせるために、私に病院まで来いと言ってるんだと思ったから」

日中は警察官の目がある。史奈が病室に入れば、口裏合わせを疑われる恐れもあった。

篠田が、ふっと笑う。

「さすがだな。俺が眠っている間に、話がどう進んだのかわからないから、よけいなことを言うのは避けたよ」

〈梟〉たちは、基本的なものの考え方を叩きこまれているから、いちいち細かい話をすり合わせなくとも、整合性の取れた証言ができる。だが、篠田にそれを求めるのは酷というものだ。まさか、記憶喪失を演じて、証言のタイミングを遅らせてくれるとは思わなかったが、この男はものの考え方が〈梟〉によく似ている。

史奈は、彼を安心させるために、シーツの胸を軽く叩いた。

「大丈夫。篠田さんが見聞きした、本当のことを話してくれればいい。〈梟〉の特殊能力については、伏せたうえで」

「それでいいのか」

「私たちは、基本的に嘘はつかないの。嘘をつかず、よけいなことは話さない。それだけ」

「――どんなことを聞かれるだろうな」

「私の母に頼まれて、遥と里まで様子を見に来たことや、西垣社長の指示で一緒に里に来たことについて、聞かれると思う。それに、結川という刑事さんは、あなたがなぜ雇い主の西垣社長の命令に従わず、私を助けようとしたのかと不思議がっていた」

「――なぜって」

篠田が困ったように、天井を見上げている。史奈はそのあいまいな沈黙に微笑んだ。

「本当のことを言えばいい」

「本当のこと？」

篠田がとぼけようとしている。暗がりで見えないと思っているのだろうが、史奈の目には、赤くなった篠田の顔が丸見えだった。

「そう。本当のこと」

「本当のことって、どんなことだ？」

史奈は微笑を止められなかった。

「篠田さんは、どうして風穴で西垣に飛びついて止めてくれたの？　相手は銃を持っていたのに」

篠田がこちらを真顔で見た。

「誰でもそうしたと思う」

「誰でも？」

「――史奈が好きなら、誰でも」

篠田が右手を出して、シーツの上に置かれた史奈の手にそっと触れた。

「俺は〈梟〉じゃないし、夜は眠らずにはいられない普通の人間だ。だが、それでも史奈を守りたい」

篠田の真剣なまなざしに、史奈は頷いた。なぜ彼に惹かれたのか、わかったような気がした。彼は〈梟〉と対等であろうとしているのだ。〈外〉の人間だが、その枠に自分をはめようとはしていない。

「それなら、篠田さんが眠る夜は、私があなたを守る」

篠田が目を瞠った。

――夜は〈梟〉のもの。

まだ彼は、史奈が〈梟〉の最後の〈ツキ〉になったことを知らない。〈ツキ〉の負う責務や、一族の未来に思いを馳せることも、まだない。

今はまだ、それを知らせる時でもない。

史奈は篠田の熱い手を握り返した。彼が再び眠りにつくまで、しばらくこうしているのも悪くない。

終章　梟の本懐

草地に雨の香りがしている。

しっとりと湿り、かすかに蒸れたような、植物の発する精気だ。お堂の鳥居も、今夜はどこかなまめかしい。初夏が来るのだ。

「よう、遅れてごめん」

ほぼ更地になった集落跡のほうから、長栖の諒一と容子が上がってきた。弾む足取りで、諒一が手を上げる。今夜、ここに集まる予定の〈梟〉は、これで全員そろった。

史奈は鳥居の前にずらりと並ぶ、〈梟〉の一族を見渡した。三十六名。母の希美はもちろんのこと、長栖の母親は、骨折で入院中の父親に付き添っていて来られないし、郷原所長もまだ警察で勾留中だ。代わりに遥が来ており、知らない人々の間で不安そうにするどころか、好奇心いっぱいで知り合いを増やそうとしている。あいかわらず、たくましい。

他にも数名、たまたま海外にいるなど、よんどころない事情で来られなかった仲間がいた。それでも、三十名以上もよく集まってくれたものだ。

事件が終結したあの日から、およそ半月。

祖母の桐子の遺骨は、いずれ〈梟〉の集落にある榊家の墓に納める予定だが、今はまだ、東京のうちにある。

里における警察の捜査は終了し、警察やマスコミの視線は燃えた限界集落から逸れたと見て、連絡を取り、集まってもらった。

史奈はちらりと教授を見た。彼は、小さく微笑んでこちらに頷いた。

「君が榊の〈ツキ〉だ。任せるよ」

史奈は咳払いした。

「皆さん、遠いところを里に集まってくれてありがとう。祖母の榊桐子が亡くなり、私が榊の〈ツキ〉を継いだ史奈です」

〈梟〉は前置きを嫌う合理的な一族だ。全国各地から、それぞれの仕事や用事をおいて駆けつけてくれたみんなを、退屈させる気はない。

「今日ここに来てもらったのは、〈シラカミ〉化を避ける方法がわかったからです。私たち〈梟〉の遺伝子は不安定で、里から長く離れていると、〈シラカミ〉に変化しやすい」

不安な話のはずだが、彼らは冷静に耳を傾けている。訓練を受けた者の怜悧な視線が、こちらを直視している。

「その理由がわかった。何百年もの間、私たちの遺伝子を安定化させていたのが、この井戸の水なんです。定期的に飲むことで、〈シラカミ〉化を抑制できる」

思えば夜ごと、〈梟〉の者はお堂に集まり〈讃〉を上げ、月に一度の儀式で井戸の水を飲んだ。科学的に証明されていたわけではなかったが、代々の〈ツキ〉たちは本能的に、この水を飲めば〈シラカミ〉化を防ぐことができると気づいて、それを継続させるために信仰と儀式のなかに取り込んだのだ。

「現在、私の父が井戸の水を分析し、遺伝子安定に寄与する成分を調べています。研究が進めば、薬を作って一族に配る予定です。それまでの間は、月に一度ここに集まり、みんなで水を飲む。もちろん、毎月来られない人もいるでしょうから、近くにいる人が持ち帰って渡してもいい」

「郷原研究所の所長が警察から解放されれば、合同で研究を進める予定だ。〈シラカミ〉になった希美の遺伝子を解析することができた。現在は、〈シラカミ〉化する可能性のあるラットを遺伝子編集でつくり、井戸水に含まれる成分を与え、〈シラカミ〉化を抑制できるかどうかを調べているところだ」

教授が補足説明した。〈シラカミ〉化を防ぐことができると聞いても、それほど嬉しそうな顔をしないのが〈梟〉だが、内心ではホッとしているはずだ。なにしろ、西垣こと村雨の末裔と、史奈の母が、相次いで〈シラカミ〉になったことを知ったのだから。

戦後、里に新たな〈シラカミ〉は出ていなかった。史奈の母が〈シラカミ〉となったために、その遺伝子変異を調べることができたのだから、皮肉な話ではある。

「今日ここで、新しい〈ツキ〉を何名か決めておきたいのです。ご承知の通り、里に残った〈ツキ〉は乾勢三さんと祖母のふたりだけでした。勢三さんが殺された後は祖母だけで、彼女も私にすべての情報を伝える間もなく亡くなった。だから、今後はリスクを回避するためにも、複数の新しい〈ツキ〉が必要だと思う」

「異存ないよ」

堂森明乃が、よく通る声を投げかける。

「史ちゃんが〈ツキ〉の統領だ。あんたが〈ツキ〉を選ぶといい。あんたが決めることに、あたしらは従う。もっとも、先代の榊の〈ツキ〉に逆らって、里を下りたあたしの言うことだから、説得力ないけど」

あちこちで笑い声が上がった。史奈は堂森に感謝の意を伝えるために頷いた。

「そのことなんですが、里は既に消滅しました。私は、時代に合わせて〈梟〉も変わる時が来たんだと思ってます」

熱心に聞き入る聴衆に、史奈は語りかけた。

「今さら、みんなに里に戻ってほしいと呼びかけるのは、現実的な選択肢ではないでしょう。私自身も、今後は東京の父の家に身を寄せるつもりでいます。里は解散です」

入学したばかりの高校や、土地に対する愛着はあるが、教授と話し合って決めた結果だった。郷原の研究所に連れていかれ、検査を受けていたあとの十名も、今さらここで暮らすのは無理だと判断し、それぞれに身の振り方を考えている。

「どこに住んでいても、私たちは〈梟〉。連絡を取り合い、薬ができればそれを受け取れるようにしましょう。それからもうひとつ」

史奈は、教授の背後に隠れるように立っている栗谷和也と、目を輝かせて聞いている郷原遥を近くに呼んだ。

「〈梟〉は眠らない一族。だけど、眠ってしまう子どもが生まれた時、私たちは彼らを〈カクレ〉と呼んで、里子に出してしまった。そんな習慣をやめたいの。〈カクレ〉も大切な一族の仲間。それに、〈カクレ〉の血筋に再び眠らない子どもが生まれる可能性もあることを、郷原所長が証明してくれた。彼らを受け入れたい」

史奈自身も期待していなかったことだが、自然な拍手が湧き起こった。〈カクレ〉の子どもが生まれた際の悲劇を、みんな自分の家の暗黒史として見聞きしているはずだ。栗谷和也の両親も、今日はここに来ている。彼らは目を潤ませ、和也を見つめていた。里を下り、〈カクレ〉の息子を産んだ彼らは、どんな気持ちで暮らしてきたのだろう。あのまま里に残っていれば、息子と別れることになっていたかもしれないのだ。

史奈は微笑み、右手を上げた。

「――ありがとう。〈梟〉は新しい時代に入った。閉鎖的な暮らしを捨てて、外の世界に踏み出す時だと思う。そして新しい〈ツキ〉には、若いメンバーを選んで、責任を持って次の世代にバトンを渡すようにしたい。まず、長栖の」

諒一と容子に視線をやると、諒一が目を丸くして両手をぶんぶんと振った。

「オレ、ダメ！　柄じゃないから」

史奈は苦笑した。そう言うと思った。

「じゃ、長栖の容子ちゃん」

特に気負うでもなく、容子が頷く。

「それから、栗谷はもともと〈ツキ〉の家柄だった。だから、栗谷和也さん」

和也が仰天して断ろうとするのを、史奈は優しく制した。彼は自分を卑下しすぎている。

「――もう、〈カクレ〉は言い訳にならないからね。それから、堂森からも誰かひとり」

堂森の長男が、明乃に頭をこづかれながら前に進み出た。実質的に、堂森は明乃が仕切ることになるだろう。

「当面は、この四名で」

史奈が宣言すると、多くが力強く頷き、手を叩いた。

事件のおかげで、多賀神社ネットワークの一部が今でも機能することがわかった。だが、史奈はしばらく、ネットワークの確認と強化に走る気はなかった。神官がみな、前田先生のようにネットワークを覚えていて、協力的とは限らない。

それに、教授から聞いたところでは、みんなが里に集結しているころ、東京で榊史奈の偽物が現れたそうだ。

（事情を知る誰かが、このあたりで〈梟〉に恩を売っておこうと考えたのかもしれない。警察の捜査を攪乱（かくらん）して）

思い当たる節のありそうな教授だったが、誰がそんなことをしたのか尋ねても、微笑みつつ知らないという。

――まだまだ、〈梟〉の歴史は謎ばかりだ。

「先代の榊の〈ツキ〉は、亡くなる直前、お堂にすべてがあると言った。〈梟〉は境界、力は使い方しだいだとも。私たちはそのことをよく知ってる」

みんな、大きく頷いている。史奈は彼らに見守られ、鳥居をくぐり、すぐ前にある小さなお堂の扉を開いた。古びた木造だ。いつ頃建造されたものか、見当もつかない。鍵もかかっていないお堂で、ここにそんな大切なものがあるなんて、思いもよらなかった。

これが〈梟〉ならではの詐術だ。

正面に、石の仏像があった。風穴に安置されていたものを、こちらに移したという例の石像だ。その足元に、こちらも古い文箱（ふばこ）が置かれている。二重に組紐をかけ、〈梟〉独特の結び目で閉じている。文箱に、ある種の結界を作っているのだ。

「これが『〈梟〉のすべて』？」

容子がそばに来ている。〈ツキ〉になるのは遠慮したくせに、諒一も、すぐ後ろから目を輝かせて覗き込んでいる。

史奈は丁重に文箱の蓋を開けた。

和綴じ（わとじ）の書物が一冊だけ、入っていた。茶色く変色した表紙に、『梟』とただひと文字、墨で書かれている。

ページを繰り、古い紙の匂いを嗅いで、史奈は微笑した。流麗な筆文字で埋め尽くされている。自分には、この文字はまだ読めない。本来、〈ツキ〉の代替わりの際には、他の家の〈ツキ〉たちが知識を補い、この書物の解説をするのが習わしだ。だが、その知識は失われてしまった。

「どうする？」

容子が困惑ぎみに尋ねた。史奈は書物を文箱に戻し、再び組紐をかけた。

「私、この文献が読み解けるように、大学に行って研究する」

「教授の跡を継いで研究する人も必要じゃないの？」

「それは、和也さんがやってくれると思う」

名指しされた栗谷和也が、眩しそうに目を細めて頷く。人には持ち場があり、与えられた場所で才能を発揮すればいいのだ。

井戸では、教授が水を汲み上げていた。

「正確に必要な量はわからない。だが、儀式で飲んでいたのと同じでいいはずだ」

紙コップに少しずつ注ぎ、全員に配る。祖母の儀式では石の器を使って回し飲みしていたが、その器も火災で失った。

――ひとつずつ、新しくしていこう。

薬が完成すれば、儀式や器は必要なくなる。それでも、〈梟〉のふるさとを忘れぬために、時おり集まれる人間だけがここに集まってもいい。

水が行き渡ったのを確認し、史奈はコップを高く掲げた。

――掛けまくも畏き産土大神の大前に慎み敬ひも申さく――……

――家門は弥広に弥高に子孫の八十続に至るまで――

唱和する一族の声が森に響き、口に含んだ冷たい水が喉を流れ落ちる。

ごうごうと激しい風が木々を揺らし、夏への扉を開けたばかりの大地が、この地で脈々と血を伝える人々を寿ぐかのように、鮮やかな緑に萌えている。

〈梟〉の一族は、今も伝説とともに生き続けている。

参考文献

『完本　万川集海』
中島篤巳訳註　国書刊行会　二〇一五年
『祝詞作文事典』
金子善光編著　戎光祥出版　二〇〇三年
『高山公実録〈藤堂高虎伝〉』（上・下）
上野市古文献刊行会編　清文堂出版　一九九八年
『〈甲賀忍者〉の実像』
藤田和敏著　吉川弘文館　二〇一二年
『眠れない一族　食人の痕跡と殺人タンパクの謎』
ダニエル・T・マックス著　柴田裕之訳　紀伊國屋書店　二〇〇七年
『眠っているとき、脳では凄いことが起きている　眠りと夢と記憶の秘密』
ペネロペ・ルイス著　西田美緒子訳　インターシフト　二〇一五年

『睡眠の科学　なぜ眠るのか　なぜ目覚めるのか』
櫻井武著　講談社（ブルーバックス）　二〇一〇年

『睡眠と脳の科学』
古賀良彦著　祥伝社新書　二〇一四年

『快眠の医学「眠れない」の謎を解く』
早石修／井上昌次郎編　日本経済新聞社　二〇〇〇年

『講座プロスタグランジン5　脳と神経』
早石修／室田誠逸／山本尚三編　東京化学同人　一九八八年

『神秘の鍾乳洞　河内の風穴』（ＤＶＤ）
ＶＩＮＺ企画・制作　二〇〇八年

サイト『三銀蔵（さんぎんぐら）』(http://3-gin.net/)

この物語に登場する団体、組織、人物などは全て架空の存在であり、実在する団体などとは関係ありません。

〈梟〉の一族は、作者と読者の心のなかで生き続けます。

解　説

池上冬樹

まずは、最新作『ディープフェイク』（PHP研究所）からはじめよう。

これは「鉄腕先生」と呼ばれ、テレビでコメンテーターとしても活躍する教師・湯川が身に覚えのない容疑で追い詰められていくサスペンスである。女生徒とホテルで密会したという週刊誌報道から始まり、湯川が生徒に暴力をふるう動画も拡散される。その動画は「ディープフェイク（AIによる画像合成技術）」で精巧に作られたものだったが、信じてもらえず、出勤停止、番組の降板、そして家庭にも罅が入り、妻子が家をでていく。ネット上での炎上はやまず、湯川は自分を陥れようとしている犯人を追及することになるのだが、なかなか真犯人が見えてこない。

過去の教え子や敵対する同僚やマスコミ関係者などを交えながら、少しずつネット被害者にとってのインターネットの世界の冷酷な現実が見えてくる。誹謗中傷するアドレスの特定の難しさなど、ひとつひとつ読者にわかりやすく語られていく。面白いのは、だんだんと顔のわからぬ真犯人へと迫るプロセスで、浮上してくるのが意外な人物であることだろう。しかも目には目を的な復讐を行うべきか、それは正しい行いなのかという倫理も視野にいれて、どうすべきなのかという問題をつきつける。正義から悪への傾倒をスリリングに捉えた傑作『怪物』（集英社文庫）ほどではないけれど、終盤の揺れ動く倫理の行方はとても興味深い。「正しい道を歩くだけが、成長をうながすとは限らない。時には道を踏み外し、そこで泥水をすすり、大人になる」という台詞が出てくるが、これが力強い。正しい行いをしてきた人ではなく、何かしら間違いをおかしたがゆえに、人を見る目がやさしくなった者たちの包容力を提示していて印象に残るのだ。

作家の宮部みゆき氏が読売新聞の書評欄で「著者の福田さんは現代エンタテイメント小説界きっての豪腕の持ち主」で、「今回はいつものリアルで強固なプロット構成に、誰にも信じてもらえず、誰も信じられないというホラー風味が添えられている。（略）中盤までは息苦しくなるほど主人公に過酷な展開ですが、フェイクの深淵から真相も犯人もちゃんと掴み出されるので、安心して怖がりましょう」（二〇二二年一月九日付）と称賛しているのも納得である。鮮烈なテーマを打ち出しながら安心して怖がる面白さが横溢している。

まあ、それにしても、福田和代、いろいろ書くなあと思ってしまう。書評家の東えりか氏が『緑衣のメトセラ』（集英社文庫）の解説で、福田和代の作品を三つのジャンルにわけている。すなわちハイテクを駆使した国際謀略小説（『ウィズ・ゼロ』『迎撃せよ』『潜行せよ』『TOKYO BLACKOUT』）、若者たちの恋と仕事と悩みを描くハートウォーミングな物語（『ヒポクラテスのため息』『空に咲く恋』、『碧空のカノン』『群青のカノン』『薫風のカノン』などの「航空自衛隊航空中央音楽隊ノート」シリーズ）、そしてサイエンス・ミステリ（『怪物』『緑衣のメトセラ』）の三つである。

これはひじょうに分かりやすい分類で参考になるが、書評家によってはミステリ・ジャンルの用語を使ってもっと細かく分類する場合もあるだろう。たとえば、『怪物』をノワールに、『碧空のカノン』は日常系の謎（ミステリ）にいれるだろうし、『ゼロデイ　警視庁公安第五課』『サムデイ　警視庁公安第五課』などの異色の警察小説、『サイバー・コマンドー』『S&S探偵事務所　最終兵器は女王様』などのサイバー・ミステリをあげる人もいるだろう。ともかくなんでも書けるし、なんでも面白いのである。

さて、本書『梟の一族』はどうだろう。東氏はサイエンス・ミステリにいれているが、構えの大きな伝奇小説としても愉しめるだろう。物語の舞台は滋賀県犬上郡の山中で、近隣とほとんど交わることなく暮らしている一族の話だ。

里の外れに車が停まったのが始まりだった。夏の夜の十時過ぎ。里にはわずか八軒、十三名が谷間のくぼ地にしがみつくように生活している。途中からは未舗装になり、集落は山道の奥にある。車が来ることは滅多になかった。祖母と二人暮らしの史奈は、祖母に「あれを」と言われて、仏間のガンロッカーにあった猟銃を渡すと、「すぐ裏から出て、風穴に行って」と指示される。祖母の言葉は絶対だった。史奈が靴を履いて飛び出そうとしたとき、銃声がした。史奈は風穴の鍾乳洞の中に入り込み、一晩あかす。

誰の声もなく、史奈はものの焼ける臭いで気づく。案の定、里の家々は焼かれていた。祖母の教えに従い、村から出ようとしたとき、里を出て音信不通だった長栖容子と諒一の兄妹が駆けつける。何かあれば君を助けるように祖母に電話で頼まれたという。十六歳の史奈は幼なじみの長栖兄妹とともに里を出て、東京へと向かう。

一方、現場に駆けつけた滋賀県警彦根署の結川刑事は困惑する。住民の男性一人の遺体を発見するが、残りの住民たちが一人もいなくなっている。いったい彼らはどこに消えたのか。結川も史奈をはじめとする住民の行方を追うことになる。

冒頭の場面から読者をひきつける。まずアクションである。ベテランの福田和代は昔から知っているだろうし、ディーン・R・クーンツの『ベストセラー小説の書き方』をひくまでもなく、冒頭からのアクションの連続が読者を惹きつける。そんなのは当たり前と思うかもしれないが、新人賞の下読みや学生たちの生原稿を読むと驚くほど動きがない。朝、目覚めて寝床から起きる場面とか、ファミレスで誰かと待ち合わせをする場面とか、何の動きのないまま数頁が費やされる。それでは駄目なのである。もちろんアクションが連続すればいいというものではなく、視点の切り返しも必要。『梟の一族』が優れているのは、不可解な状況に巻き込まれた史奈と、彼女を追う結川の視点が交互に繰り返されて、事件の背景が見えてきて、一段と躍動感を増すことである。

しかし何よりも読者を惹きつけてやまないのは、タイトルにもなっている梟の一族だろう。梟の一族とは、忍びの一族である。長く歴史の裏舞台で活躍していたが、歴史の表舞台に近い場所にたったのは寛永十四年の島原の乱の時で、「甲賀の古士とも呼ばれる甲賀衆が、松平信綱の配下として従軍し、敵城の情勢を調べて報告したと、記録に残っている」。忍びの一族で梟というと、司馬遼太郎の初期の忍者小説『梟の城』を思い出す人もいるだろう。闇で暗躍する忍者たちを夜行性のフクロウにたとえたものであるが、福田和代はそこにさらに身体的な稀有な能力、睡眠を必要としないという秘密をもたせている。

そもそも「忍びの技とは、現代の知識をもって判ずるなら、科学に他ならない」。なぜなら「天文を読んで暦や方位を知り、気象を予知して謀に利用する。火薬を調合し、医薬品を調整する」からだが、忍び＝科学という視点に、さらに本書では、睡眠の問題にもふかく切り込んでいく。もともと本書は、聞くところによると、ダニエル・T・マックスのノンフィクション『眠れない一族』にインスパイアされたもので、興趣をそぐので詳しくはふれないが、睡眠をテーマにしたサイエンス・ミステリでもある。さきほど構えが大きいといったのは、伝奇的でありながら科学的という趣向で、忍びの一族の歴史を振りかえりながら、眠らなくても生きられる稀有な能力をＤＮＡやウイルスを通して解明しようとしているからである。

とはいいながらも、特殊な能力をもつ忍びの一族を主題にした場合、作家は、日本の歴史の折々のところで力を発揮してきた陰謀論的な側面を語りたがるものである。作家によっては時代の転換にもなりうる歴史的場面をいくらでも書き継いで伝奇的趣向を強めるものだが、福田和代は人物と神社のネットワーク程度におさえて、追う者と追われる者の波瀾に富む対峙、科学的な問題の捩じれた追究、掟のために裂かれた深い家族愛などを深く掘り下げていく。さまざまなドラマを作り上げてリアリティを確保して、スピーディーに、ときに劇的に物語を紡いでいくのである。本書『梟の一族』は、「現代エンタテイメント小説界きっての豪腕の持ち主」（宮部みゆき）である福田和代の〝豪腕〟ぶりが、さりげなくも存分に発揮された力作といえるだろう。

（いけがみ・ふゆき　文芸評論家）

本書は、二〇一九年二月、集英社より刊行されました。
初出 「小説すばる」二〇一七年八月号～二〇一八年六月号

福田和代の本

怪物

〈死〉の匂いを感じる力を持つ刑事、香西。定年間近の彼は失踪者の足取りを追いかけ、やがてゴミ処理施設の研究者、真崎に行きつく——。正義と悪が織り成す衝撃の結末とは!?

集英社文庫

福田和代の本

緑衣のメトセラ

高級老人ホームに併設された先進的に医療を研究している病院で、特殊なウイルス感染による不審死が発生した。ライターのアキがその闇に迫る……！　長編サイエンスサスペンス。

集英社文庫

集英社文庫　目録（日本文学）

集英社文庫

梟（ふくろう）の一族（いちぞく）

2022年2月25日　第1刷　　定価はカバーに表示してあります。
2022年3月19日　第2刷

著　者　福田和代（ふくだかずよ）
発行者　徳永　真
発行所　株式会社　集英社
東京都千代田区一ツ橋2-5-10　〒101-8050
電話　【編集部】03-3230-6095
【読者係】03-3230-6080
【販売部】03-3230-6393（書店専用）
印　刷　凸版印刷株式会社
製　本　凸版印刷株式会社

フォーマットデザイン　アリヤマデザインストア　　マークデザイン　居山浩二

本書の一部あるいは全部を無断で複写・複製することは、法律で認められた場合を除き、著作権の侵害となります。また、業者など、読者本人以外による本書のデジタル化は、いかなる場合でも一切認められませんのでご注意下さい。

造本には十分注意しておりますが、印刷・製本など製造上の不備がありましたら、お手数ですが小社「読者係」までご連絡下さい。古書店、フリマアプリ、オークションサイト等で入手されたものは対応いたしかねますのでご了承下さい。

© Digital Cave co. Kazuyo Fukuda 2022　Printed in Japan
ISBN978-4-08-744352-3 C0193